Contes de Noël
aux herbes de Provence

Georges Lauris

Contes de Noël aux herbes de Provence

Préface par Gilles Lapouge

LES ÉDITIONS DU CERF
www.editionsducerf.fr.
PARIS

2003

DU MÊME AUTEUR
AUX ÉDITIONS DU CERF

Marie-Madeleine, Muse et Reine de Provence (coédition avec Parole et Silence), 1999.
Œuvre poétique, 2001.

www.editionsducerf.fr
(29, boulevard La Tour-Maubourg
75340 Paris Cedex 07)

ISBN 2-204-06944-2

Préface
par Gilles Lapouge

Contes à dos de soleil

Voici le plus grand mérite de Georges Lauris : il a su s'entourer de nombreux collaborateurs pour écrire ces contes, des ânes et des anges, des abeilles, des hirondelles, une tripotée d'étoiles, des fêlures silencieuses, des flocons de neige. Je soupçonne même que Georges Lauris, comme il rédigeait ses histoires, écrivait avec une plume d'oie et si, par aventure, il avait besoin de raturer et de corriger un chapitre, pas besoin de gommer : il faisait souffler un petit coup de mistral qui emportait les mots inutiles.

Grâce à ces bonnes volontés et à ces précautions, les textes de Georges Lauris ne se trompent jamais.

Je veux dire que leur ton est toujours exact ; les mots tournoient sur ses pages comme des duvets de macareux, comme des aigrettes de neige.

Georges Lauris nous transporte ainsi sans effort « au temps où les bêtes parlaient », au temps des contes.

Mais il nous délivre en même temps un secret : ce temps des contes n'est pas un temps ancien ou révolu.

Il étale ses géographies sous notre nez et nous ne savons pas le voir.

Georges Lauris, lui, avec ses assistants, a su ouvrir une lucarne à travers laquelle l'univers primitif continue de respirer, d'enchanter.

Car les contes de Georges Lauris, s'ils nous reviennent du fond des temps, avec les personnages convenus que nous connaissons (les mages, les rois, les filles de roi, Jonas ou Maguelone) débordent aussi notre temps : nous pénétrons avec lui sous la coupole de l'observatoire Saint-Michel de Provence.

Les créatures fabuleuses de Lauris savent qu'il y a eu deux guerres terribles avec l'Allemagne, bref, nous sommes immergés jusqu'au cou dans le temps, c'est-à-dire dans le temps de la préhistoire en même temps que dans le nôtre.

Ces contes nous révèlent beaucoup de secrets.

Par exemple, je ne m'étais jamais rendu compte que les étoiles ont un goût de châtaigne, ce qui est pourtant évident dès qu'on en croque une.

Et quand je regarderai le vol d'une hirondelle, je me souviendrai que cet oiseau est un ange.

Mais la longue mémoire permet également de dévoiler quelques énigmes très anciennes qu'aucun savant n'avait encore déchiffrées.

Les « contes à dos de soleil » ont pu découvrir l'origine de la bosse qui boursoufle les chameaux : à la suite d'une sorte de quiproquo, les anges, qui ne sont pas toujours de bonne humeur (encore une révélation de l'âne de Gonfaron) jetèrent de grosses pierres sur un chameau : il lui advient une bosse qui devait se remplir d'eau. Dix autres secrets enluminent ces pages : si la lune se met en quatre, chaque mois, c'est tout simplement pour écouter aux portes de la nuit.

Toutes ces histoires de Lauris sont belles.

Ma préférée a trait à la tour de Babel, qui déroule sous nos yeux toute l'histoire du monde, sa tragédie et les périls qui guettent nos sociétés actuelles.

Le rideau s'ouvre sur le pays de cocagne, que gouverne un vieux roi délicieux qui a une tête et des manières d'apiculteur.

Ce roi du pays sans péché, au lieu de gaspiller les crédits de l'État pour construire des « maisons de la culture » préfère acheter une quantité de pigeons voyageurs.

Ainsi les enfants de ce pays peuvent-ils s'écrire à tout bout de champ ; ils rédigent de belles lettres et, sur les enveloppes, à la place des timbres, ils mettent des dessins animés, après quoi, les enfants pigeons s'emparent de la missive et la transportent aux autres enfants.

La seule punition infligée aux enfants, au pays de cocagne, est la confiscation du pigeon voyageur.

Quant aux bébés, ce sont les abeilles qui les nourrissent de gelée royale.

Ensuite commence le drame.

Une compagnie d'ingénieurs se met en tête de construire une tour de Babel afin d'aller voir ce qui se passe là-haut, de l'autre côté de la voûte céleste, dans les prairies de Dieu, qui sont, bien entendu, interdites.

Le vieux roi est alerté.

Il déclare : « Le bonheur est en danger ! »

Les anges sont hors d'eux : ces ingénieurs orgueilleux les font écumer de rage : ils bourdonnaient des paroles amères et leurs ailes ressemblaient à des épées ou à des dards.

L'ange en chef se planta devant l'ingénieur : « Misérable ! Ne sais-tu pas que tu seras châtié ? Ton entreprise est à la fois vaine et criminelle. Que viens-tu chercher chez nous ? Tu es né de la poussière, vermisseau drogué de mathématiques, retourne à ta poussière..., etc., etc. »

Malheureusement, on sait que les ingénieurs sont têtus comme le diable et ils finirent par prendre le pouvoir : les messieurs de Babel – c'est ainsi qu'on nommait les ingénieurs – confisquèrent le Royaume.

Les fleurs prirent le deuil et les oiseaux quittèrent le pays.

C'est depuis ce temps-là que les enfants sont condamnés à l'école et les parents à vivre dans des tours.

On pourrait croire qu'écrire un livre de cette encre, c'est facile comme bonjour, tant les images, les mots, les phrases semblent couler dans l'évidence.

Je suppose que cette légèreté exige une science parallèle.

Il faut avoir à sa portée tout un stock de « mots fragiles comme des géraniums ».

Georges Lauris a d'immenses réserves de poésie dans lesquelles il puise à pleines mains, sans jamais nous en étouffer.

On ajoute que de pareils textes demandent aussi quelques qualités de l'âme : être en connivence avec les anges, qui passent toujours inaperçus alors qu'en réalité, ce livre nous l'apprend, ils pullulent.

Savoir que « ce sont les êtres les plus frêles qui donnent le secret du monde », les plus frêles, les plus discrets, les plus modestes, pas forcément les plus beaux, c'est-à-dire les chèvres, les ânes, les enfants.

Dernier ingrédient enfin de cet ouvrage – et à mes yeux l'essentiel – la confiance dans les êtres et dans les choses, une famine de bonheur pour tous les vivants, une espérance implacable.

GILLES LAPOUGE.

La plaisanterie de l'âne est de mordre.

Proverbe.

Même parmi les bêtes, Jésus préfère celles qui s'éloignent le plus de la prudence du renard. Aussi choisit-il l'âne pour monture, quand il aurait pu, s'il avait voulu, cheminer sur le dos d'un lion.

ÉRASME, *Éloge de la folie*.

Inscription mise sur la grand-porte de Thélème

Ici n'entrez pas, hypocrites, bigots,
Vieux matagots, marmiteux, boursouflés,

Porteurs de haires, cagots, cafards empantouflés,
Bafoués, enflés, qui brûlez de fureur,

Ici n'entrez pas, juristes machefouins,
Clercs, basochiens, qui le peuple mangez,
Juges d'officialité, scribes et pharisiens,

Ici n'entrez pas, vous, usuriers avares,
Briffauds, léchards, qui toujours amassez,

Ici n'entrez pas, vous, cerbères crétins,
Ni soir ni matin, vieux chagrins et jaloux ;

Ici entrez, soyez les bienvenus
Vivez heureux, vous, nobles chevaliers,
C'est le haut-lieu où dot et revenus
Sont engrangés afin qu'entretenus,
Grands ou menus, vous soyez des milliers.
Vous serez mes intimes et familiers :
Gaillards et délurés, joyeux, plaisants, mignons,
Tous en général gentils compagnons.
Compagnons gentils
Sereins et subtils,
Hors de vilité
De civilité
Voici les outils,
Compagnons gentils.

RABELAIS, *Vie inestimable du grand Gargantua.*

À vous tous, émirs ou boueux,
bourgeois cossus ou culs-terreux,
amis ou pas, vrais ou faux frères,

aux bons vivants, aux braves bêtes.
à celles qui savent braire,
à celles qui ne savent pas.

G. L.

Le Santonnaire

La parole est à l'argile, au temps perdu, à l'instant fou. Aux santons, aux gueux, à l'étoile. Aux mal-voyants, aux écœurés. Lardés de fric ou de misère. La parole est aux santons, à ma crèche du tout-venant, au roi qui séduit la bergère, au pèlerin de Compostelle. À la vieille qui cherche ses clefs, à la fée et à sa baguette. À l'abeille qui fait son lit, au facteur qui fait sa tournée, à l'ivrogne, au « ravi », au sourd-muet.

Les santons nous arrivent chaque année. Avec une foulée d'avance sur les hirondelles. Ils forcent la porte, changent quelques meubles de place, s'installent. Et causent de tout. Devant les enfants.

Chacun sait que la glaise peut être modelée et devenir mémoire, parchemin rose, épopée. Nos santons à nous savent chanter indistinctement le *Divin Enfant* ou *la Marseillaise.* J'ai des raisons de les croire patriotes, blagueurs et même un tantinet grivois. Dans cette terre bénie où la parole s'accommode volontiers d'épices et de mots illicites.

La famille s'agrandissait donc du côté du mystère, de l'innocence. Du dire heureux. Nous imaginions des conversations à santons rompus, des apartés, des mots crus ou tendres, des toasts cocasses, des violences verbales et des caresses.

Tôt, dans ma vie, j'ai appris à nommer les mots eux-mêmes. Je suis venu au monde avec cette vieille habitude de prononcer les objets, de modeler ces fragments de lumière avec la technique infaillible du souffleur de verre, d'agencer l'univers en poussant le fou et le roi sur le damier d'échecs, mais aussi les étoiles sur l'échiquier de la nuit.

Le conte traduit ce besoin d'insuffler de la vie et un grain de folie dans la moindre parcelle d'être qui se trouve à ma portée. Donner ainsi parole et liberté à l'innocence. Les héros du conte ? L'enfance, l'amour fou, le western, l'ogre et le chaperon rouge. Dans les coulisses, l'ange, la fée et le loup.

La crèche provençale s'épanche, se dit voluptueusement dans le conte. Au centre, tissé à la hâte car les invités sont en avance, le berceau. L'enfant, depuis le Messie, ne tolère que le poète et les animaux. Aussitôt né, il règne : il devient roi de son village, il convoque les souverains d'alentour, braqués sur les étoiles, et les orgues de barbarie, actionnés par les anges.

J'ai intitulé « Le Santonnaire » ce recueil de contes à l'escabèche : une sorte de repas froid pour pauvres, avec une bonne rasade par-dessus. Ce pourrait être un bestiaire puisque les animaux occupent la plus large place : l'âne, le chat, le macareux, la chèvre, le chameau. Tout simplement parce qu'ils ont des idées et surtout de l'imagination à revendre.

En vérité j'ai emprunté au santon le regard neuf, fleuri et enjoué. J'ai écouté ce que dit l'orgue des gueux au coin d'une ruelle à amoureux, le rossignol dans les nuits chaudes des amours, l'orchestre d'adolescents nomades dans le tunnel du métro.

Car, dans mon cœur bâti sur le modèle du soleil, sans fenêtres et sans frontières, j'ai laissé au pays de la mémoire ma vieille crèche d'antan. Mes santons en liberté font un clin d'œil aux motards de zone et aux hippies. Ces derniers font la manche dans le tunnel du métro.

Mi-ange, mi-bête, mon âne de Gonfaron tient à ses ailes, à son éclat de rire, à ses pétarades, à ses ruades. Il se vautre dans l'aurore et dans le mystère divin. Il ignore Montaigne et la tête bien faite. Il méprise les formes sublimes de l'ignorance, celle que professent les professeurs ordinaires. C'est une bête « paléolithique » au sens sapiential que Joseph Delteil donnait à ce mot.

Qui donc pourrait s'étonner si je dédie spontanément le Santonnaire à ce génial compagnon languedocien qui rêvait d'« emparadiser » l'Homme, cet étrange ruminant, qui fut, jadis, aborigène. En paradis, ce creuset fabuleux d'où est sorti le monde.

« L'âne est de peu d'origine, inégal et sans abdomen. Il s'étonne de ses oreilles. Il songe que tous les ânes ont fait l'amour et ils sont morts… Socrate… Sardanapale… Bayard… Confucius… Louis XV… Iphigénie… Oh ! pardon… Elle était vierge.

Au-delà de l'âne, il y a Pampelune, il y a le couvent de San Miguel, il y a Dieu.

Âne, je te nomme caporal. »

Place au saint âne de Gonfaron !

Le saint âne de Gonfaron

Il y a ceux qui croient au ciel de Provence et ceux qui n'y croient pas. Tant pis pour ces derniers ! Un âne vivait donc en terre lavandière. Un tiers-monde d'âne, par sa mère, natif de Gonfaron, pays où les ânes ont des ailes. Il vivait paisiblement à la campagne. De fort peu. L'âne est d'un naturel sobre et bon enfant. Un vrai disciple de Confucius. En vérité, il faut très peu de choses pour faire un baudet : quatre sabots, une queue et deux oreilles en forme d'escaroles. Les gosses du Panier – quartier bigarré de Marseille – lui ont ajouté une paire d'ailes. Pour en faire un âne de Noël, bien fringué et digne des anges.

Ce bourricot historique s'envole un beau matin de Sisteron. L'énergie était, en ce temps-là, courante et bon marché. Comme l'eau ou l'amitié. Il suffisait d'un coup de mistral derrière les oreilles pour transformer le baudet en planeur. L'animal survola les îles du Frioul, l'île de Beauté, puis Chypre. Il atterrit enfin en Palestine. En douceur. En soufflant à pleins nasaux. Bref, en inversant les réacteurs. Ajoutez qu'il déploya la queue en vaste parachute en peau d'âne et rentra ses ailes. L'étrange pèlerin disposait de quelques sous d'argent de poche. Il résolut de descendre dans une petite gargote de Bethléem. À peine avait-il reniflé la paille fraîche qu'il entendit frapper à la porte. Il surprit une voix de femme, exquise de douceur et de fatigue. « Des réfugiés, se dit-il, des étrangers en tout cas. Des pauvres à coup sûr. » Le patron leur claqua la porte au nez, prétextant qu'il n'y avait pas de place pour des jeunes gens insouciants de leur espèce. L'âne rougit de colère.

Il ouvrit la porte de l'écurie et fit une révérence à la jeune femme qui, à son tour, se présenta. L'âne fit un geste de l'aile :

« Je vous amène, madame Sainte Marie. Montez, je vous prie. Je vais moi-même à Jérusalem. Je veux voir si cette capitale de renommée méridionale ressemble, comme on le prétend, à Sisteron. »

L'âne confiera plus tard que la jeune femme était superbe comme le soleil et recueillie comme la nuit.

Quelques lieues plus loin, l'âne avisa une cabane de bergers. Il conseilla au couple de prendre un peu de repos. La litière était propre et les bergers dormaient déjà. À la fatigue, l'âne comprit que la jeune femme allait accoucher. Discrètement, il se retira. Une caravane de chameliers passait sur la route. Il faut très peu de choses pour faire un chameau : quatre pattes et un cou tordu, le tout planté dans un ventre rempli d'eau.

L'âne entendit soudain un cri de nouveau-né. Sentimental, comme tout ce qui vit en Provence, l'âne ne put se retenir de pousser un cri. Mais un cri de toute son âme, en agitant ses ailes pour se donner du courage. Les coqs font ainsi. Il ouvrit une gueule si grande qu'une étoile trébucha et tomba au fond de son gosier. Alors l'âne éternua si fort qu'il se transforma en cracheur de feu. Il souffla une prairie d'étoiles, à la manière des artisans du verre. Les anges, effrayés, quittèrent leur perchoir. Les chameaux, sots comme des oies de Toulouse, se mirent à imiter l'âne. Ils implorèrent le ciel avec leurs cous en tête de loup. Les anges leur lancèrent des pierres : c'est depuis ce temps-là que les chameaux ont des bosses énormes au-dessus d'une panse gorgée d'eau. Cette bosse s'est transmise de génération en génération, comme le péché originel chez les chrétiens.

L'âne cracha encore du feu. On voyait cette gerbe de très loin. Des mages – que l'on peut assimiler à nos rois fainéants – sellèrent leurs montures et traversèrent des déserts en buvant à même le ventre des chameaux. De leur côté, les bergers s'étaient réveillés. Ils discutaient pied à pied avec les anges. Car les anges ont de la suite dans les idées.

Enfin les mages arrivèrent. Dieu avait agrandi sa nuit pour que toute la création puisse tenir sur terre et que le ciel fût vide cette nuit-là, on en profiterait pour faire le ménage du palais divin. Les anges écarquillaient les yeux : on n'avait, de mémoire divine, jamais vu un âne tout froufroutant, avec des ailes qui faisaient des chichis et des oreilles qui faisaient des mondanités. On fit même des réflexions désobligeantes sur le sexe des ânes. L'animal fut fair-play : il déposa ses ailes au vestiaire. Il rencontra dans le corridor un théologien qui arrivait tout droit de Rome et qui s'interrogeait, lui, au sexe des anges.

L'âne s'approcha ensuite du berceau, se mêla aux rois fainéants, chanta des noëls provençaux et offrit des santons. Car les santons viennent d'une bonne intention et, pour tout dire, du génie d'un âne provençal. La bonne bête de Sisteron voulait présenter au Messie tous les amis de son village. Y compris un sien cousin, résidant à Gonfaron, et portant des ailes de libellule. Un âne d'avant l'évolution, naturellement.

L'âne – comme tout véritable Provençal d'ailleurs – était un parfait gentleman. Il invita officiellement, au nom de son village, Madame sainte Marie et l'artisan Joseph, son compagnon, en jeans. C'est ainsi que les Saintes, bien plus tard, devaient venir en Camargue. À cause du bateau, du vent. Et des gitans, sans aucun doute. En effet, devenu grand, l'Enfant parlait souvent du ciel de Provence et de la promesse faite par sa mère à l'âne. Faut-il rappeler que l'âne de Gonfaron devait inspirer la parabole touchante du Bon Samaritain ?

De mémoire d'homme, les rois passent toujours avant les ânes. On se demande d'ailleurs pourquoi. En vérité – je le jure sur ma peau d'âne – sans ce cracheur de feu improvisé, et sans ce numéro de cirque – les Mérovingiens orientaux n'auraient jamais eu la moindre idée de la crèche. Car les étoiles, à cette époque déjà, se contentaient de ronronner la lumière. Sur place. Mais il suffit qu'un âne de Provence, avec sa bure grise, avec son haleine parfumée aux herbes, se mette en tête de brailler un bon coup, d'ébranler la voûte céleste, de gober une étoile brûlante comme un œuf de ferme, d'estourbir une colonie d'anges benêts, et voilà que le bouchon de la planète saute. Champagne !

Tout est merveilleusement simple, dès lors que Dieu met la main à la pâte. Ou bien lâche la bride de sa création. Ce qui n'empêche pas les historiens de se poser des questions. C'est fou ce qu'ils exigent pour qu'un âne intelligent soit reconnu comme le premier de l'ère chrétienne ! Alors qu'il suffit de trois fois rien, je l'ai dit : quatre sabots du dimanche, une haleine fraîche aux herbes de Provence, deux oreilles qui chaussent du quarante-huit, une queue de secours pour s'accrocher au long du ravin.

Et d'un coup de main du ciel, bien sûr ! Mais, en Provence, un service ne se refuse jamais. Et le bon Dieu ne saurait être que Provençal. Puisque le ciel de Forcalquier est incontestablement le plus pur du monde. Les astronomes n'ont qu'à tendre la main pour que les étoiles viennent se réchauffer. Comme des mésanges ou des rouges-gorges.

« La main de l'homme, se dit un jour une étoile poète, n'est-ce pas une crèche parfaite ?

— Certes, repartit sa compagne. Mais pour faire une main, il faut un cœur. Ça va chercher loin, très loin, un cœur. Et puis, dans ces choses-là, le Ciel a son mot à dire. »

Précisément il le dit, et fort bien, en cette haute nuit de la Nativité. Et grâce à un bourricot de Provence, le premier de l'ère chrétienne ! Ce que les philosophes ne pardonneront jamais, car Dieu leur coupe l'herbe sous les pieds. Pour les consoler, il leur donnera plus tard une peau d'âne et un bonnet.

Frères humains, si vous saviez comme c'est beau un âne qui, pieusement, replie ses ailes en forme de prière et regarde avec tendresse une étoile, chaque soir. Pour ne pas oublier. Car tout est là : surtout ne pas s'endormir trop tôt, dans le cas où Dieu remettrait ça. Et puis enfin, ne pas oublier que, derrière l'étoile – c'est-à-dire à deux pas d'années-lumière –, réside le Père prodigue qui a fait des ânes de toutes classes sociales. Et de toutes les dimensions.

Et qui est le grand mécène de Noël.

Mécène de la plus haute nuit du monde.

Le miracle de l'ourson

Minuscule, lilliputien, le village de Serein. Conscient de sa taille de nain, il avait glissé un oiseau dans son nom. Durant l'été, les blés jaunissaient : le village semblait nicher dans des draps d'or. Serein vivait là depuis des millénaires – des siècles des siècles, comme on disait à l'église – dans ce tapis qui changeait de couleur avec les saisons : vert au printemps, jaune l'été et pourpre à l'automne, quand les vignes chantaient leur spleen. Le village était situé – cette information à l'usage des touristes qui voyagent carte en main – dans l'austère vallon de la Serrane.

On y accédait par une route étroite et tortueuse comme un serpent : sorte d'escalier en colimaçon.

Une rivière à truites, en forme de coude, traversait le hameau : on eût dit un bracelet autour d'un poignet de femme. Car le village était propre et coquet. Des cygnes blancs voguaient à la manière des trirèmes antiques, le cou caréné en forme de proue. Ils étaient là uniquement pour suggérer aux enfants la neige éternelle de l'Himalaya, et aux vieux assis sur les bancs, les voyages qu'ils ne feraient jamais. Parce que la vieillesse était pour eux la dernière version de la pauvreté. Dans ce pays on cultivait la nostalgie, on sarclait la mémoire.

Minuscule, je l'ai dit, ce village crotté. Comme le petit Toinon, il s'était arrêté dans sa croissance. Serein : une sorte de petit Poucet parmi ses frères, les gros villages bourgeois de France, avec des églises orgueilleuses comme des cathédrales, des maisons qui ont pignon sur rue, et que l'on appelle « hôtel de ville » ou

« municipalité ». Ce qui correspond, dans le haut de gamme, à la mairie de Serein.

Encore un mot sur l'exiguïté du village, qui contrastera, dans un instant, avec l'énorme miracle envoyé par Dieu la nuit de Noël. Un village donc, en forme de petit Poucet. Les gens du pays vous racontent que les anges viennent volontiers prendre le frais, voire tremper leurs ailes dans la rivière, mais ils sèment des étoiles sur leur route pour être sûrs de rentrer chez eux.

Naturellement, à Serein-sur-le-Rien on est habitué à vivre sans événements, hormis les mariages et les funérailles. Hormis la fête de Noël.

Celle-ci est aux autres solennités proposées par le clocher ce que Paris est à Versailles et Napoléon au tambour d'Arcole, cet enfant de troupe pétaradant sur son pont italien.

À la veille de Noël, le village se transforme en supermarché : on s'affaire, on cuisine, on choisit un beau tronc de chêne pour la veillée. Le curé décore son église, transformée en cirque : il fait du trapèze volant sur une échelle qu'il adosse au Ciel. Car le Ciel descend jusqu'à Serein-sur-le-Rien. D'après les gens d'ici – qui ont de la mémoire – leur village est une réplique exacte de Bethléem. Nul n'en doute. La foi, c'est ainsi : les yeux fermés, mais le cœur ouvert. Et le cœur n'est rien d'autre que l'âme au grand jour.

Dans ce pays, à l'église, aux enterrements, on parque les hommes et les femmes. À l'école, les filles et les garçons. Cela depuis le paradis terrestre, afin d'éviter un second péché originel et le déluge qui va avec. Bref, de l'ordre, s'il vous plaît ! Au nom de Dieu qui voit dans les alcôves et dans les cœurs. Avec ses lunettes de sept lieues.

Les hommes donc, à la forêt, pour couper le sapin ; les femmes à la cuisine, pour les friandises et empaqueter les jouets. Le vieux Mortadel graisse la cloche, allume le poêle. Julie et Euphrasie mettent la dernière main à la crèche diluvienne, sorte d'écurie pantagruélique avec des dromadaires et des éléphants pour les mages, un agneau, une gazelle, un ours et un crocodile.

Tous semblent poser pour la photo de famille. Comme pour répéter la prophétie et dire au monde : « Voyez le miracle qui vous crève les yeux ! Frères humains, nous les bêtes, on fraternise de tout notre cœur, de toute notre âme. » Dans notre histoire il n'y a pas de péché de Babel.

Des crocodiles au cœur blindé d'écailles, hélas ! Il y en avait parmi les ouailles. Ils affligeaient le curé du pays.

Notamment le facteur Plantepied, lequel faisait partie du paysage, comme le chêne centenaire de la place publique ou le cadran solaire de la mairie. Cet instrument qui mesurait les jours ensoleillés semblait ricaner à la barbe des jeunes mariés. Depuis son perchoir, de son doigt rouillé, il désignait la phrase terrible : « Il est déjà trop tard ! »

Le facteur était manchot. La guerre de Verdun lui avait arraché le bras droit. Il saluait ainsi de la main gauche, effectuant une pirouette, créant ainsi un effet de surprise chez les étrangers, au café Le Terminus, car depuis son veuvage, ce vaguemestre rural avait fait du bar sa résidence secondaire, d'où il sortait parfois sans gouvernail. Il gîtait dangereusement. Sa manche pendante flottait alors comme signal de détresse ou bouée de sauvetage d'un navire en perdition.

Plantepied avait habituellement le vin gai. Mais parfois, la guerre des tranchées remontait en lui sous forme de hoquets et de blasphèmes. Ses propos d'ivrogne ne scandalisaient pas : on les assimilait à l'impudicité. On craignait seulement pour les oreilles tendres des gosses. Riquette le cantonnier – sorte de Monsieur de Port-Royal – se montrait plus sévère.

Il disait, dans sa langue fleurie : « Un juron, c'est une balle perdue qui blesse le bon Dieu et les enfants. » Lisette pensait ainsi. Pour elle, les blasphèmes offensaient le paysage des âmes. Toutefois, d'après Lisette, Plantepied méritait l'indulgence. D'abord parce qu'il s'était comporté comme un saint au chevet de son épouse, la veillant nuit et jour et respectant sa foi au point de faire « dire des messes ». En catimini et par monsieur le doyen du canton.

Un jour, d'après celui-ci, il s'était effondré en larmes à la pensée que sa mort le séparerait à jamais de son épouse, puisqu'il n'avait pas la foi. Le prêtre avait dû lui parler longuement, l'avait serré dans ses bras. Puis embrassé virilement. Enfin avait débouché une bouteille de vieux marc. Cette rasade d'élixir avait parachevé l'exercice de consolation.

Revenons – il est temps – à Lisette. On l'appelait ainsi. Je ne la décrirai pas. Par pudeur : ainsi en est-il dans ce pays. On pense qu'une femme est une femme. Cela va loin. Cela suffit. Car enfin, qu'est-ce qu'une femme ? Une future mère. Et qu'est-ce qu'une mère ? Le commencement de tout, répondait Plantepied.

— Et après ?

— Comment : après ?... Eh bien, c'est un bonheur qui vous suit dans la vie.

C'est une tendresse. Qui vous emparadise.

Emparadiser : c'était un mot de Delteil, le poète de Pieusse. Un mot beau comme un champ de lavande ou de blé. Avec, au milieu, quelques coquelicots : des larmes vives de bonheur.

On l'appelait donc Lisette. Par commodité. Son nom de famille – d'origine polonaise – était imprononçable par les Serinois. De plus, c'eût été introduire un nom transgénique et souiller ainsi à jamais l'âme du pays. Enfin, au niveau du confort de l'oreille, ce prénom lui seyait, car il rimait, sur les lèvres, avec le mot tendresse.

Lisette avait quitté son pays natal dès son mariage. Un enfant était né.

Peu après la naissance, son mari était décédé, victime d'un accident : le tracteur s'était renversé lors d'une manœuvre de bûcheron. Elle vivait de petits boulots et d'un petit troupeau de chèvres qui lui rappelait la ferme de ses parents.

Sa fille – unique – se nommait Marine. L'enfant était blonde, intelligente, l'œil et le geste clairs.

Précoce, disait l'institutrice qui ajoutait : « Les enfants des pauvres ont l'intuition que la culture est leur seule richesse pour l'avenir, et, présentement, leur bonheur. » Ce bonheur, elle le partageait avec sa mère, durant les longues soirées d'hiver. Celle-ci apprenait des mots nouveaux au point de devenir amoureuse de la langue française.

L'enfant récitait également de petites fables de La Fontaine. Lisette s'émerveillait devant le génie français si proche de la nature et des animaux. En somme, disait-elle, le fabuliste, tout enfant, avait dû être impressionné par la crèche de son pays ou par la vie de saint François d'Assise.

Ce soir-là, après une rude journée dans les châtaigniers, Lisette – selon la coutume cévenole qu'elle avait adoptée – feuilleta la Bible. Elle tomba sur le passage d'Isaïe qui semblait écrit par un Dieu paysan ou dompteur de cirque. Elle lisait habituellement à haute voix, prétendant qu'ainsi on fortifie la mémoire et que le cœur aime bien entendre ce qui se dit dans la tête. Voici ce texte qui annonce la paix chez les animaux classés « à risque » en attendant qu'on leur arrache les dents – celles du tigre ou celle, traîtresse, du serpent – ou le gène dangereux. Attendons l'ère transgénique. Ce qu'ignore Plantepied, l'incroyant attisé par le petit vin blanc, c'est que le Messie connaissait de science divine cette future révolution pacifique. Cette ère nouvelle qui soulèverait les poitrines et les montagnes, le Prince des temps nouveaux l'avait prophétisée en termes clairs et sans effets de manche. La paix s'annonce paisiblement, avec des vocables taillés à la hache, comme les sabots de Farigoulet, le sabotier de Montureau. De même la justice se proclame avec des mots trempés comme l'acier. Quant à la joie, elle se chante, nous le verrons, avec un violon. Les notes accourent, sous les doigts de l'artiste, elles se posent sur les cordes, comme les hirondelles sur les fils électriques. Le violon imite l'homme : il est doté de cordes vocales, mais d'abord d'une âme en forme de cœur.

Ainsi le bois est-il frère de l'homme. Comme lui, tourné vers le bonheur.

Ce soir-là – c'était quelques jours avant Noël – Lisette prit en mains le livre, feuilleta les pages avec précaution – car le papier est fragile comme du duvet d'oiseau – et dit à Marine qui chouchoutait son nounours : « Écoute, ma chérie ! » L'enfant, qui chantonnait se tut. Lisette lut :

« Le loup résidera avec le mouton,
Le léopard s'accroupira avec le chevreau,
Le veau, le lionceau, le buffle, ensemble,
Un petit pastoureau les conduira.
La vache et l'ours pâtureront ensemble, leurs petits s'accroupiront.
Le lion, comme le bovin, mangera de la paille.
Le téteur se délectera sur un trou de cobra, sur un antre de vipère ;
Sevré, il les manipulera de ses mains. »

Lisette expliqua ce qu'était une prophétie : un texte qui vient de haut et qui voit loin. Marine était silencieuse. Visiblement, elle réfléchissait. Elle objecta que les animaux se bagarrent, que les béliers se battent en duel comme les riches de jadis quand ils se sentaient blessés dans leur honneur, c'est-à-dire dans leur âme, que les vautours fondent sur les agneaux. Quant aux crocodiles – ces énormes lézards du Nil, qui gardent les pyramides, comme font nos chiens, de nos maisons et de nos troupeaux –, ce sont des monstres qui font trembler le fleuve, nagent à la vitesse des voitures de course et peuvent scier un nageur en deux.

Lisette n'ignorait pas que le péché originel avait atteint la forêt vierge et même les océans les plus profonds. La guerre sévissait partout. Comme la sécheresse ou les inondations.

Toutefois, le péché originel, qui avait donné aux narines de la hyène le goût du sang, qui avait développé le flair du crocodile et sa vitesse de propulsion grâce à sa queue géante, n'empêchait pas le miracle. Le créateur avait négocié.

Lisette soutenait avec force que le miracle existait dans cette forêt vierge qu'est la Bible, et surtout dans ce paradis terrestre qu'est l'évangile des chrétiens.

D'autant que – à y réfléchir – il faut peu de chose comme matière pour fabriquer un miracle correct : un peu d'eau, un morceau de pain, un malade qui souffre, un lépreux sur la route, un mendiant aveugle qui tâte la rue. En somme, un manque.

Il faut un manque qui s'installe dans le corps et vous grignote comme une souris.

Parfois, Dieu fait une fleur, comme on dit, un geste gracieux. Exemple : la superbe étoile de Noël qui est arrivée à déplacer les mages. Et il en faut de l'énergie, pour mettre en route les rois fainéants. Surtout en Orient. Car il faut affronter le désert, c'est-à-dire en gros la chaleur et la soif. Et puis, il y a les dunes avec des lions et des brigands à l'intérieur. Cachés comme des vipères. Heureusement ! les dromadaires portent des tonnes d'eau dans leur bosse et ont une âme de Christophe Colomb.

Marine n'était pas convaincue : l'ours mange l'agneau ! Sa seule excuse : il ignore que c'est un vilain péché. Quant à la vipère, elle tue l'enfant pour son seul plaisir puisqu'elle ne suce même pas le sang.

Ce jour-là, Lisette mesura son ignorance. Elle restait muette devant un bout de chou. Elle devait dire : « Les enfants ressemblent à Dieu : ils vont jusqu'au bout ! »

Advint la nuit de Noël. Tout le village, à minuit précis, se rassemblait dans l'église chauffée uniquement cette nuit-là. Tout semblait tourné vers la crèche : les fidèles, les statues, l'autel. Surtout le chœur des enfants.

On chanta *Douce Nuit*, *Mon beau sapin*, *Il est né le divin enfant.*

Dès les premières notes on était transporté au Ciel. À la fin de la messe, le violoneux – un paysan du mas de Murles, en costume de velours noir et cravate rouge – s'avança devant la crèche pour jouer le *Minuit chrétien*, son chant préféré avec *Le Temps des cerises*.

Marine éprouva alors un immense sentiment de joie, alors qu'elle avait le cœur gros. Quel était le motif de cette détresse qui tombe sur vous comme une nuit d'hiver ?

Eh bien ! Voilà. Cette nuit-là – qui eût pu deviner ? – Dieu, depuis son Ciel plein de soleils – mais qui donc peut voir ce qui se passe derrière le soleil ? – avait mis au point un miracle. Avec ses mains divines, naturellement. Un peu à la manière des horlogers, qui réparent les montres à travers leur hublot.

Un miracle, c'est la manière de travailler propre à Dieu. C'est presque instantané, mais cela suppose, du côté de Dieu, une préparation. Disons, un déroulement « sur la Terre comme au Ciel ».

Un miracle, curieusement, ça se prépare, un peu comme une guerre. C'est d'abord une idée divine, ça doit obligatoirement dépasser l'imagination. On reconnaît le miracle à l'effet de surprise. Rien à voir avec l'effet d'annonce d'aujourd'hui : on vous prend une nouvelle à moitié fausse ou avariée, on la gonfle comme une baudruche et on la fait exploser sous votre nez comme une bombe. Ou de la poudre à éternuer. La surprise divine ressemble plutôt à une caresse. En somme, un baiser-surprise.

Marine et Lisette se rendent donc à la messe de minuit. La petite, au dernier moment, veut emporter son nounours. C'est un ours en peluche qui faisait partie du cheptel de l'an dernier : un cadeau de sa marraine Lucie Aliony.

On arrive devant le porche de l'église. Premier miracle : une femme accroupie, un enfant dans les bras. Elle tend la main. Jamais l'église n'a vu pareille scène. On apprendra, le surlendemain, par le facteur, qu'il s'agissait d'une gitane venue de nulle part, puisque les « gens du voyage » n'ont ni patrie, ni village, ni maison.

J'espère que vous voyez cette porte en chêne massif, tapissée de gros clous à tête noire, qui rappellent ceux de la croix. Eh bien ! Figurez-vous une femme vêtue de noir, avec un fichu sur la tête, des mains de tireuse de bonne aventure et surtout – oui, surtout – un gosse dans les bras. Exactement de la taille de Marine.

Et voici le comble de l'horreur : aucun fidèle ne s'arrête, aucun ne fait un geste en ajoutant quelques mots chauds comme des croissants ou des marrons rôtis. Une honte ! vous dis-je.

Eh bien ! Malgré toute cette horreur des cœurs desséchés en une nuit pareille, le miracle ! Vous m'entendez ? Le miracle qui éclôt sous vos yeux ! Car le bon Dieu ne fait pas les choses en catimini et dans le dos des hommes. Il travaille devant vous. Comme font le boulanger ou le boucher dans ce pays.

Cela s'appelle un malheur et une honte. Un gros malheur puisqu'il y a, dans ces deux êtres, à la fois la faim, le froid, l'humiliation, le désespoir. Bref, le contraire exactement de la crèche. La douce nuit est à l'intérieur de l'église. Dehors, un bout d'enfer.

Miracle noir jusqu'à présent ; personne n'a vu le malheur. On pense à la crèche, aux jouets, à la dinde, aux treize desserts. Tout ça, pêle-mêle, dans le cœur de ces fidèles fêtards.

Mais voici la version blanche du miracle, telle que me l'a racontée l'ange des Renseignements généraux célestes, lequel m'a confié qu'il avait fait un rapport très sévère sur les Sérinois. Ceux-ci aveugles au point de ne pas voir un vrai malheur ! Au surplus – circonstance aggravante – à la porte même du Ciel ! Car, je vous le demande, qu'est-ce qu'une église de la messe de minuit, sinon la porte du Ciel et l'aéroport des anges, ces vaguemestres ou kamikases du Très Haut.

Dieu avait, au moment même de fermer la porte – je l'ai dit –, inspiré Marine : une sorte de carence, de coup d'éventail sur la mémoire.

La petite fille avait entendu distinctement, et en bon français : « Marine, prends Nounours avec toi, il sera heureux de retrouver ses frères à la crèche. Souviens-toi ! »

Et l'ange de réciter – toujours dans le français qu'on parle à l'école – le fameux texte du prophète où les animaux les plus cruels de la chrétienté et des forêts de l'équateur passent, comme on dit, aux aveux et lavent leur âme criminelle. Car ils ont tous du sang sur les griffes et sur les lèvres.

« Le loup résidera avec le mouton,
Le léopard s'accroupira avec le chevreau,
Le veau, le lionceau, le buffle, ensemble,
Un petit adolescent les conduira.
La vache et l'ours pâtureront ensemble,
leurs petits s'accroupiront.
Le lion, comme le bovin, mangera de la paille.
Le téteur se délectera sur un trou de cobra,
sur un antre de vipère ;
Sevré, il les manipulera de ses mains. »

La gitane tend la main. Son enfant l'imite. Marine a vu cette main avancer vers elle. Comme un reptile, une langue ou une épée. Elle ressent comme un vertige, une douleur, un coup de griffe. Il lui semble que son nounours veut s'échapper, ne plus rester avec elle. Elle le retient, mais l'ourson se débat. L'ange dit que la grâce est toujours plus forte. Effectivement, Marine donne la bête à l'enfant qui la remercie d'un hochement de tête. Geste que les mendiants enseignent aux bébés.

Minuit au-dedans de l'église chauffée et éclairée à blanc. Oui, *« Douce nuit, sainte nuit »*. L'autel couvert de fleurs ! La crèche copiée sur le village, avec la rivière, la mairie, le cadran solaire qui, ce soir, a honte de son mensonge : « Non, il n'est pas trop tard ! Et qu'on se le dise ! »

La crèche, visiblement, déborde de joie. Le prophète, lui, n'a pas menti : les animaux, même les plus cruels ou hypocrites, fraternisent.

De tous les santons, c'est l'agneau blanc qui est le plus beau. C'est lui le Prince. Et c'est l'Enfant qui conduit cet étrange troupeau !

Soudain, les regards de l'agneau et de Marine se croisent. Oh ! Un éclair. Visiblement, les cœurs voudraient se rapprocher, comme des mains de fiancés. Se parler. S'échanger. On dirait qu'ils veulent briser la laisse qui les tient attachés.

C'est fait ! L'agneau a sauté dans les bras de Marine. Comme un cabri. Ou une étoile filante. Un agneau qui lui fait des tendresses dans le cou, avec une langue gantée de velours.

De retour, on s'attabla, on se raconta Noël : la crèche, la gitane et son enfant, le violoneux. On fredonna le *Divin Enfant*, *Mon beau sapin*.

La fillette s'endormit cette nuit-là l'agneau dans les bras. Profitant du sommeil, les anges vinrent déposer des songes devant les yeux de Marine, tournés vers le ciel. Les anges avaient replié leurs ailes et leurs violons. Même l'étoile de la crèche avait plié bagage et se tenait au-dessus du lit. Elle aussi avait replié ses ailes et tournoyait sur elle-même comme une toupie.

Marine se réveilla très tard, les yeux gonflés de rêves et de bonheur.

Le sapin ruisselait de lumière et les cadeaux pendaient comme des fruits mûrs. Minuit se prolongeait à l'ombre claire du sapin. L'enfant écarquilla les yeux. Miracle ! L'agneau avait disparu. Ou plutôt s'était transformé en nounours. C'était inexplicable, donc, miraculeux.

On frappa à la porte. C'était Nisette, la voisine, qui venait souhaiter Noël et apporter son cadeau à Marine. L'affaire fut réglée en un baiser. On fit aussitôt part à la visiteuse de la nouvelle qui eût dû s'étonner.

Madame Cadière qualifia de remarquable le miracle, lequel se justifiait, ajouta-t-elle, par le mérite de Marine. Elle reconnut la délicatesse de Jésus qui, disait-elle, sait parfaitement ce qu'est Noël, puisqu'il a eu lui-même une mère, qu'il est fils de pauvre, né à la belle étoile, comme les agneaux et les manouches.

« Le miracle, reprit-elle, c'est le seul luxe que les pauvres peuvent se payer ! »

On termine ce cours de théologie par des gâteries et des baisers.

Le lendemain, le facteur clamait « Joyeux Noël » en tendant la main gauche. Lisette raconta le miracle sans pouvoir vaincre le scepticisme du brave homme. Le manchot ironisa :

« Alors, comme ça, votre Dieu s'amuserait à faire des miracles, un peu comme les enfants, des châteaux de sable sur la plage ?

— Tout à coup, comme ça, il se souviendrait qu'il a créé ce pauvre village ! Croyez-moi, ma brave Lisette, dans votre histoire je ne retiens qu'une chose de vraie : la malheureuse gitane et le sacrifice de votre petite. » Et, se penchant vers Marine, il dit en l'embrassant une seconde fois : « Si j'étais le bon Dieu, je te décorerais tout de suite. » Il regarda l'enfant, qui lui rendit son regard.

Plantepied était ému. On sut, par une indiscrétion de la postière, que son âme avait chaviré. Il disait : « J'ai fait la guerre. J'ai perdu mon bras dans les tranchées. J'ai souffert le martyre. Eh bien ! Le regard de la petite m'a transpercé comme un glaive de lumière. Et vous savez, les voix qu'elle a entendues ? Eh bien ! C'est la vérité. Moi, je les ai entendues ces voix, je dirai même que je les ai vues dans ses yeux bleu ciel ! »

Le fait est que le lendemain de Noël, Plantepied criait devant chaque maison : « Joyeux Noël ! » On l'entendit même, d'après la mère Amblard, fredonner le *Divin Enfant* !

Plantepied devait mourir, l'année suivante, juste avant Noël. Le médecin dit qu'il était tenu au secret professionnel, mais qu'il pouvait révéler dans ce décès la responsabilité du petit vin blanc. Que le mourant avait demandé le prêtre, puis Marine. À celle-ci, il avait confié : « Je sais pas trop comment ça se passe là-haut. Je pense que les anges, comme les facteurs, font leur tournée et portent du courrier dans le cœur des pauvres de la Terre, ces orphelins, du courrier à qui nul ne pense, « sur la Terre comme au ciel ». Ne pleure pas, chérie : c'est toi qui m'as ouvert le Ciel. » Il paraît que Plantepied s'esclaffa dans un rire de bonheur : « Je suis manchot, il me fallait quelqu'un pour m'ouvrir la porte du Ciel ! » On dit, à Serein-sur-le-Rien, que cet éclat de rire l'étouffa.

En somme il mourut comme le chevalier Roland à Roncevaux.

Une chose est sûre : chaque année, au jour de Noël, on entend l'écho parler de lui-même, crier très fort : « Joyeux Noël ! » La voix vient du pic Saint-Loup, mais c'est bien celle, robuste et tendre à la fois, du facteur repentant de Serein-sur-le-Rien.

Noël 2000.

Les douze hommes de Babel

Il était une fois un peuple très heureux dans un pays très florissant. Il devait son bonheur à d'énormes gisements de pétrole. Le monde entier venait dans ce lointain pays chercher sa provision d'or noir. On le transportait, en ce temps-là, dans des outres en peau de chèvre, soit à dos de chameau, soit sur des bateaux joyeux décorés comme des oiseaux de forêt vierge.

Le roi de ce pays de cocagne était un homme heureux et avisé. Il avait, une fois pour toutes, renoncé à faire la guerre, ce qui lui avait valu, de la part de ses collègues rois, des grossièretés et même des humiliations. Qu'importe ? Le petit roi crânait. Quand une nation turbulente l'agaçait, il fermait légèrement le robinet de pétrole. Le mauvais coucheur tirait la langue et venait, sur son chameau royal, demander pardon. En somme, il allait au Canossa de ce temps et de ce pays-là.

Les PTT fonctionnaient gratuitement, ce qui permettait aux mioches du royaume de s'écrire entre eux, sur des enveloppes coloriées comme des papillons et avec des dessins animés à la place de timbres. Tout le monde écrivait, puisque tout le monde était heureux et que l'on avait envie de se le dire. On avait, il faut le reconnaître, le temps et la vie devant soi. Il vous suffisait de vous asseoir à l'ombre de votre tonnelle et d'affûter votre plume d'oie. Vous cachetiez votre lettre avec de la salive bien fraîche. Un pigeon approchait, vous tendait le bec et emportait votre courrier.

Pour ce roi intelligent, la vie commence avec ces mots heureux comme des roses de Jéricho. Qui sortent de votre plume et voyagent au bout du monde. On écrivait, chez les riches, avec des plumes de paon et des becs d'oiseaux, ceux qui nichent dans les papyrus et qui, de ce fait, savent écrire dès le berceau. Des milliers et des milliers de pigeons colportaient ainsi des lettres à travers le royaume. Chaque enfant possédait son pigeon vaguemestre, qui dormait dans sa chambre, à côté de son lit, de préférence au milieu des jouets. Car le pigeon est d'un naturel joueur, il aime, comme on dit dans ce pays, profiter de la vie. L'éducation s'en trouvait simplifiée. Il n'y avait, dans ce royaume de cocagne, ni martinet, ni pain sec, ni gifle : la loi avait en effet banni toute forme d'humiliation. Pour punir un gosse désobéissant, on lui retirait provisoirement son oiseau blanc.

Le roi très sage préférait débloquer des crédits pour acheter des volatiles et augmenter la basse-cour du royaume. Il avait horreur des statues et des Maisons de la culture. Par contre, il faisait construire des pigeonniers de type provençal et des arches dites « de Noé » pour sauver bêtes et gens en cas de déluge. Car le roi pensait à tout. Ainsi distribuait-il des ailes à tous les habitants et aux ânes du royaume, selon un brevet provençal dit « de Gonfaron ».

De leur côté, les abeilles transportaient du miel dans des hottes minuscules qu'elles portaient sous leurs ailes, à la manière des réacteurs d'avion. Elles nourrissaient directement les bébés de gelée royale. Elles travaillaient également pour la reine de Saba et pour l'exportation. La reine, durant les mois chauds d'été, leur offrait un séjour dans ses montagnes. Elle conversait familièrement avec ses invitées. C'est d'ailleurs cette souveraine exceptionnelle qui donna aux abeilles l'idée de se donner une reine. La monarchie existe donc, chez les artisanes du miel, exactement depuis ce temps-là. L'événement mérite d'être souligné car, habituellement, les bêtes n'empruntent pas d'idées aux humains. Elles craignent de s'empoisonner. Ou de se salir l'âme.

Le vieux roi ressemblait plutôt à un apiculteur. Il visitait ses ruchers au lieu de passer ses troupes en revue. Il préférait le goût de l'hydromel à l'odeur de la poudre. D'ailleurs, il n'avait pas d'armée, par de carte d'état-major. Il ignorait volontairement les frontières de son royaume. Quand, par hasard, un méchant voisin lui déclarait la guerre, il mobilisait aussitôt ses essaims d'abeilles qui foudroyaient les soldats et les chevaux. Les pigeons, de leur côté, avaient mille tours dans leur sac : quand les soldats du méchant roi faisaient la sieste, ils laissaient tomber de la fiente brûlante dans les yeux des dormeurs. On appelait cette ruse de guerre « le secret de Tobie ».

J'ai oublié de dire – et pourtant c'est capital – que les pigeons parlaient toutes les langues des oiseaux et des enfants. Ils lisaient couramment mais on utilisait fort peu l'écriture, en dehors des messages d'amitié et des lettres d'amour. Les pigeons devisaient sur tout ce qu'ils avaient vu dans le royaume. Le roi les réunissait volontiers dans son jardin, à l'heure du thé ou de la promenade. Il tenait régulièrement des conférences de presse improvisées et qui commençaient inévitablement par ces mots : « Messieurs les journalistes, je vous remercie de venir si nombreux entendre votre vieux roi et de donner un tour si agréable aux bonnes nouvelles de notre royaume. »

Un jour, l'un des pigeons posa une question qui brûlait tous les becs : « Sire, que font ces milliers d'hommes qui creusent un trou dans la plaine de Babel ? »

Le roi répondit qu'il s'agissait d'un projet dément sans doute mais qu'il ne pouvait, en sa conscience royale, interdire. Il révéla qu'une douzaine d'ingénieurs fanatiques avaient décidé d'escalader le Ciel. C'étaient en réalité des mages qui avaient fait partie de l'expédition du patriarche Noé, quand l'arche s'était plantée au sommet du mont Ararat, à deux doigts du ciel. Il eût suffi de l'échelle royale pour ouvrir le grenier de Dieu. Mais celui-ci, réveillé en sursaut, comprit qu'un complot se tramait. Il donna aussitôt l'alerte et les pompiers firmamentaires ouvrirent la vanne d'évacuation. Les eaux s'étaient retirées. Depuis, ces mêmes ingénieurs avaient inventé une sorte de tour qu'ils avaient minutieusement décrite au roi.

Le monarque avait été surpris. L'audace lui paraissait impie et il craignait des représailles de la part du service d'ordre céleste. Puis il se ravisa : « S'ils se cassent la figure, nous aurons un signe divin. Il n'est pas bon de décréter nous-même les limites du pouvoir. Je suis à la tête de mon peuple pour réduire la dissemblance entre le Ciel et la Terre. D'ailleurs, pourquoi le roi du ciel serait-il méchant et jaloux ? » Il exigea seulement qu'un pigeon de la cour du roi se tienne prêt à remettre un message à un ange ou à un cascadeur dès que l'on mettrait le pied sur la première marche céleste, laquelle se trouve exactement au-dessus de Babel.

L'entreprise de Babel occupait douze mille hommes qui travaillaient jour et nuit. Il fallait d'abord creuser un trou jusqu'au centre de la Terre pour fixer les fondations. Bientôt l'on vit apparaître un énorme cratère et l'on redoutait que le chantier ne se transformât en volcan. Fort heureusement, un fleuve coulait tout près et dès qu'apparaissait la moindre braise on jetait de l'eau dessus. Grâce au pétrole on pouvait s'éclairer et surtout cuire des briques. Des spécialistes venus d'Égypte dirigeaient la fabrication. On mélangeait alors la paille à l'argile et l'on obtenait ainsi la brique dite « de Ramsès », la plus solide du monde. La plus belle aussi, surtout au soleil couchant, l'heure préférée des dieux et des rois. Bientôt, des cars entiers affluèrent de tous les coins du monde pour admirer la merveille depuis un belvédère édifié tout près, à côté du pigeonnier qui servait d'observatoire aux oiseaux journalistes.

Les pigeons passaient tous, depuis les travaux de terrassement, par la route dite « voie de Babel ». Les enfants collectionnaient des sortes de timbres édités pour le plaisir et qui étaient, naturellement, destinés aux étrangers. Il faut bien égayer le touriste. La tour s'élevait de jour en jour. On mesurait la hauteur du monument grâce à l'ombre portée, car l'on ne voyait plus le sommet. Seuls les pigeons métreurs pouvaient suivre l'ombre géante qui se déplaçait du côté de la Chine, au pays du fameux dragon nourri à l'opium. Au pied de l'édifice, les hommes s'agitaient, minuscules comme des fourmis. Ils étaient habillés en bleu de chauffe, portaient des casquettes comme les Chinois, et mangeaient des tomates comme on fait encore dans les kibboutz.

Chaque jour, la ziggourat s'élevait de douze étages et le soleil incendiait la verrière. Les fours à briques travaillaient exclusivement pour Babel. Toute l'eau du fleuve était détournée vers le chantier, ce qui créa de sérieuses difficultés avec les voisins condamnés à la sécheresse et à la famine. Pour se venger, les voisins tirèrent sur les pigeons et ceux-ci durent se résigner aux vols de nuit, pour les longs-courriers seulement.

Cependant, l'escalier du ciel avait maintenant dépassé les premiers étages de nuages. Ils étaient même à la hauteur de l'étoile du berger, celle qui avait guidé les mages lors de leur fameuse randonnée nocturne. Hormis le mistral – le seul vent assez puissant pour affronter l'altitude – ils n'avaient plus aucun contact avec la Terre. Par contre, certains soirs, une musique étrange mais toujours merveilleuse descendait du ciel. La même que devaient entendre plus tard les bergers de Bethléem. D'après les journalistes de ce temps-là. Je ne vois pas pourquoi l'on croirait les ingénieurs et l'on se méfierait des bergers ?

Certains ouvriers prétendent même avoir aperçu des anges qui faisaient marcher le soleil sur une voie de garage pour une réparation. Il faut évidemment éteindre la chaudière et laisser refroidir la machine solaire. On ouvre alors les réservoirs de pluie pour que la Nature ne perde pas de temps.

C'est fou ce que l'on peut apprendre de choses lorsque l'on est bien placé. Ce sont les chauves-souris qui racontaient ce qui se passe dans la banlieue du ciel. Elles grimpaient en effet à l'intérieur du grand escalier et supportaient l'éclat du soleil grâce à leurs verres de contact. La nuit, elles poussaient de petits cris et se dirigeaient ainsi à travers le désert, d'étoile en étoile, c'est-à-dire d'oasis en oasis. On sait que l'écho leur sert de boussole. C'est bien l'une de leurs supériorités sur les anges qui, de nuit, deviennent de grands infirmes de l'espace. Hormis Lucifer qui tient de l'ange et de la chauve-souris. C'est du moins ce qui se dit là-haut, à la veillée.

On sait ce qu'il advint, un soir, à cette heure où dame Lune passe sa robe à paniers et vient à la rencontre de la Terre. Le contremaître, debout au sommet de la tour, se mit à crier dans son haut-parleur :

« Encore un couffin de briques et nous pénétrons dans le Ciel. » L'homme touchait de ses mains la céramique opale. La trappe céleste correspondait exactement à la terrasse de la tour. L'ingénieur trépignait comme un enfant. Il délirait. On se serait cru à la fin d'un concert, lorsque le chef d'orchestre vient serrer la main du premier violon et entame son petit ballet pour chauffer la salle à blanc. Celui-ci félicitait son assistant, s'éloignait, revenait vers lui. Il lui prenait la main en traçant un arc-en-ciel. Il semblait entendre des tonnerres d'applaudissements.

Effectivement, au pied de la tour, toute la ville de Babel la céleste s'était rassemblée en agitant des torches. « Ce soir, disaient-ils, nous dormirons en paradis, dans les draps roses des anges. »

Soudain, l'ingénieur en chef entendit la musique s'arrêter dans une sorte de sanglot. Un essaim d'anges l'enveloppa. Ils étaient si nombreux qu'on eût dit un nuage de sauterelles. Visiblement, les anges écumaient de rage. Ils bourdonnaient des paroles amères et leurs ailes ressemblaient à des épées ou à des dards. L'ange en chef se planta devant l'ingénieur : « Misérable ! Ne sais-tu pas que tu seras châtié ? Ton entreprise est à la fois vile et criminelle. Que viens-tu chercher chez nous ? Tu es né de la poussière, vermisseau drogué de mathématiques. Retourne à ta poussière ! N'essaie point de troubler ou de compromettre notre bonheur ! Prends connaissance du sévère message de notre roi. »

L'ange tendit un rayon de soleil sur lequel Dieu avait écrit ces simples mots, contresignés par le roi : « Que l'on abandonne immédiatement la tour. À zéro heure – heure du Ciel – je la fais sauter. »

L'ingénieur dévala les marches de l'immense escalier. Il annonça la nouvelle. On souffla sur les torches. Le compte à rebours était commencé : trois, deux, un, zéro ! Un éclair colossal frappa la tour qui s'écroula comme un château de cartes.

Naturellement, tous les oiseaux reporters transportèrent à bout de bec la nouvelle aux quatre points cardinaux. Ils composèrent des récits imbibés d'émotion. Dieu lui-même – à ce que l'on dit dans les milieux autorisés – regretta son geste précipité. Il alla se coucher le cœur gros. Le lendemain, il se repentit en voyant les enfants tout tristes et refusant d'aller jouer.

Dieu dit alors : « Je vais leur faire un cadeau qui ramènera la joie sur les visages. »

Dieu dit encore à un intime : « Je me repends d'avoir abîmé le visage des enfants de Babel. Sont-ils responsables de l'insolence de leurs pères ? Je veux réparer ma faute car il n'est rien de plus triste au monde que ces cours de récréation désormais vides de rires et de chansons. »

Dieu prit dans sa main un petit nuage tout frais et tout blanc comme un fromage de Manosque. Il l'arrosa auprès de sa rivière qui coule tout près, sur un lit de sable fin et bleuté. Il ajouta une branche d'olivier, lâcha le nuage et dit : « Va, petite colombe. » Le nuage aussitôt se déploya. On vit se former un bec et des ailes. C'était une colombe, un rameau au bec. C'est ainsi qu'au Ciel les oiseaux viennent au monde.

Les enfants retrouvèrent leur sourire. La vieille tour de Babel avait, elle aussi, profité du miracle. C'était maintenant un pigeonnier bourré d'oiseaux qui riaient dans toutes les langues. Naturellement, ce sont les oiseaux qui nous ont rapporté ces événements préhistoriques. Les rois de Babel racontaient des tas d'aventures que les oiseaux répercutaient jusqu'au fond des montagnes. Afin que chacun pût goûter au bonheur du roi.

On prétend même que l'une de ces colombes ne connut pas la

mort. Elle allait, dit-on, là-bas, à l'heure du thé, directement en paradis pour enseigner aux anges le bonheur du roi de Babel. On comprend maintenant que Dieu ait pris ombrage de cette entreprise audacieuse qui risquait de remuer de fond en comble le cœur émotif des anges. Le roi du ciel et chef des armées célestes, dans sa traditionnelle conférence de presse, s'est d'ailleurs clairement expliqué : « À peine installés dans mon jardin, ils ont essayé de faire parler l'arbre de mon verger. Maintenant, voici qu'ils inventent une échelle. Si les Chinois l'empruntent, je n'aurai plus un coin à moi. Mais c'est le bonheur surtout qui m'inquiète. Si les hommes de Babel introduisent cette denrée dans mon royaume, les anges, jaloux comme des tigres, vont me faire un malheur. » Effectivement, les anges s'étaient disputés, ils avaient, comme on dit, échangé des paroles vives. Or, l'ange fait corps avec une idée, ce qui lui donne une force redoutable. C'est l'ange tout entier qui vous arrive sur la figure et, en définitive, c'est toute l'intelligence du Ciel.

J'en reviens à la colombe. L'oiseau de Babel traversa les siècles, les déluges et les incendies. On la retrouvera longtemps après sur la tête des apôtres, leur soufflant les réponses aux questions difficiles. Les amis de Jésus – qui pourrait l'ignorer ? – étaient également douze, nombre des ministres du vieux et sage roi. Par la fenêtre ouverte, ils entrevirent l'oiseau qui prit ensuite la parole, expliquant qu'il venait bien du paradis et qu'il avait fait le chemin inverse des maçons de l'infortunée Babel. L'oiseau s'était empourpré en traversant le soleil couchant. Il se mit à parler couramment toutes les langues et on comprit que, cette fois, un miracle avait bel et bien eu lieu. On fêta l'événement toute la nuit.

Au matin, on chercha la colombe des yeux. Elle avait disparu. On croyait la voir partout, dans un nuage rapide, derrière une branche d'olivier, dans une touffe de feu. Les premiers mages de ce temps-là expliquèrent que Dieu accompagnait la colombe de Babel et qu'il avait regagné son royaume, ce pays où les anges parlent comme des poètes et volent comme des oiseaux. Avec des ailes aiguisées comme des faux, qui découpent les nuages les plus épais et peuvent même fendre les orages de granit.

Les enfants de Babel en savent plus long que les hommes. Parce que les oiseaux se confient à eux, surtout les soirs où ils ont le cœur gros et ne parviennent pas à trouver le sommeil. Aucun ne meurt en vérité puisqu'ils ont une âme d'ange, avec de belles pensées, et qu'ils croquent le bonheur en battant des ailes.

Quant à l'oiseau de la Pentecôte, rappelons encore qu'il apparut au milieu d'un feu qui ne s'éteignit pas de la nuit. Les mêmes flammes qui tournoyaient comme des danseuses en levant les bras ! Le même tapis royal de braises rouges ! Exactement le même buisson que le berger Moïse vit au sommet de la montagne plus haute encore que la tour de Babel et qui, elle, touchait le ciel grâce à une marche d'or scellée par les ingénieurs du paradis. C'est cette marche qui a manqué au roi de Chaldée pour enjamber le firmament. La colombe se déployait à l'intérieur d'un astre lumineux. Où voulez-vous que Dieu se cache ailleurs que dans la lumière ?

Les hommes se demandent toujours si ces histoires sont vraies. Les enfants de Babel ne se posent pas des questions aussi sottes. Après tout, que les anges passent une paire d'ailes pour venir chez nous, qu'ils allument un feu, qu'ils parlent à bâtons rompus, cela va de soi. Qu'ils aient, une fois pour toutes, décidé de vivre la nuit et surtout de ne point fermer les yeux, qui pourrait le leur reprocher ?

Le désastre de Babel revenait invariablement dans les questions posées au roi lors de ces conférences de presse. Une maladie étrange qui s'attaquait au bonheur fit son apparition : on lui donna le nom de « nostalgie ». La contagion gagna le royaume tout entier. C'est alors que le vieux roi déclara « le bonheur en danger ». Il convoqua les meilleurs becs du royaume et tint ce langage : « Je veux chasser de ma capitale et de mon pays toutes les conversations stupides qui attristent les oiseaux, mes serviteurs favoris et chantres de mon royaume. J'ai besoin de votre conseil. »

Les oiseaux mages, après avoir délibéré, apportèrent la réponse :

« Sire, vous ne devez garder, dans votre ville, que les oiseaux et les enfants. Ainsi refleurira le bonheur et vous pourrez reboiser votre royaume.

— Eh bien ! dit le très sage roi, je vais me retirer moi-même et je laisserai mon trône à mon plus jeune fils. »

Aussitôt les pigeons transportèrent la nouvelle dans le pays. Jamais on n'avait connu un tel déluge de joie.

Une nouvelle fois le bonheur faillit craquer. Les ingénieurs, leurs outils à la main, tentèrent de persuader le jeune monarque de reprendre le projet de la tour. Ils prétendaient avoir trouvé le secret de la dernière marche. Le roi se fâcha. Il renvoya les ingénieurs à leurs robinets pour distribuer le pétrole et pomper l'eau du fleuve. Il remit également les mages d'antan dans leurs observatoires. Il remplaça ses ministres par des pâtres et des jardiniers qui lui apportaient chaque semaine des agneaux et des fleurs.

L'essentiel demeurait le courrier quotidien et les oiseaux s'en chargeaient. Tout le pays était recouvert de bouquets et de nuages pimpants. Hélas ! trop de bonheur fatigue. « Le peuple demande une guerre », dirent un jour au roi ses conseillers. Cette nouvelle attrista si fort le jeune roi qu'il en mourut. On l'enterra dans le jardin royal et, dit-on, les fleurs chantèrent en chœur.

C'est ainsi que les messieurs de Babel – une manière de nommer les ingénieurs – prirent le pouvoir. Les fleurs, elles, prirent le deuil et les oiseaux quittèrent le pays. C'est depuis ce temps-là que les enfants sont condamnés à l'école et les adultes à vivre dans les tours.

Le miracle du pain

Par le temps clair depuis le col de la Cabre on découvrait le village. Menu, blotti autour de l'église trapue, il semblait paître comme un troupeau de moutons. Le clocher lui-même ressemblait à un bélier de pierre qui aurait une clochette autour du cou. C'était le village des « trois bon Dieu », en souvenir d'une légende osée dont nul ne connaissait l'origine.

Le vieux Séradou prétendait détenir la meilleure version et sa thèse avait prévalu. D'après lui, il s'agissait d'une chicane à l'intérieur de la sainte Trinité, à propos d'un mécréant qui refusait la visite du prêtre alors qu'il agonisait. Dans ce pays, on préférait résolument la légende à la vérité historique.

On prétendait que, fléchies par les sanglots de son épouse, les trois Personnes célestes s'étaient déplacées en vain. Cette impuissance les avait irritées au point, disait le vieux Séradou, d'en venir aux mains. Il s'excusait aussitôt devant le Seigneur et tirait la morale de l'affaire : l'obstination ou la prière ont pouvoir égal sur le Tout-Puissant.

Par contre, il suffit qu'une âme se mette en boule comme un hérisson pour mettre en échec la stratégie divine. L'abbé Sarmental, curé de la paroisse, approuvait cette théologie des chaumières qui avait le mérite d'être entendue, même par les paroissiens décadents, consommateurs de cierges et de roubles célestes.

Chaque année, à Noël, la neige venait fleurir le pays. Le village ressemblait alors à une broderie sur un drap de soie.

À l'entrée du village, l'école et la cour de récréation. Les cris fusaient. En hiver, les écoliers jouaient à la guerre avec les boulets blancs qui explosaient sur leurs blouses bleues ou noires.

Le clocher semblait laisser choir les heures mûries au soleil. Ces heures paisibles étaient, en somme, des flocons de musique que broutaient les pigeons et les mésanges, ces soubrettes qui faisaient le ménage au-dessus des toits.

Trois fois le jour, le clocher pointait son cœur dans le ciel. C'était l'angélus. Cette salutation à la Vierge immobilisait les femmes. Gamin, je pensais que les présidents de la République les imitaient lorsqu'ils se recueillaient devant la tombe du Soldat inconnu. Je pensais alors qu'il était indécent de priver un mort de son nom. Je prenais goût au posthume et à la gloire.

Mon père en profitait pour me rappeler Verdun dont, à mes yeux, il s'appropriait la victoire. J'étais donc fils de héros, vérification faite dans le dictionnaire, le seul cadeau qui m'apparaissait immortel. « Héros » était un mot digne, avec des bottes et un sabre, de la musique militaire, de l'honneur, du panache. Je déclinais ce mot gothique : Bayard, Du Guesclin, Bonaparte, le tambour d'Arcole, Jeanne d'Arc, sans oublier mon père qui m'avait révélé son cœur de héros en me montrant ses décorations : une famille de médailles avec ce que je supposais être un mode d'emploi. Je sus, plus tard, qu'il s'agissait de citations. Il y avait donc, au champ d'honneur, des distributions de prix.

L'émulation naquit ainsi : je devais rivaliser avec mon père ou, simplement, me montrer digne de lui et des ancêtres inconnus. Comme le soldat du même nom, copain malheureux de mon père, qui reposait sous le dais géant, à l'Étoile.

En ce temps-là, dans ce pays d'avant Babel, les enfants, les hommes, les oiseaux, les chiens, les vaches et les chevaux parlaient la même langue. Le clocher, comme les moutons, avait une grosse cloche autour du cou. La vieille Céleste, toute ridée mais frétillante comme un lézard, prêchait à ses géraniums vêtus comme des cardinaux. L'hiver, les mésanges mendiaient aux fenêtres. Elles connaissaient toutes madame Céleste qui leur fournissait la manne. Comme Dieu, jadis, au désert.

En ce temps-là, dans ce pays où les hirondelles établissaient leur résidence d'été – l'une d'elles avait choisi ma fenêtre et je parlais couramment l'hirondellois – les habitants broyaient ensemble leurs malheurs et leurs joies.

On expliquait ces deux événements par la volonté de Dieu qui voulait notre bien et travaillait mystérieusement notre cœur. Ma grand-mère rappelait que, grâce à la main du boulanger, le froment devenait du pain. À propos : le pain était alors considéré comme un objet sacré, compte tenu de son double rapport au travail des hommes et à la messe. Mon père bénissait l'énorme miche en forme de mappemonde. J'entendais, en l'écoutant, ces milliers d'enfants peints en noir et en jaune, privés de lait et de pain quotidien programmé dans le *Pater*. On m'enseignait, au catéchisme de l'abbé Sarmental, que la prière était capable de faire pousser le riz ou le manioc ainsi que les noix de coco pour remplacer le lait des mamans aux seins vides et tristes.

Je dois dire un mot du boulanger, dodu, pansu, bon comme son pain. Il avait une âme de coq, se levait aux aurores pour allumer son four, cuire ses croissants, aller déguster son café au bistrot d'en face, commenter les nouvelles du jour. Bref, c'était lui qui démarrait le village et décrétait la bonne humeur. On le nommait par son prénom. On en faisait ainsi un personnage légendaire à la manière des saints. Son prénom était dans le calendrier. Depuis ce « parc » surnaturel qu'est le calendrier a été dévasté. On l'a repeuplé de noms bizarres ou de saints immigrés.

L'abbé Sarmental avait tenté d'enrayer la mode, mais l'évêché lui avait ordonné de cesser sa résistance. Pour suppléer à la carence des saints, il ajoutait tout bas, à chaque prénom celui de Marie. Comme ça, se disait-il, l'enfant sera inscrit au Livre de vie !

J'ai oublié un détail d'autant plus important qu'il s'agit probablement de la seule personnalité du village : le boulanger. Il s'appelait Maurice, mais avait également un surnom : Bethléem, nom du lieu de naissance de Jésus et qui signifie : « la maison du pain ». Un professeur de lettres retraité l'avait baptisé ainsi et le nom avait pris racine, à cause, semble-t-il, de son rapport avec l'Enfant de Noël.

De fait, le village ressemblait à la crèche qui rajeunissait l'église une fois l'an. Cette touffe de maisons semblait épargnée par les déluges mais – plus radicalement – par le péché originel, cette forme de lèpre ou de choléra qui s'attaque directement à l'âme et la réduit à l'état de moignon.

Le curé, dans ses leçons de catéchisme, comparait le péché originel au gel qui étouffait les bourgeons et déclenchait la misère. Les enfants savaient que le péché originel frappait surtout les plus pauvres, notamment les petits Christol, orphelins de père. Ils étaient condamnés à cueillir des grappillons, des champignons et des glands pour nourrir les porcs. À l'école, ils étaient studieux. Et, chez eux, dévoués à leur mère, haute et sombre comme un cyprès.

Cette année-là, dans ce pays pourtant aimé de Dieu, la malheur s'abattit. Félix Christol, le père des petits, mourut tragiquement, terrassé par la foudre. C'était à la vigne des Brébiettes, au pied du pic Saint-Loup. Au cours de la messe de funérailles, l'abbé Sarmental eut une défaillance. On dut le relever puis l'allonger aux côtés du cercueil et au milieu des gerbes. On sut plus tard qu'il se vit mort. D'après une autre confidence, il aurait fait cette prière : « Prends-moi, Seigneur, échange mon âme avec celle de ce pauvre Félix. L'évêque peut me remplacer. Et puis, je n'ai pas d'enfants ! »

On prétend, dans ce pays, que le prêtre entendit un bruissement d'ailes, exactement comme dans les vies de saints.

Berthe, la femme du cantonnier Ricou, affirme, dur comme fer, qu'elle a vu une ombre blanche. Elle précise : c'est exactement le signalement de l'ange Gabriel, celui qui fut choisi sur des milliards d'indigènes célestes pour saluer la Vierge Marie et sonner l'angélus. Toujours d'après elle – et qui donc oserait suspecter la femme du cantonnier ? – l'ange aurait dit à l'oreille du prêtre : « Tu resteras encore durant vingt ans dans cette paroisse et tu veilleras à ce qu'il y ait toujours du pain sur la table. » Le boulanger est formel : un pareil message est authentique, c'est un ordre de Dieu. Le prêtre, discrètement, sur ses maigres pourboires sacrés, remplaçait le père défunt.

Suzanne Christol était admirable. Elle allait au bout d'elle-même, mais avec élégance. Elle se cachait dans sa lumière. Elle travaillait aux champs pour élever ses quatre enfants. Ceux-ci, en retour, la comblaient d'affection.

À la Toussaint, ils allaient ensemble au cimetière, fleurir la tombe. Le plus jeune, Guilhem – nom d'un saint du pays –, avait un cœur en forme de lyre. Il avait composé un poème si beau que le curé l'avait accroché au-dessus du prie-Dieu sur lequel s'agenouillaient les pénitents. Les grands pécheurs devaient le lire avant de recevoir l'absolution. Le prêtre affirme qu'ils sanglotaient. « Une grâce est à l'intérieur », dit-il un jour au boulanger.

Cette année-là s'abattit sur le pays un malheur redouté : le gel, ce que, d'un mot expurgé d'émotion, les pouvoirs publics nomment « catastrophe naturelle ».

Les bourgeons étaient devenus semblables à des morceaux de suie. Les oliviers, cousins des vignes, étaient également brûlés par le froid. Les paysans qui possédaient des champs augmentèrent leurs élevages. Les hommes braconnaient. La pauvre veuve cueillait des pissenlits et élevait des lapins. Elle faisait des ménages chez le docteur Salvat et un vieux cul-de-jatte, appareillé de haut en bas. Elle le démontait chaque soir avec des gestes précis de mécanicien. Le soir, les enfants attendaient leur mère, allumaient un bon feu et piaillaient gaiement comme une nichée d'oiseaux.

Noël approchait à grands pas. Cette année-là, le malheur survint sous la forme d'une grippe redoutable qui cloua la mère au lit. Le docteur Salvat, enveloppé dans sa fourrure de trappeur, fut très inquiet au point d'alerter le curé. Celui-ci promit une neuvaine et des jouets pour le sabot de Noël. Il donna des ordres aux enfants qui devaient préparer la soupe et les tisanes.

Discrètement, le prêtre avertit les voisins, leur demandant de veiller à ce que les enfants mangent à leur faim. « Veillez au pain ! disait-il. Quand je rentre dans la maison, je veux voir le pain sur la table. » Il parlait avec cette gravité qui convient au prêtre lorsqu'il célèbre les funérailles. De fait, dans sa prière, il se battait courageusement contre la mort.

Le 24 décembre, après la visite du docteur, on sut que la mère était sauvée. Toutefois, elle demeurait épuisée et presque anéantis.

La vieille Teulade, en lui rendant visite, prétend – qui donc pourrait douter de l'authenticité du miracle ? – qu'un ange l'avait précédée. C'était bien la forme blanche – elle s'y connaissait la sainte vieille ! – qui donnait l'hostie blanche à la grabataire. « J'étais confuse », devait-elle confier à Berthe Ricou. « J'allais m'excuser car ma présence me paraissait une grossièreté. Mais j'étais incapable de faire le moindre geste. Comment vous dire ? J'étais foudroyée, médusée. » L'ange caressa Suzanne avec son aile. Je compris que c'était le baiser de paix ou simplement une manière de rassurer la malade. L'ange se retira comme sur la pointe des pieds. Hélas, soupirait Berthe, « je ne suis pas assez pure pour être une voyante ; mais c'était une sensation de brise qui se lève. Et puis, il y avait cette lumière sur le visage de Suzanne. On eût dit une communiante ! ».

Le mot fut répété et le village canonisa Suzanne Christol. Le docteur avertit le facteur. Celui-ci transforma la bonne nouvelle en miracle et la joie revint au village, comme autrefois ce nuage qui contenait le Dieu de la Bible.

Toutefois, pour cette famille si modeste et si éprouvée, Noël ne serait qu'un souvenir. Il faudrait se contenter de la messe de minuit, sans repas de fête, sans nappe blanche, sans gâteaux, sans jouets. La fille aînée, Catherine, resterait auprès de maman et se priverait même de la messe à laquelle – d'après les gens du pays – les anges assistent et se ressouviennent de la fabuleuse nuit de Bethléem : Dieu les réveilla en sursaut et les précipita par la trappe céleste, selon le rituel des parachutistes : « Go ! Go ! »

Cette enfant, si jeune, avait composé le menu : une bonne omelette aux champignons et une purée de pommes de terre. Pour finir, de la confiture de figues. La tante de Saint-Guilhem avait expédié du foie gras en qualité de marraine de la petite Sophie. Il fallait, hélas, renoncer aux treize desserts et gâteau des rois, le joyau de la soirée. Qu'importe, puisque, d'après le catéchisme, le bon Dieu dégustait les sacrifices et que les privations étaient des remèdes de cheval contre le péché originel.

Le visage de Suzanne, son sourire revenu, sa voix retrouvée, tout indiquait le retour à la santé. Ce soir-là, bien avant la messe de minuit, elle appela son dernier-né : « Joël ! » Aucune réponse.

« Maman, répondit Myriam déguisée en cuisinière, Joël est allé voir la crèche. »

Effectivement, le garçon était déjà à l'église, dans la chapelle de la Vierge. La crèche était immense, remplie de personnages. C'était un monument de naïveté édifié, chaque année, par le garde champêtre.

Cette crèche bariolée tenait de la foire et du cirque. Saint Joseph évoquait un Monsieur Loyal, Marie baissait les yeux, à la manière des premières communiantes. Les animaux adoraient leur petit dompteur couché dans la mangeoire. La vérité, toute la vérité du monde était dite ainsi, avec quelques morceaux d'étoffe, une poignée d'argile et de fétus de paille. Ainsi il était dit que la vérité est simple au départ, et compliquée quand on l'enferme dans des livres.

Les humbles, dans leur cœur et sans paroles, remerciaient leur Dieu de parler leur langue et, d'abord, de penser à eux, dans ce coin perdu. Dans ce pays, tout est vrai, disait le garde champêtre, lequel filtrait les touristes et la méchanceté.

Tout : l'arbre, la vigne, les moutons, l'eau, le pain, le bonheur, l'éclat de rire et le baiser.

Le pain : mot dense qui signifiait nourriture, convivialité, eucharistie, avec une allusion à la fatigue et au sacrifice.

L'enfant regardait, ébloui, ébahi.

Soudain, il crut entendre son nom. Le santon qui représente le berger du mas du hibou s'était légèrement retourné comme s'il se fût senti interpellé. Joël racontera qu'il fut surpris et crut à un fantôme, mais le berger lui sourit. Exactement comme fait le pâtre du « mas du hibou ». Il dit aussitôt : « Joël, j'espère que tu auras un beau cadeau quand l'ange sera passé cette nuit. »

Joël expliqua que sa maman était malade, que les vignes étaient gelées, que tout le monde parlait de restrictions, qu'on était pauvre, qu'après tout, Jésus n'avait pas eu de cadeau, mais que la crèche était le cadeau fait par Dieu au monde.

Le berger acquiesça et dit : « Tu as raison. Le bon Dieu t'a gâté, Joël. Il n'y a pas, dans le monde entier, une maman pareille à la tienne. » Il ajouta, en désignant la poitrine de l'enfant : « Noël, petit, ça se passe là, dans le cœur. » Puis il s'excusa comme si l'heure des discours officiels commençait. Le berger se dirigea vers le boulanger de la crèche et lui glissa un mot à l'oreille.

Le boulanger opina de la tête. Ce qui, visiblement, signifiait : « D'accord ! D'accord ! »

D'accord sur quoi ?

Le boulanger lui-même se déplaça, et, par le pan de son manteau, tira à lui le roi mage, un colosse barbu et couronné. Joël admira ce bon pharaon. Alors que ses confrères sont des égorgeurs de peuples ! La barbe semblait grimper le long du visage, comme le lierre le long du mur du cimetière. Le mage était un beau Noir d'Afrique avec du blanc dans les yeux et sur les dents. Joël pensa que les Noirs, comme les lions ou les tigres, peuvent être apprivoisés et abandonner la hargne qui leur vient du péché originel. Le roi secoua sa crinière – vue de dos – en signe d'acquiescement. Lui aussi était d'accord. Il reprit sa place et, probablement, sa supplication.

Les personnages s'immobilisèrent. Joël fit une prière brève mais courageuse. « Jésus, fais de ton mieux pour que maman reprenne le travail et que nous retrouvions notre bonheur, puisque c'est notre seul bien. Amen. » Joël se signa d'un tour de main.

Tout le village veillait, attendant la messe de minuit. On put voir, sur la route et les sentiers, de petites lumières se rapprocher lentement. C'étaient les paysans des mas, les vignerons et les bergers. Bref, le village était, comme disait Maurice, à l'heure de Bethléem.

Seule Catherine resta auprès de sa mère. Elle lui parlait éperdument, en lui tenant la main. Toutes deux – on entendait les douze coups de minuit – récitèrent les « mystères joyeux » du rosaire et chantèrent des cantiques : *Venez, divin Messie*, *Les anges dans nos campagnes*, *Il est né le divin Enfant*. La voix de Suzanne se consolidait à chaque refrain.

Il me reste à dévoiler cette vérité extraordinaire que je dois appeler miracle puisque telle est la langue de ce pays. Je sais qu'en dehors du bourg et du canton, on a beaucoup de peine à croire que la crèche a réalisé un exploit surnaturel.

D'abord, le miracle, c'est une opération disproportionnée avec un misérable village assassiné par le gel perfide : blessé d'un coup de poignard dans le dos. On en profite – aux alentours – pour avoir de mauvaises pensées. On parle d'une faute secrète, d'un péché que le bon Dieu vomit et châtie aussitôt. Il est normal qu'il agisse comme l'institutrice, mademoiselle Barrès, et punisse toute la classe. Le marchand du Caïffa, par ailleurs un saint homme, dispense cette doctrine noire : « Dieu se doit de punir le mécréant, c'est son métier et, d'abord, son honneur. » Mais l'abbé Sarmental rétorque : « Il y a ici des innocents qui pèsent plus lourd, au regard de Dieu, que tous les mécréants du monde. » Il citait les petits orphelins, puis ajoutait : « À cause d'eux et de leur mère, peut-être ce village, ce clocher et moi-même, tenons debout ! »

Cette colère se répandit dans le pays comme la gelée sur le vignoble. Les clients désertèrent la camionnette du Caïffa.

Alors, ce miracle, où donc est-il ?

Eh bien voilà ! Un miracle, ça se démonte comme une montre, un moteur d'automobile ou les prothèses du vieux Piquemal unijambiste et manchot. Naturellement, on l'aura compris, un miracle n'est jamais l'œuvre d'un seul, l'abbé insiste toujours sur ce fait. En l'occurrence, incontestablement, c'est le petit Joël qui a déclenché l'opération divine. Le surnaturel est naturel et toujours dans le bon sens.

Le bon Dieu écoute les enfants. D'autant que celui-ci, nous l'avons vu, était affectueux et attentionné vis-à-vis de sa mère. Ce soir-là – il en fit plus tard la confidence – il avait le cœur gros et plein de prières.

Il faut supposer – puisque l'on en est réduit à des hypothèses de travail comme on dit – que Jésus, celui de la crèche, toujours attentif aux larmes d'un gosse, fit un geste en direction du berger, geste que l'on pourrait traduire : « Écoute, berger, débrouille-toi, je veux que ce petit soit exaucé. Vois avec tes copains. – OK », avait répondu le pâtre. Mais que peut un berger capable tout au plus de nourrir sa famille et ses chiens ? On peut toujours, il est vrai, ajouter une idée de trois sous pour que le monde se mette en route. Une idée ? C'est un pas en avant. Ou un coup de coude. C'est ainsi que le berger met son voisin de crèche dans le coup. « Maurice, tu sais bien que le petit a perdu son père et la mère est alitée depuis des semaines. Donne-leur une belle miche et un gâteau des rois. – D'accord », avait dit le boulanger. Il réfléchit un instant – l'enfant se souvient – et l'idée lui vint de « taper » – c'est le mot employé – le roi mage entouré de valises royales et diplomatiques. Celui-ci fut d'accord pour payer la couronne en or massif, distribuer des friandises également royales stockées dans des paniers suspendus aux dromadaires. Il y avait là les fameux treize desserts que l'on dit, à la légère, d'origine provençale mais qui, en vérité, ont été inventés en Palestine, par un premier chrétien gourmet. Ce dont témoignent les fruits : dattes, figues, amandes… Le chiffre 13, lui aussi, a un relent d'exotisme puisqu'il a, chez nous, mauvaise réputation.

Ainsi, quand le petit Joël revint de la messe de minuit, la salle à manger était parée comme pour un jour de fête : des guirlandes accrochées au plafond ; sur la table, à profusion, les treize desserts ; offert par les mages, un énorme gâteau des rois, un vrai, avec une couronne d'or pur, qui laisse supposer des puits de pétrole et des milliers d'esclaves enfouis dans les mines de Salomon, à la recherche des filons aurifères.

Vous en conviendrez avec moi : un tel potlatch ne pouvait se réaliser en un tour de main, sans l'aide divine et, probablement, des combines sacrées entre les anges et les mages dont, après tout, nous ignorons le passé et le casier judiciaire.

Vous conviendrez encore qu'il eût suffi d'un geste de la part des voisins pour garnir la table des Christol ; que les villageois aient un peu de pente dans le cœur. Cette défaillance écœura Dieu cette nuit-là. Il n'avait devant lui que quelques heures à partir du moment où le petit Joël, avec cette mèche qu'on nomme prière, avait allumé le détonateur pour obtenir ce feu d'artifice aux treize desserts et au gâteau confectionné par Maurice sur l'ordre des mages et, dit-on, de la reine de Saba.

Le prêtre, qui est un théologien de campagne, un tastevin de la science sacrée, affirme que le bon Dieu, pour sauver Noël chez les Christol, a pris le raccourci le plus court : le cœur d'un enfant. C'est le facteur qui propage cette information car, enfin, il dépend de l'honneur du village et de Dieu de savoir ce qui s'est passé ! En réalité, ce sentier emprunté par Dieu, c'était aussi la crèche avec des santons heureux de coopérer à un sauvetage. Par une nuit pareille ! *Stille Nacht !* Douce nuit !

La crèche des « trois bon Dieu » : le miracle du pain s'était noué là, dans ce parc surnaturel en miniature. Il avait suffi de quelques morceaux d'argile bariolés pour importer le ciel de Bethléem – cette merveilleuse nuit – pour que le miracle ait lieu. Le prêtre pensait même que ce miracle n'était qu'une répétition. « À Bethléem – j'en ai, disait-il, la conviction – il y avait au moins une famille de pauvres orphelins. Il y avait certainement un petit Joël qui faisait sa prière pendant que les femmes faisaient cuire la dinde juive. Donc le miracle était bien rodé. »

Qu'importe, après tout ! La vérité divine, toujours d'après l'abbé Sarmental, écrase la vérité historique : l'une est dans les bréviaires, l'autre dans les calendriers !

En tout cas, si l'on retient l'hypothèse de la répétition, on fait la preuve – ceci pour les mécréants, esclaves de leur esprit procédurier et revanchard – que cette nuit-là – et le fait est unique – les bergers côtoyaient les rois tout-puissants de la Terre.

Et que Bethléem – comme son nom l'indique – signifie bel et bien

la « maison du pain ».

Noël 2001.

Le Puits d'Amour

Les enfants de ce pays vous raconteront, sans une faute, la merveilleuse histoire du Puits d'Amour.

Il n'est pas une jeune fille d'ici qui n'y soit allée par le chemin de l'Aigrette, à l'heure où le cœur frappe plus fort, quand les hirondelles ouvrent le printemps. Pour s'y pencher comme au-dessus d'un miroir, la chevelure renversée, et prononcer la formule magique : « Beau puits, dis au cœur de mon fiancé que je suis la plus belle ! » Si le mariage a lieu dans l'année, les époux doivent venir ensemble et asperger leurs alliances. Pas un couple ne manque à la tradition.

Les enfants de ce pays racontent, sans une erreur, le mariage de Moussia, la fille du mas de l'Orme. Moussia était alors la plus belle fille du pays. Le vent jouait sur son corps comme un archet sur un violon. Elle semblait née d'une fleur et d'un nuage, ce qui – d'après le berger de Saumane – arrive tous les dix mille ans.

D'après le pâtre de Saumane, le Créateur, pour rajeunir notre monde, remonterait notre vieille horloge et permettrait de s'aimer aux objets mêmes. Le Diable, pendant ce temps, resterait attaché comme une chèvre à un pieu de l'enfer.

Le mariage de Moussia, la fille du mas de l'Orme, fut le plus beau du monde. Le cortège quitta la vieille bâtisse sur le char décoré d'automne. On traversa la Grand-Terre, puis le champ des Perdrix. La cloche de l'église semblait ivre. Le prêtre, vêtu de blanc comme la fiancée, assure que Dieu entendait tout ce qui se dit en ce moment-ci, qu'il se chargeait de veiller au bonheur de tous et qu'il exaucerait toujours la prière de la gracieuse Moussia. Après la cérémonie, on s'embrassa et on pleura de joie.

C'était l'automne. Soudain, les hirondelles qui partaient vers les îles organisèrent un fantastique carrousel et l'une d'elles descendit se poser sur l'épaule de la fiancée, puis disparut.

Le char traversa le champ et on dansa jusqu'à la nuit. Les enfants, ce soir-là, s'endormirent sur le tapis, à côté des chiens, fous du bonheur de Moussia.

Le lendemain – les enfants vous le raconteront si vous passez à Orpierre ou à Grangeneuve – la cloche sonne comme une folle. La guerre venait d'éclater. Les vieux qui avaient fait l'autre – celle des tranchées – prétendirent entendre le canon et les avions. Le jeune marié partit dès le matin. Moussia l'accompagnait, sur le même char du mariage, avec le même cheval. Les nuages couraient de peur.

La guerre fut brève pour tous et fut perdue pour nous. À cause du froid et de l'ennemi qui trichait au jeu. C'était l'hiver. Le soldat fut amené dans un camp, là-bas, seul comme un iceberg au milieu de la neige allemande.

Il rêvait, les yeux rougis par le chagrin. Soudain, une hirondelle qui semblait venir du bout du monde piqua sur lui et se posa sur son épaule. Les deux êtres s'étaient compris. Les enfants de ce pays vous diront que l'histoire est vraie, puisqu'elle est belle et arrache des larmes.

Le soldat comprit que l'hirondelle ne pouvait être qu'un ange en forme d'oiseau. Il ôta son alliance et l'offrit à la messagère. Celle-ci prit l'anneau dans son bec et disparut dans une forêt de flocons.

Il neigeait ce jour-là jusqu'au mas de l'Orme. La Méoune – Moussia s'y baignait tout l'été – dessinait une veine bleuâtre sur une main de céruse. L'oiseau épuisé eut juste le temps de déposer l'anneau d'or sur la fenêtre et de mourir.

À la vue de l'objet, Moussia fut saisie d'un bonheur infini, mais, au moment d'ouvrir, une pie voleuse se jeta sur la bague et l'emporta.

Les enfants du pays vous raconteront que le vol est toujours puni par le bon Dieu qui surveille les pies voleuses et les chats. Une hirondelle poussa un cri perçant. Surprise, la pie laissa choir la bague d'or qui traversa la neige jusqu'au fond de la terre. Une eau pure monta et jaillit en une gerbe gonflée de lumière.

Moussia accourut, se pencha sur le puits, la chevelure renversée.

Quand les femmes peignent leurs cheveux d'or, elles s'inclinent ainsi. Moussia vit alors, au fond du puits, l'anneau d'or qui étincelait comme un diamant. Une voix montait, d'une merveilleuse clarté : « Moussia, la guerre fond comme la neige. Après l'hiver, ton bien-aimé reviendra. »

Les enfants du pays vous diront que l'histoire est vraie, puisqu'elle est belle, que vérité et beauté sont fiancées en haut lieu.

Ils ajoutent que le puits existe et qu'il s'agit bien d'un miracle, puisqu'on ne creuse jamais un puits en plein champ.

Nul ne boit de l'eau du Puits d'Amour puisqu'elle est réservée à l'âme de Moussia. Et aux anges – d'après le berger de Saumane – durant la nuit de Noël. Il faut bien que les anges et les bêtes boivent, vous affirmeront les gens de ce pays.

Les filles, surtout, m'ont convaincu de la certitude de l'événement. Le Puits d'Amour existe, là-bas, en plein champ. Comme la nuit. Comme les lapins qui viennent écouter l'histoire, souvent triste, des hommes. Nul ne doit se pencher au-dessus de l'onde sacrée s'il n'a auparavant reçu un baiser. Les esprits se vengeraient à coup sûr. Il arrive aussi que l'eau se trouble et maugrée si le cœur n'est pas pur. Par contre, on l'assure, les enfants voient d'étranges choses : des fleurs et des nuages qui viennent s'enlacer au fond de l'onde. Un chasseur affirme même avoir vu, en plein hiver, une jeune fille traverser pieds nus le champ de neige, à la tombée de la nuit, et s'asseoir sur la margelle. Le lendemain, il trouva un anneau d'or marqué d'une date. C'était bien l'anneau de Moussia. On le passa au doigt de Notre-Dame des Bois, la Vierge de la petite église.

Les enfants de ce pays vous diront eux-mêmes qu'on porte cette statue jusqu'au Puits d'Amour, à l'automne, quand les âmes se cachent dans le vent ou simplement dans la lumière en deuil.

Parfois, les hirondelles se rassemblent pour célébrer Moussia. Vous les verrez si vous passez d'aventure en haute Provence. Vous quittez la Méoune pour aller à Orpierre. Vous ne pouvez pas vous tromper puisque vous verrez le mas de l'Orme juste derrière la montagne de la Cabre. Et puis, dans le monde entier, il n'y a qu'un Puits d'Amour.

Tous les enfants d'ici vous le diront.

La chatte des Goudes

Nous, les chats, n'avons pas d'enfance. À la différence des hommes. C'est notre privilège. Quand surgit la mémoire, nous sommes déjà loin dans la vie. En somme, les souvenirs commencent avec la puberté. La mère se penche sur ses marmots, l'espace d'une saison. Elle-même ne sait rien de sa naissance.

J'en ai parlé aux abeilles. Elles m'ont dit que les arbres font ainsi. La graine ignore le vent qui l'a sevrée. Elle ne retrouvera jamais sa branche maternelle. Elle se souvient s'être réveillée un beau matin au bord d'une vigne. Elle a parlé avec un myosotis qui avait peur d'un agneau. Les abeilles savent des tas de choses. Elles travaillent dur et passent des contrats avec les hommes. Chacun s'y retrouve. L'hiver est rude, mais elles dorment. L'une d'elles sort un matin. Elle ramène une fleur d'amandier, comme la colombe de l'Arche : on ouvre la porte et le grand week-end commence.

Notre monde à nous est très différent. Nous tenons à la fois des enfants de la balle et des courtisanes. La plupart de mes amies se font entretenir.

Personnellement, j'ai pris des risques très jeune. C'est le vent qui m'a enseigné la vie. Je logeais alors chez une vieille laitue à Gratte-semelle. Taillée comme une ronce truffée d'épines, elle cheminait vers Notre-Dame de la Garde quand le mistral, lui empoignant les jupes, la transforma en parachute. La vieille déployée des quatre membres, ressemblait à Valentin, l'homme-oiseau, style Belle Époque.

Je fonçai à mon tout jusqu'à la Bonne Mère, le museau délicieusement fouetté par ce vampire invisible. Je découvrais la mer, amarrée là, comme un bateau bleu, avec des dentelles blanches qui frissonnaient. Les îles, là-bas, me faisaient signe. Les bateaux semblaient englués comme des mouches sur un papier collant. Je voulais voir les îles à tout prix. Je descendis donc, tandis que la vieille, persécutée par le mistral, se transformait en paon sinistre et faisait la roue sur l'esplanade.

Quelle journée ! Arrivée au Vieux-Port, je sautais sur une barque, puis sur l'autre. Ces chemins ne menaient nulle part. Il me fallut trois jours de western pour découvrir le vrai port et les vrais bateaux.

Trompant la surveillance, j'escaladai le *Renaissance*, un labyrinthe peuplé de minotaures et de quelques anges gardiens qui me dirigèrent vers la cuisine. J'étais arrivée.

Le cuisinier Peluche me donna mon passeport et ma pitance. La vie à bord m'enchantait. J'adorais ces hommes d'équipage, doux et un peu tristes, qui se faisaient les mains sur ma fourrure. Je grimpais sur le pont, j'écoutais les touristes, ordinairement vains, orgueilleux, et qui fabriquaient une conversation plate comme l'eau. Certains avaient le regard sale et flairaient de l'œil les jambes des jeunes filles. Ils levaient parfois la tête comme des béliers en rut.

J'avais un gyroscope dans la tête. Je connaissais exactement la rotation de mon bateau. J'avais même l'impression d'en être l'armateur. Ah ! J'oubliais. On m'appelait Elvire. J'ai appris qu'on ne venait réellement au monde qu'au jour où l'on entendait son nom. Le mien était beau. Peluche l'avait puisé dans la littérature et il me parlait d'un constructeur de théâtres nommé Racine. La mer, le langage des hommes, c'est ce qu'il y a de plus beau.

Chaque destin se brise, c'est mon sentiment. C'est en tout cas ce que les hommes de l'équipage se disaient entre eux. Ils buvaient alors, pour faire passer l'événement. Leurs pères, disaient-ils, qui faisaient la guerre, s'enivraient pour mieux tenir leur fusil. D'autant qu'ils n'avaient même pas le certificat d'études et qu'ils ignoraient cet étrange métier.

J'ai donc eu, moi aussi, le coup dur. Cela se passait aux Canaries. Je flânais dans le port quand un gros chat qui ressemblait à un bandit de Calabre me sauta dessus en me plantant son dard. À peine avais-je identifié cette sorte de hold-up sauvage que je me mis à courir comme une folle. J'errais dans la ville, m'arrêtant devant les restaurants, les marchandes de poissons. Hébétée.

Finalement, j'atterris dans une rue remuante et gaie. Des jeunes femmes attendaient devant leur porte. Beaucoup d'hommes circulaient, peu de femmes. C'était normal puisqu'il n'y avait pas de vitrines à regarder. L'une de ces demoiselles – elle s'appelait madame Mimi – me fit signe et m'amena dans sa maison.

Je n'étais pas dépaysée. En somme, c'était la vie à bord qui continuait. L'équipage avait changé de sexe, simplement. Les hommes entraient et sortaient. C'étaient des touristes. Ils donnaient de gros billets qui faisaient du bruit quand on les plie. La maison ressemblait à un aquarium ; ces dames aimaient l'eau.

La vie devint monotone. Un soir, dans la rue, je fus de nouveau agressée. Mon amant furieux faillit me déchirer. Un passant nous envoya un coup de pied qui me laissa à demi morte. Que se passa-t-il ? J'ignore. Je me retrouvai dans le port, étendue sur la bâche d'une camionnette.

Je ne pouvais pas croire au miracle. Le *Renaissance* était devant moi, drapé de blanc, fumant sa pipe comme d'habitude. Mais soudain, j'entendis : « Elvire ! Elvire ! » Hélas ! L'équipage était triste. Ils parlaient tous du dernier voyage, d'un Grec qui voulait à tout prix nous prendre notre bateau. Mes pauvres compagnons disaient que les Grecs avaient acheté toute la Méditerranée et qu'ils voulaient la mettre dans des puits, comme le pétrole, pour la vendre ensuite aux automobilistes.

C'était bien le dernier voyage. Quelques jours après notre arrivée, on nous expulsa et le Grec vint chercher le bateau et la mer qui l'entourait. Il obligea les mouettes à saluer son chapeau grec.

Peluche ramassa ses affaires. Il regarda des photos de femmes qu'il déchira. Il me dit : « Elvire, viens à la maison. Tu verras après. »

Peluche possède une petite maison, jaune bouton-d'or, qui donne sur le port des Goudes. En me voyant, sa femme leva les bras au ciel : « Tu ne vas pas m'amener cette bête, j'ai horreur des puces. Ne me parle pas des chats. C'est sale, c'est vicieux, c'est hypocrite, c'est dégradant. Je viens de faire recouvrir un fauteuil. Je ne veux pas que cette bestiole me le mette en pièces. »

Le terme était injurieux. Peluche le releva : « C'est de la diffamation et contraire au droit des gens. Que fais-tu du droit d'asile ? » Peluche lança le mot fatal et rapide comme un javelot. La mégère poussa un cri de dragon qu'on égorge. Il me fit un clin d'œil. Je déguerpis. Une bonne vieille me relogea. Elle s'appelait madame

Louise. Elle m'a prise d'abord comme dame de compagnie, puis comme associée. Nous avons une maison, quelques revenus, du soleil et du poisson.

Naturellement, Peluche et moi, nous continuons à nous voir secrètement. Il a une petite barque à moteur sur laquelle je vais m'étendre pour bronzer. C'est merveilleux ce miracle de la vie qui coule comme une douche.

Peluche souffre de sa mégère, visiblement. Plus il souffre et plus je l'aime. Nous partons ensemble à la pêche et il m'amène jusqu'au point où l'on voit les paquebots entrer et sortir dans le port. Parfois, quand un navire rentre, nous approchons au plus près possible. Un énorme frisson soulève la barque. Peluche ferme les yeux et soupire : « C'est ça, l'amour ! »

Un jour, Peluche a ouvert son portefeuille. Il m'a raconté avec sa belle voix d'homme, pulpeuse, peignée par la brise salée : « Tu sais, Elvire, j'ai eu des aventures à bord. J'avais une maîtresse aux Canaries. J'ai déchiré toutes les photos à cause de ma femme. Je n'en ai gardé qu'une seule. » Je reconnus mon visage. Il m'a serrée contre son cœur. Nous avons ressenti ce bonheur qui fait mal.

Les mouettes ont ouvert le bal autour de notre barque. Nous avons pensé l'un et l'autre aux soirées du *Renaissance*. J'ai compris que la mémoire, chez les hommes, sert aussi au bonheur.

L'étoile buissonnière

Certains ignorent encore qu'il est des chasseurs d'étoiles. Chaque année, des trappeurs – que l'on nomme vulgairement astronomes – fourbissent leurs lunettes en forme de canon, les dissimulent sous un abri, se mettent à l'affût, et attendent le vol des astres, dès la tombée de la nuit.

Car l'étoile appartient – qui pourrait l'ignorer ? – à cette espèce fragile qui tient de la fleur et du nuage que l'on appelle, pour faire vite, des oiseaux. Un oiseau est fait, je viens de le dire, d'un foulard de nuage noué autour d'une fleur. D'où l'incroyable diversité : il en est de tout petits fabriqués à partir du myosotis. D'autres sont opulents comme des roses ou des gueules-de-loup. L'oiseau ressemble à l'abeille : chaque jour, il part butiner le soleil. Il consomme beaucoup de vent pour actionner ses ailes. Car l'oiseau est né d'une idée.

Les savants, chaussés de lunettes de sept lieues, connaissent parfaitement l'origine de l'oiseau : une fleur nommée Rose ou Ève – les savants en discutent entre eux – a vu, en plein midi, un voilier au large des Saintes-Maries, c'est-à-dire à trois pas du méridien de Greenwich. La fleur a regardé de toute son âme, à la manière des femmes de harem, cachée derrière sa jalousie fleurie. Elle a surpris le voilier en train de se laisser séduire par le mistral, de repos ce jour-là. On comprend aisément qu'une jeune fille de harem – c'était le temps où le Turc se promenait librement chez nous en flairant un pavot – ait remué dans son cœur de Turque des tas d'idées familières aux captives. Cette jeune fée cloîtrée, probablement par un autre Turc, eut soudain une idée féerique : elle retourne sa corolle et, avec son aiguille de harem, elle découpe puis recoud les morceaux. Le mistral, qui faisait le guet, comprend aussitôt l'ingéniosité de la jeune fille. Il souffle de toute son âme et voilà que la concubine sultaneuse s'envole et vogue au bout du ciel. Elle jette l'ancre et le tour est joué : l'étoile est née.

Inutile de raconter la suite.

Nul n'est plus secret qu'une fleur ni plus bavard qu'une étoile. Sans compter le fameux téléphone arabe qui fonctionne aussi chez les Turcs, et donc dans les sultaneries. Aussitôt, toutes les fleurs se mettent à nu – une habitude courante dans les harems –, retournent leur corolle et, au premier coup de mistral, « Go ! » : elles prennent le large.

C'est tout de même beau, la science ! Ainsi savons-nous depuis Galilée, que la terre tourne et que les étoiles sont nées chez nous. Derrière une jalousie et par un jour de mistral. Alors qu'un jour seulement avant la naissance de Galilée, le pape – vous vous rendez compte ! – disait pieusement sa messe : « Je crois que le soleil tourne autour de moi comme font les chevaux de bois dans les manèges de foire. » Il disait une bêtise, ce pauvre pontife, et, ce qui est plus grave, en plein *Credo*. Le lendemain, le diacre lui dit :

« Saint Père, vous vous gourez.

— Quoi ? dit l'homme blanc armé de son gourdin sacré et casqué d'un haut-de-forme spécial pour curés.

— Vous vous mettez le doigt dans l'œil.

— Et moi, je ressens de l'impatience dans ma mule droite. »

Cette manière de parler ne convient pas au clergé suprême qui se doit d'éviter les familiarités et les allusions pernicieuses.

Quoi qu'il en soit, le vieillard s'adosse au Saint-Esprit et fait le geste infaillible de la mule. La poulaine blanche part comme un boomerang et prend Galilée de plein fouet. L'opticien de génie aurait murmuré, avant de s'écrouler sur le ring papal : « Et pourtant, elle tourne ! » Sa pauvre tête scientifique, bien sûr, qui dévalait les marches de Saint-Pierre.

Je n'aime parler ni de religion ni de politique. Parce que l'on en vient vite aux mains ou aux mules. Il fallait tout de même répéter ce mot historique dans son contexte. La tiare aussi s'est mise à tournoyer autour du crâne de l'Élu de Dieu.

Après, c'est la Révolution française, Napoléon, le geste déplacé de l'empereur à l'égard du pape. « Et pourtant, je suis pape ! » gémissait le vieillard au saint siège.

Après, tout change : le roi regagne ses appartements, la situation se retourne. Le cœur aussi : on revient à la carte du Tendre. La mule du pape se transforme et devient sandale de vair. La reine se nomme Cendrillon.

En musique, on regrette Lulli et *Le Bourgeois gentilhomme.* Au vieux monarque mangé par la goutte, se fait arrêter comme un vulgaire contrebandier. On le grimpe comme un sac de châtaignes, sur un échafaud. L'Aigle vole de clocher en clocher puis finit dans les filets, à Waterloo. Au roi de Rome séquestré à Schoenbrunn, on envoie des marrons glacés et des soldats de plomb, car les soirées d'hiver sont longues dans ce pays.

Dieu ! me voici loin de Forcalquier et du ciel de Provence. Que voulez-vous, la Terre tourne, nous l'avons déjà dit.

L'histoire que je vais maintenant vous raconter, je la tiens d'un célèbre poète provençal. J'ai nommé : Jean Giono. Elle est donc, comme on dit, de première cuvée. Je l'ai gravée en moi comme une chanson et il m'arrive de la fredonner quand je traverse ce haut pays qui longe les étoiles et, probablement, ces essaims d'astres qu'on nomme galaxies.

« Par une nuit pareille, Jessica… »

Oui, Giono avait choisi une nuit divine pour voir des choses de l'autre monde ou plutôt de l'autre versant de cette Terre. Qui, souvent, tourne à l'envers. Ce jour-là, il avait endossé son âme du dimanche. Il avait traversé le plateau, celui qui est marqué sur la carte. Puis parcouru le bout de chemin qui semble tracé par un astronome – c'est-à-dire un indigène du ciel – tant il respecte la moindre touffe étoilée.

On installe Giono dans cette espèce de tank de la paix, amarré sur le plateau de haute Provence. Chacun sait que cette région est la plus proche de la voûte céleste. D'où cette lumière vive, celle même des bougies que nous soufflons au jour de notre anniversaire.

Giono cale son œil couleur de ciel derrière la lunette et se met à décrire dans le détail les gestes gracieux d'une étoile en fleurs qui bourgeonnait probablement ce soir-là. « Là-haut, c'est le printemps », conclut Giono.

L'astronome note aussitôt cette découverte importante et félicite le poète. En vérité, cette observation était à la portée d'un enfant. Encore faut-il avoir le regard pur et l'âme à la hauteur du surmonde.

Le fait est là : Le ciel avait changé de saison et tout le monde l'ignorait dans cette clinique des astres. Vous avez probablement remarqué la ressemblance entre les astronomes et les médecins : ils ont une blouse blanche et utilisent presque les mêmes phrases. Derrière sa lunette de sept lieues, le savant dit à sa consultante : « Toussez, respirez, dites trente-trois… »

Quant à la patience des étoiles elle est légendaire : ces fleurs d'azur peuvent rester une nuit entière sous l'œil d'un savant muet comme une carpe et, au surplus, très indiscret. Or une étoile a une vie privée comme chacun de nous.

« Savez-vous, monsieur Giono, que nous avons rendez-vous pris avec cette étoile depuis un siècle et demi ? »

Effectivement, les étoiles ne pensent qu'en années-lumière. Vous leur demandez : « Quand pourrions-nous bavarder quelques instants ? » l'étoile consulte son agenda et vous répond : « Dans trois cents ans, à la pleine lune de mai. »

Notez qu'elle vous donne toujours rendez-vous à l'observatoire de Haute-Provence, l'équivalent pour le monde astral de La Mecque pour les musulmans ou de Rome pour les chrétiens. Ce soir-là, par exemple, le rendez-vous avait été pris par l'arrière-grand-père du savant. Détail tragique : il vous suffit de déplacer la lunette d'un micron pour que votre invitée s'envole. Car l'étoile ne supporte pas l'indélicatesse. Elle a horreur du mufle ou du maladroit.

Le savant s'absenta pour aller bricoler dans la pièce à côté. Après avoir fait au poète les recommandations d'usage : ne toucher à aucune des manettes, vis, boutons ou manivelles qui se trouvaient à sa portée. C'était ignorer qu'un poète n'est mis au monde que pour regarder derrière le ciel et, si possible, derrière la lumière. Notre Provençal ne put s'empêcher de poser la main sur une petite roue de cuivre qui brillait dans la nuit. Aussitôt l'étoile disparut.

Affolé, le poète actionna des deux mains tout ce qui se trouvait devant lui : tout le ciel dévala sous ses yeux à un train d'enfer. Ivre de désespoir, il ferma les yeux.

« Pouvez-vous me décrire mon étoile ? » demanda l'homme qui bricolait dans la pièce à côté.

L'instinct de propriété a toujours révolté les poètes. Giono sursauta, s'agrippant aux manettes. Ses yeux s'ouvrirent sous le choc et voici : une étoile d'une clarté et d'une élégance incroyables se trouvait là, posant toute nue devant ses yeux ébahis.

« Je vois une étoile qui semble se contempler devant un miroir.

On dirait qu'elle peigne sa chevelure de feu. À moins qu'elle ne chevauche. Je parie que c'est une amazone. »

À ce mot magique, le savant sauta sur le poète comme s'il eût voulu l'étrangler. Il le précipita à terre et s'empara de la lunette de sept lieues. Giono entendit la voix chevrotante du soupirant : « Oh ! Oh ! Ah ! Ah ! » Les savants ne disposent que du système binaire et d'un stock de mots très limité. Ceux-ci sont réservés aux professionnels de la littérature qui en consomment des tonnes par an.

Le poète, une fois revenu de ses émotions, interrogea :

« N'est-ce pas que l'étoile fait sa toilette ? »

Le savant haletait et ne répondait pas.

Giono affirma n'avoir connu le miracle que bien plus tard.

Le secret, en effet, était gardé dans des coffres blindés et cachetés à la cire. En vérité, la manœuvre innocente du poète avait braqué la lunette sur une étoile recherchée, depuis Galilée, par tous les savants du monde. Le malheureux découvreur, torturé par le pape, avait avoué qu'il avait rendez-vous, chaque soir, avec une étoile jeune et belle qui lui parlait en secret. Aussitôt, le pape avait crié au scandale et avait fait casser la lunette magique. Depuis lors, l'étoile inconsolable s'était retirée. En religion ou en veuvage.

Et voici qu'elle réapparaissait. Pimpante, aguichante. Elle n'avait pas résisté au désespoir d'un poète, lequel avait, probablement, trouvé le mot juste : celui qui relève de la science des amoureux.

Cette observation, je l'ai dit, a été déposée dans le coffre à secrets et je la dois moi-même à une indiscrétion. Ceci pour vous rassurer sur son caractère scientifique. Pour les grincheux qui douteraient encore, j'apporterai cette dernière pièce à conviction consignée, elle aussi, dans le coffre de Forcalquier.

Il vous suffira d'observer la lune, chaque mois, lorsqu'elle tourne la tête. Elle apparaît alors de profil, élégante, racée, enjouée. Elle regarde précisément du côté de la fameuse étoile qui, de son côté, regarde vers la Provence.

« Mais, objectera-t-on, l'étoile ignore qu'on n'invite plus de poète derrière la lunette de sept lieues ?

— Certainement. Car il faut beaucoup de temps – des années-lumière – pour qu'un télégramme de la Terre parvienne jusqu'aux astres. Et l'inverse est vrai. »

J'ai évoqué ce mystère devant le berger du Contadour. Qui a connu Giono. Lequel a connu l'étoile. Pour le pâtre les choses sont plus simples : la poésie se joue des distances et des kilomètres de lumière. La mort même de Giono ou de Galilée ne saurait l'arrêter. Le berger du Contadour se fait fort d'obtenir un rendez-vous avec l'étoile de son cœur, d'une semaine à l'autre, parfois même sur-le-champ. Sans même recourir à une lunette géante ou aux mathématiques.

L'homme dit vrai. Puisque des paysans l'ont vu, à plusieurs reprises, s'avancer au clair de lune et chanter face à l'astre qui tournait la tête et semblait, lui aussi, rêver.

L'astronome, lui, doit demander une audience. Et seulement pour son petit-fils.

Le ciel est bon, je vous l'accorde. Il fait toujours une fleur aux poètes.

À dos de soleil

La maison du soleil, je l'ai visitée. Aux Baux-de-Provence. Derrière la haie de rochers. Crénelée, avec un air de château fort en ruines. L'âme échevelée de Jeanne la Folle flotte ici partout. Ça sent bon la lavande et le feu de bois. Le soleil se chauffe, parbleu. Il prépare même le feu pour toute la Terre. Comme on fait mijoter une daube : à feu doux, avec de la musique dans un poêlon, dès qu'on soulève le couvercle. Quel arôme, ce feu mijoté, réchauffé, cet alcool de feu qui semble sorti d'un alambic, bref, ce parfum de feu ! J'oubliais que le feu est également écrémé. Il part à l'exportation et l'Équateur est un très gros client : il consomme des tonnes de crème de feu. Alors que les Esquimaux préfèrent le petit-lait de soleil qu'ils dégustent dans leurs igloos. Chacun son goût, après tout. Moi, je l'ai goûté à l'anchoïade, comme tout bon Provençal. J'aime bien cette lave posée sur la table, avec un tout petit téton de soleil par-dessus. Ça fait coquin. Et puis, on touille, on ratatouille. Tous ensemble. On croirait qu'on joue aux tables tournantes : « Soleil, es-tu là ? »

Le soleil habite là-haut. C'est un châtelain d'origine, avec des arbalétriers, des joueurs de cor, un fossé, un pont-levis. Un musée pour les dieux d'Égypte, avec des yeux en amande – à cause de la Provence – et une petite barbichette. À cause des gosses qui se font les mains. C'est connu depuis la plus haute Antiquité.

Derrière le château, un cimetière d'étoiles avariées : une aile emboutie, des accus à plat, un clignotant, un ovni qui a brûlé un feu rouge, un ange ivre ou tête brûlée. Dans le ciel, tout peut arriver, même en plein jour.

Je me souviens très bien de cette belle journée. Le soleil s'était levé aux aurores. Pour aider l'été à vivre : il faut bien joindre les deux bouts. La Bible parle d'un soir et d'un matin par jour. Un sacré budget. Ce jour-là, dans l'entourage du prince des Baux, on ne parlait que de la hotte de neige. Oui, parfaitement. Le soleil avait rapporté de la neige fraîche comme du yaourt. De l'Himalaya. Dans ses poches solaires, évidemment. On parlait aussi beaucoup du petit Guilhem des Baux, un enfant infirme que l'on appelait familièrement Coquelicot. Parce que sa maman l'habillait tout de rouge. Pour l'apercevoir de loin au milieu des oliviers. Parce que Coquelicot était minuscule. Une espèce de rouge-gorge botté qui montait dans les mûriers comme un ver à soie et se perdait dans les branches. Il allait, de branche en branche et d'arbre en arbre. Chez le soleil, précisément. J'arrête pour ne pas attenter à la vie privée de Coquelicot. Un beau jour, l'astre à la barbe de feu l'amena faire un tour du monde. Comme ça. À dos de soleil.

« Grimpe, avait dit le baudet du ciel, accroche-toi à ma crinière flamboyante. Tu verras l'Amérique, les gratte-ciel et les cow-boys. Tu verras ensuite les Lapons dans leur marmite norvégienne. Et les rennes, avec leur bûche de Noël sur le front. »

Coquelicot se pencha lorsqu'il survola les Baux. C'est lui, cette fois, qui surveillait sa mère et fit : « Ouh ! Ouh ! » dans ses mains en forme de conque. Celle-ci finit par relever la tête et aperçut une petite tache rouge qui frétillait dans le soleil. La pauvre femme sanglota. Elle crut que le soleil était un ogre qui se nourrissait de chair d'enfant. Mais le berger Cyrus de Maussane la rassura : le soleil était, depuis le Déluge, civilisé. Au surplus il était végétarien : il croquait, à l'occasion une fleur ou une étoile. Celle-ci a d'ailleurs un goût de châtaigne. Sobre, le soleil ne boit que de l'eau. Les mers ne servent, pratiquement, qu'à étancher sa soif. En temps de sécheresse, il puise dans le Rhône. Les riverains, selon une vénérable coutume du Midi, ferment les yeux. Je vous accorde qu'accessoirement les océans servent également aux poissons, leurs locataires discrets. Et au sel, forme maritime de la neige. Et aux bateaux, depuis le vieux bricoleur que la Bible appelle Noé.

Revenons à notre histoire. Quand vint le soir, le zeppelin du monde descendit dans son château. Il déposa le petit voyageur. Lequel reçut la fessée de circonstance, mais se consola en vidant ses poches remplies de mille poissons de couleur. Le voyageur avait en effet traversé une rivière merveilleuse, juste au-dessus de l'équateur. L'eau et les poissons étincelaient. Le soleil docile s'était posé sur le fleuve bariolé. On eût cru voir un bateau-mouche remontant la Seine avec la Queen à bord. Coquelicot s'était penché pour cueillir une poignée de poissons. Vous pourrez d'ailleurs voir ces petites bêtes du bon Dieu dans la mare de la Cabre d'Or si vous allez aux Baux. Un jour de mistral de préférence, car ce vent lave à la fois l'eau et les nuages.

Le lac se trouve juste au-dessous du nuage en forme de fumée. Je reconnais qu'une fumée ressemble toujours un peu à une autre fumée. Mais, il n'est pas possible de donner une autre indication. On y revient toujours : la plus belle fille du monde ne peut donner que ce qu'elle a.

Coquelicot, chaque jour, allait rendre visite à ses poissons. Vous savez sans doute que les poissons célestes ne mangent que des grains de soleil ? Imaginez des bengalis avec des nageoires et des oreilles rentrées comme les oiseaux. Ils sortent de l'eau et s'allongent sur l'herbe. Ils déjeunent ainsi dans un bain de soleil.

Il advint qu'un matin Coquelicot voulut capturer un écureuil. Ce rat des forêts courait sous les chênes puis escalada un arbre. Coquelicot s'élança à sa poursuite. La bête sauta dans le vide, s'accrocha à la branche d'un pin. Coquelicot, qui le suivait, lui saisit la queue. Tous deux s'écrasèrent sur le sol. Coquelicot hurla de douleur. Le médecin le mit tout entier dans un étui de plâtre, transformé en sucre d'orge. On installa l'infirme dans la chambre qui donne sur un champ d'amandiers. Coquelicot eut l'impression que son âme allait l'abandonner pour aller habiter chez le soleil. Il voulut expirer et dicta à la chatte Réglisse ses ultimes volontés.

Coquelicot eût certainement rendu l'âme sans l'amitié de sa chienne Queen qui allait chercher des histoires – celles qui font rire les enfants malades – auprès des lapins et des cigales. Ce petit monde dispose de temps libre et de mémoire. Ces dernières ont l'accent de Carcassonne et roulent les « r » en exécutant une sorte de danse du ventre. Pendant ce temps, les fourmis font la manche et gardent le fric.

Les Parisiens, qui croient avoir inventé le monde, revendiquent l'invention de la manche, de la guitare, du beatnik et, pour commencer, du couloir du métro. J'ai le regret de dire que ce sont les Provençaux qui ont mis au point cette bestiole de trois sous qui gratte son ventre et en fait une guitare. L'expression « gratter la guitare » ne vient pas d'un dictionnaire d'Académie, comme le croient les Parisiens. Mais d'une petite bête remplie de musique. Ou, plus simplement, d'un insecte lyrique.

En somme, ce sont les êtres les plus frêles qui nous donnent le secret de ce monde : Coquelicot et la cigale. Ajoutez-y cette malchance, cette jambe cassée sans laquelle vous n'eussiez rien su du soleil ou de la musique. Autant dire que vous seriez un monstre parfait, une grosse bête qui pense avec une queue farcie de méchanceté. Vous seriez un être dangereux. Car j'ai une peur bleue de quelqu'un qui ignore la lumière et la musique. Je viens, au passage, de vous donner la définition du schizophrène, si vous n'entendez que le parisien.

La chienne Queen est infirmière de profession. Sage-femme, exactement, et mère de famille nombreuse. Elle met au monde des petits chiots. Elle les place sous le ventre de leur maman qui les nettoie avec une langue en forme de gant de toilette. Une fois propres, ils ont droit au lait bien chaud qui sort en direct du ventre tout rose : une source thermale, en somme, qui fournit de la blédine à chiens. Il suffit d'aimer sa maman et le lait coule à volonté. Ce qui fait dire à Coquelicot : « L'expression "gagner sa vie" nous vient des hommes. En grandissant on oublie d'aimer. La vie se retire. Les bambins caniches ou les cigales savent cela dès leur naissance. »

Souvent d'ailleurs, la cigale apporte un ventre rempli de musique tandis que la maman chienne met au monde. Le lait chauffe pendant ce temps-là. Car une maman ne pense pas toujours à mettre le lait sur le feu. Et pourtant le biberon doit être à point. D'ailleurs la maman Queen tête toujours la première gorgée à sa mamelle rose et elle dit : « Ça va ! » Les Queen sont des gens très simples dans la société canine : leur cœur gonfle comme le bon pain.

La fin de l'histoire vous échappe. N'essayez pas de deviner si vous n'êtes point provençal. Ah ! si vous aviez visité le château fort du soleil avec la chienne Queen et Laura la cigale *by night*, je m'inclinerais. Mais nous sommes très peu d'intimes. Parce que l'intimité se brise comme un vase dès qu'on fait part d'un secret à trop de gens. La lumière peut abîmer les mots. Fragiles comme des géraniums.

Dans ce pays, tout le monde vous demande des nouvelles du petit infirme. On s'imagine ici qu'un malheur semblable a pu arriver jadis à Jésus, lorsqu'il était enfant. Si vous y regardez de près, si vous vous penchez sur la crèche, l'idée d'un accident vous viendra aussitôt. À cause des animaux qui passent la nuit à côté de l'Enfant. Comment expliquer leur présence insolite autour d'un berceau ? Ni l'âne, ni le bœuf ne se déplacent pour un nouveau-né, avec des allures de frères capucins qui vous récitent des patenôtres ou des barcarolles en grégorien.

Coquelicot, coulé dans sa gouttière, nous aide à percer l'énigme. Il suffit que ces braves bêtes aient été averties par un merle des bois, ou par un bout d'oiseau. Ou simplement par un chat en vadrouille, par un grillon ou un ver luisant. Quoi qu'il en soit, non seulement les animaux sont là, mais ils précèdent les mages dans la course à la crèche.

Qui donc est allé plus vite que l'étoile ? Je gage que c'est un merle de la fameuse famille merlière des Baux. Pour Coquelicot, en tout cas, il n'y a aucun doute : c'est bien le merle Tourtour qui fut l'artisan du miracle, ce qu'il nous faut maintenant établir.

Les merles sont doués pour les langues. Ils doivent nous arriver de la Hollande ou des Balkans. En vérité, ils parlent tout aussi mal les divers dialectes, mais ils parviennent à se faire entendre à force d'insistance et de gesticulation. Celui-ci venait d'Aygalières. Quand il vit Coquelicot rouge et pimpant, il eut le coup de foudre et fraternisa. En somme, le merle n'était qu'un poulbot des champs. Il faut ajouter qu'ils avaient le même âge. Lors de la chute de Coquelicot, le merle Tourtour fut le premier brancardier à lui porter secours : le garrot, le bouche-à-bouche, la prière à sainte Réparade. Depuis lors, chaque jour, le merle venait lire à Coquelicot une page de la Belle au bois des Baux.

Or, ce matin-là, le petit infirme avait pleuré. Les merles – c'est bien connu dans le pays – ne supportent pas les larmes. L'oiseau tourna de l'œil, avec des sanglots qui lui coupent les ailes. Coquelicot put enfin raconter son chagrin : avec des mots douloureux comme des engelures. Il avait rêvé, la nuit, à son voyage à dos de soleil. Que de souvenirs ! Ils étaient descendus là-bas, sur l'Himalaya : une grosse montagne avec des balcons de neige. Un volcan à neige, ancêtre du canon du même nom, avait probablement déversé cette poudre depuis le commencement du monde. L'Himalaya, comme chacun sait, touche au ciel : c'est, pour les Asiatiques, l'équivalent de notre Babel. Très exactement, la Babel d'Asie, avec des edelweiss en forme de lotus. Et des pousse-pousse au lieu de nos remonte-pentes. Cela va de soi. Hélas ! jamais plus

Coquelicot ne verrait cette neige. Il ne pourrait donc jamais guérir. Les choses se tiennent, on n'y peut rien. Le merle, technocrate sur les bords, promit d'étudier la question. Ce qui vous reporte au printemps.

Que les oiseaux aient des idées, cela n'était pas venu à l'esprit des homocrates. Et pourtant ? Le merle Tourtour pensait qu'un problème bien posé est à moitié résolu. Comment donc faire pousser de la neige dans un pays étranger ? Comment greffer des arbres de bonne volonté qui accepteraient de fabriquer des bourgeons de neige ? Problème paysan, débonnaire, mais malin. L'idée qu'un flocon de neige ressemble, à s'y méprendre, à une fleur d'amandier, remonte très exactement au premier hiver de la planète et à la création de l'Himalaya, premier exportateur de neige du monde. De cette ressemblance, le paysan tire immédiatement la conclusion : la neige peut fort bien pousser sur un arbre. Quel arbre ? Peu importe, puisqu'on peut greffer les arbres. À condition d'avoir des mains de paysan ou un bec de merle.

Le monde entier connaît le marin génois qui découvrit l'Amérique. Nul, par contre, ne prononce le nom du merle d'Aygalières. Pas un seul ministricule qui ait songé à lui décerner la décoration du Mérite agricole. Où donc est le temps où ce brave Sully chantait à tue-tête les deux mamelles en exergue de la France ?

Le merle ne pouvait plus fermer l'œil. Tous les soirs, il faisait les cent pas. À la manière saccadée des oiseaux. Il regardait les étoiles, réfléchissait au froid qui entoure la lune. Parfois, il mettait son oreille à ras de terre pour écouter les avalanches de l'Himalaya. Un beau soir, à minuit au clocher des Baux, le merle aperçut des flocons de neige dans la lune. L'astre, ce soir-là, s'était rapproché et l'on pouvait y lire comme dans un miroir. On distinguait parfaitement les pentes du Ventoux, les arbres noircis par le gel et la fumée des maisons. Le merle mit alors sa boussole sous l'aile et partit.

Avouez qu'il faut drôlement aimer un ami pour se payer un voyage au Ventoux, en pleine nuit, cueillir un flocon tout frais, le ramener à la hâte, injecter à coups de bec le bourgeon de neige dans le bois dur. Travailler comme une abeille de neige, en somme. Tout seul, au surplus, et sans éveiller l'attention d'un coq qui peut donner l'alarme au monde entier.

On ne peut en effet associer personne à un travail d'alchimiste. Une invention ne réussit que dans le secret. Encore que rien ne soit gagné d'avance. Supposez que votre invention foire, vous en êtes pour votre sueur, votre bec gelé, vos ailes amidonnées et givrées jusqu'à midi. Sans compter l'humiliation dans un pays où le sens de l'honneur est si vif !

Le mois de février passa. Le merle apporta ainsi à bout de bec une bonne brouette de neige qu'il repiqua patiemment sur les branches. C'est le tour de bec qui compte. Coquelicot sentait bien la fatigue de son ami, lequel tombait de sommeil en faisant la lecture et dont les yeux étaient rougis par le givre. Mais il ignorait tout de ce charroi nocturne.

Un beau matin, Coquelicot regarda par la fenêtre. Miracle : le champ d'amandiers était tout blanc. Blanc de blanc, vous m'entendez ? Oh ! l'Himalaya ! s'écria-t-il. Effectivement, la neige avait bourgeonné sur les amandiers. Tout le printemps du monde avait fait éclore un champ de neige. Et cela, pour un seul petit infirme obsédé par des rêves trop lourds. Le soleil lui-même s'y trompa au point de descendre de quelques pas solaires. Il confondait les Baux et l'Himalaya. La surprise de l'enfant fut telle qu'il se dressa comme une fusée intercontinentale et applaudit à toutes mains. Le plâtre vola en éclats. Coquelicot ressentait la joie d'un corps tout neuf.

Chaque année, la neige en Provence pousse ainsi sur les amandiers. Le monde entier nous a copiés, mais que voulez-vous ? On ne peut faire breveter un miracle lequel, après tout, n'appartient qu'au bon Dieu. Et puis, il y a beaucoup d'autres enfants au monde, d'autres fenêtres qui ouvrent sur un champ. Ou sur un rêve. Les merles savent tout ce qui peut reposer dans un cœur d'enfant privé de ses jambes après avoir caracolé à dos de soleil.

On pense sérieusement, dans ce pays, que les agneaux ont brouté cette neige. Du temps où il y avait de vrais bergers, et donc de vrais loups. Car tout se tient. Il n'est pas possible de fabriquer autrement une laine qui a la blancheur de l'Himalaya. Et la douceur de la soie de Chine.

Le soleil vous raconterait mille récits de cette espèce. D'après Coquelicot, ce frère aîné de la Terre tient son journal ou écrit ses mémoires : des pages entières rapportent ce qui se dit dans les cours de récréation. À croire que, dans ce bas monde, tout l'intérêt réside dans le jeu des enfants.

« Comment, demandai-je, le soleil peut-il avoir une oreille à Barbentane et l'autre dans un préau chinois ? » Coquelicot a posé la même question à l'astre qui passait son pyjama et allait au lit.

Il a obtenu la réponse : « Ce sont les rayons de soleil qui, sur Terre, butinent les nouvelles. » Depuis, j'en ai repéré un chez moi qui flâne vers la fin du jour et s'intéresse à ce que j'écris. Je l'ai apprivoisé, je le caresse et je lui parle avec des mots bien chambrés. Soudain, il fait le dos rond, comme les chats. Il ronronne à la manière de la lumière, s'étire et me regarde éperdument. Dieu ! que c'est beau, le regard du soleil. Ça ressemble tellement aux yeux d'un chien ami. La parole est superflue lorsque la tendresse s'écoule d'elle-même, et c'est bien pour cette raison que ni le chien, ni le rayon de soleil ne prenne la parole.

Aussitôt, j'abandonne ma pensée. Ou, plutôt, je la dessine. Comme font les amoureux. Ou les enfants. Puisque les mœurs sont identiques.

Je vous en supplie ! Surtout ne révélez à personne mon secret de pauvre : car je suis le seul au monde à m'être fait un ami dans le ciel. Sans compter la lune qui, depuis ces fiançailles, vient border mon lit et m'embrasser. Mon secret, vous l'avez compris : vivre avec une page blanche et une fenêtre ouverte.

Le soleil aussi est poète. Il fait sécher ses pages dans le ciel, puisque le ciel est à sa portée. On voit ainsi flotter ses parchemins qui ressemblent à la fois à des nuages et à des peaux de mouton.

La lune, de son côté, se met en quatre tous les mois pour écouter aux portes de la nuit. Mais les enfants s'endorment tôt et, visiblement, ni la chienne Queen, ni Coquelicot ne s'intéressent à ce qui se passe sur la Terre après le coucher du soleil.

Sauf que la lune, au matin, paraît parfois s'être roulée dans la neige. À moins qu'elle ne soit pâle de fatigue. Ou qu'elle ne souffre en silence dans un plâtre ? De toute manière, il lui suffirait d'un merle astucieux et d'un petit matin de printemps pour qu'elle se dressât dans le ciel. Pour qu'éclate le miracle. D'autant que les astres ont généralement une âme d'enfant.

Il suffirait d'un merle et d'un coup de bec. Car, contrairement à ce qui se passe pour l'hirondelle, un amandier en fleurs fait le printemps.

L'aiguille d'or

Madame Muche habitait une maisonnette pimpante ouverte de plein fouet sur le soleil levant et qui semblait ficelée avec une grosse corde : c'était tout simplement une grosse liane de forêt vierge qui avait poussé là et qui exerçait une sorte de force de dissuasion sur les passants : on eût dit qu'elle supportait un pont-levis invisible ou alimentait une chaise électrique. Bref, elle inspirait à la fois la peur et la confiance : deux faces d'une même pièce de monnaie.

Cette plante colossale mais tendre se trouvait bien chez madame Muche. Et elle y était restée. Comme les chats. Ceux de madame Muche et ceux du quartier qui relevaient du ministère du Temps libre. Ils avaient visiblement des loisirs et de l'oisiveté, encore que, lorsqu'on parle intelligemment, ce n'est jamais du temps perdu.

Et c'était d'ailleurs le cas pour les chats de madame Muche et pour les félins de Grattesemelle. Sous cette véranda bon enfant et négligée, la conversation était toujours agréable et variée. Elle avait un parfum de daube mijotée et chacun avait à la bouche le même mot savoureux pour traduire ses impressions. Bref, c'était un délice. Donc, la parole de madame Muche évoquait la bonne cuisine, les plats mitonnés, le bonheur de la table. Sans parler de l'autre, le bonheur fou, qui est donné aux poètes et parfois aux gens simples. Comme en témoigne l'histoire de la brave madame Muche.

J'ai parlé de Grattesemelle et j'y reviens. Si vous étiez marseillais, vous m'éviteriez de vous donner des précisions. Mais je comprends fort bien que l'on vive ailleurs. Je pense en particulier à la Bretagne parce que madame Muche a des amis bretons, les Blanbec, lesquels vivent également dans un port bourré de bateaux de pêche et d'oursins. Lesquels descendent des Celtes et des chardons gallois.

Ces Celtes d'origine bretonne – ou bien l'inverse, d'après madame Muche qui ne se souvient pas dans quel sens il faut prendre la parenté de ces peuples préhistoriques – font toujours l'éloge de leur pays et on les comprend : ils jouissent d'un climat maritime et de l'Océan qui va et vient comme une mer habituée à marcher et à faire des courses. Moi j'ai remarqué que la marée s'avance lentement et comme sur la pointe des pieds. Une habitude que l'on retrouve chez les soldats de Sa Gracieuse Majesté. Et l'on sait que, il fut un temps, la France et l'Angleterre se passaient leurs rois. Qui passaient leur temps d'un royaume à l'autre. Ce qui déplut fortement à Du Guesclin, un Lozérien pur-sang, probablement influencé par Jeanne d'Arc, qui, elle, était Lorraine et très amie de Péguy. Et qui montait à cheval aussi bien que la reine d'Angleterre. Ce que les Anglais ne pardonneront jamais. Les insulaires ont un complexe d'infériorité. Sans parler de la jalousie et du mépris à l'endroit des femmes.

Grâce à Dieu, la Bretagne n'est pas une île coupée en deux par la religion comme l'Irlande. Ou par la langue comme la Belgique. Qui, elle, n'est pas une île.

Ce pays est dévot. Madame Muche cite Chateaubriand, Renan et Lamennais, comme catholiques pratiquants. Mais elle montre surtout des cartes postales de « pardons ». Elle prie sainte Anne d'Auray.

Grattesemelle jouit d'une situation privilégiée, à deux pas de Notre-Dame de la Garde. Quant à la maison de madame Muche, elle est située exactement sur le raidillon, à l'endroit où les voitures changent de vitesse. C'est l'indication pratique que madame Muche donne à tous les visiteurs.

Il y a donc des visiteurs ? Certes. Car madame Muche est une couturière réputée. On l'a même surnommée « l'Aiguille d'or », bien qu'elle récuse tous les compliments, comme il se doit chez les gens simples privés, par leur condition même, des assiduités des flatteurs et des faisans.

Madame Muche a horreur des mondanités. Elle a enfoui ses bijoux qu'elle prête volontiers à l'occasion. Elle déteste les manteaux qu'elle répare pour les autres. Il en est de même pour monsieur Chiche, le mécanicien, qui déteste les motos alors qu'il passe sa vie à les démonter et à les ausculter avec la tendresse d'un médecin. Cela prouve nettement le libre arbitre contre les mécréants et les ingénieurs : on demeure parfaitement maître de ses goûts et de son cœur. Et l'on va très loin, jusqu'à Luther qui a discuté éperdument là-dessus puis a claqué la porte de l'Église en disant des horreurs sur le pape et son sanhédrin romain. Grâce à Dieu, il proférait, comme on dit, ses injures en allemand et le pape ne comprenait pas un mot. Celui-ci se contentait de fulminer ses anathèmes en latin. Comme quoi un dialogue de curés est d'abord un dialogue de sourds. L'Évangile impute au cœur cet endurcissement, alors qu'il concerne les oreilles. L'anathème est une invention de sourd et, naturellement, n'atteint jamais sa cible : le pape et l'hérétique sont tous deux durs de la feuille et d'ailleurs ces histoires de sourdingues n'ont aucun intérêt pour des citoyens catholiques. Ou autres.

Passons sur le débat théologique et revenons à madame Muche, la couturière de Grattesemelle en ce temps-là.

Mon histoire – que vous pourrez vérifier, car je vous en donnerai les moyens – se situe très exactement à la veille de la dernière guerre, celle qui précède la troisième guerre mondiale, laquelle, par définition, n'a pas eu lieu. Mais j'ai pensé qu'il valait mieux donner à la jeunesse des indications. Après tout, ce sont eux qui sont les hommes du futur : artisans, malfaiteurs ou otages.

Tout à coup, et coup sur coup, on apprend que la guerre vient d'éclater et qu'on n'a pas de temps à perdre. On réquisitionne bêtes et gens – les chevaux et les hommes qui ont satisfait aux obligations militaires – en attendant de prendre le train. De leur côté, les Allemands font strictement la même chose, mais ils n'ont pas comme nous l'esprit rural. L'Allemand n'est porté ni sur le cheval, ni sur le train. Il préfère le tank, et c'est son droit après tout.

Madame Muche avait trois enfants qui avaient satisfait aux obligations militaires et étaient même fin prêts pour la guerre. Les jeunes recrues, comme on disait dans le langage de la guerre, avaient le moral. Pour deux motifs : d'une part, la Patrie en danger avait tout prévu et avait construit une ligne de barbelés qui avait, entre autres, la qualité d'être imprenable. D'autre part, la France tient certainement le maillot jaune dans les télécommunications, c'est-à-dire dans l'art d'acheminer les colis. Somme toute, hormis les obus ou les rafales de mitrailleuses, le soldat français ne risquait absolument rien. Il était même le plus gâté de tous les citoyens.

Pour ce qui est des mères, le point de vue différait sensiblement, et c'est pourquoi nous voyons madame Muche pleurer. Oh ! le temps de vider un reste de larmes – puisqu'elle était veuve, je l'ai dit –, de mettre un fichu sur la tête et d'aller s'agenouiller à Notre-Dame de la Garde.

Elle rentre discrètement, prend un cierge qu'elle allume, dépose sur un présentoir, et se met à genoux. Combien de temps est-elle restée ainsi ? Qu'a-t-elle demandé à la Madone ? Dieu seul le sait et les chrétiens savent, de leur côté, que la vie privée du pécheur ne concerne que Dieu. Bref, disons qu'elle est restée le temps nécessaire pour exposer une affaire délicate et surtout obtenir quelques signes de la part du Ciel.

À voir son visage apaisé, un observateur eût pu conclure que madame Muche avait été exaucée. Les larmes avaient séché comme une giboulée de printemps. On eût même dit qu'un arc-en-ciel s'était posé juste au-dessus de ses yeux, en forme de diadème, privilège réservé aux saints qui ont réussi. À coup sûr, madame Muche ramenait chez elle une grâce au foyer et, probablement, une idée. Ce qui, la plupart du temps, marche ensemble

Effectivement, lorsqu'elle arrive chez elle et qu'elle aperçoit ses trois enfants le sac sur le dos et prêts à partir à Mourepiane, elle va vers sa machine à coudre, fouille dans son panier à chiffons. Sans mot dire. Elle prend alors des morceaux de tissu de diverses couleurs et coupe dedans à grands coups de ciseaux. On vit alors apparaître le drapeau tricolore. L'émotion était telle que *La Marseillaise* picotait les gorges. Elle remit un morceau à chacun et les embrassa. En somme, cette modeste femme faisait un geste de président de la République, d'autant qu'elle embrassa ses fils comme on fait à la remise de la Légion d'honneur.

« Mes enfants, voici notre drapeau déchiré en trois parts. Quand Dieu donnera l'ordre d'arrêter les combats, je prendrai mon aiguille d'or et rassemblerai les morceaux que vous m'aurez rapportés. Mais attention ! la guerre c'est vaste et profond comme la nuit. Gardez bien ces souvenirs dans votre sac ou dans vos poches. Quand vous reviendrez, nous recoudrons le drapeau et nous irons l'offrir à Notre-Dame. »

Cette idée – qui pourrait s'y tromper ? – venait tout droit du Ciel et ne germe que chez des gens simples. Comme la liane qui gardait la maison et lui faisait comme un visage d'homme fort et gai.

La guerre, c'est loin et c'est surtout triste. Même l'horloge oubliait parfois de sonner les heures, surtout celle du facteur.

Madame Muche, chaque matin, depuis la guerre, écartait les rideaux. Elle devinait d'ailleurs s'il allait s'arrêter. Parfois, et même souvent hélas ! il ne portait aucune nouvelle. Alors il s'arrêtait et disait plein de gentillesses pour alléger le chagrin de madame Muche. Quand il sentait que la mère avait le cœur trop gros, il l'embrassait en lui disant : « Je suis un peu comme l'un de vos fils. » Elle acquiesçait. Les paroles lui manquaient, mais elle faisait signe que c'était vrai. Elle rappelait son entrevue avec la Vierge dont elle tenait la promesse tacite qu'elle lui retournerait ses enfants. Elle confiait au facteur Malaval qu'elle avait mis sa fameuse aiguille d'or dans son coffret à bijoux, juste à côté de sa couronne de mariée. Et cette aiguille lui avait été donnée en cadeau par son pauvre mari : ce sont des choses que la Vierge n'ignorait pas. Parce qu'elle est bien placée au Ciel pour voir ce qui se passe sur la Terre, mais surtout parce que madame Muche ne lui cachait rien.

La guerre faisait rage. D'après les journaux, mais également en vérité. La défaite devait y mettre rapidement fin. Un beau matin, les journaux, qui avaient pas mal cafouillé, avaient tiré un gros trait noir sur toute la page. En signe de deuil national. Ce jour-là, le facteur s'écroula en remettant le journal à madame Muche. On crut au malheur. Ce n'était qu'un malaise d'ancien soldat qui ne parvenait pas à comprendre comment on pouvait perdre une guerre, surtout avec une ligne Maginot qui faisait l'orgueil de la France et même de l'Europe d'avant guerre.

Madame Muche appela au secours, fit respirer du genièvre à monsieur Malaval et pria à haute voix les âmes du Purgatoire. Instantanément, les couleurs reparurent et le facteur demanda même le traditionnel pastis.

Dès qu'une guerre est finie, les événements se précipitent. On dit même qu'on en prépare tout de suite une prochaine pour ne pas prendre du retard. On ne peut pas laisser le monde sans guerre. L'hypothèse est tellement redoutable que personne n'a jamais encore osé l'envisager. Il faudrait changer toutes les études des militaires, ce qui grèverait le budget de l'État. Et que deviendrait le drapeau sans les militaires ? Et que faire de *La Marseillaise* qui a été conçue pour ça ? je vous dis qu'on va au-devant des pires difficultés.

Dès l'armistice ou – comme on dit dans les journaux – « la fin des hostilités » on ne faisait qu'attendre et demander des nouvelles. « Et votre mari ? Et votre fils ? Et votre gendre ? » On sut très vite, hélas ! que certains ne reviendraient plus. C'est alors seulement – à cinquante ans passés – que madame Muche comprit le sens d'un mot simple mais terrifiant : « Disparu ». C'était un mot de cimetière, de Toussaint. De mort, quoi ! Elle était soucieuse, madame Muche, et il lui fallait beaucoup de courage. Elle sentit parfois son aiguille s'alourdir et presque lui tomber des mains.

Un jour, n'y tenant plus, elle est allée prendre son aiguille d'or, la plaça entre deux pages de son missel également à tranches dorées, et partit à la crypte de Notre-Dame de la Garde. Elle pria puis, sans quitter la Madone des yeux, elle ouvrit brusquement son livre de prières et montra l'aiguille à la Vierge.

« Vous reconnaissez ? » avait-elle dit intérieurement.

Il n'était pas possible que la Vierge ne se souvînt pas de cette première prière, à la veille de la dernière guerre, celle d'avant la prochaine guerre mondiale.

Décemment, la Vierge ne pouvait pas faire un miracle et favoriser une seule mère de famille, d'autant que les miracles, dans les évangiles, sont assez mal vus de certains et même irritent franchement les intellectuels, lesquels n'aiment pas les choses simples et, pour tout dire, le peuple.

Madame Muche était trop bien élevée pour ne pas garder les distances qui conviennent. Elle ne prétendait donc pas au miracle, ni même au tour de faveur. Par contre, elle parla clairement à la Madone des marins en difficulté :

« Sainte Vierge, vous êtes à l'abri de la souffrance, mais pas de la mémoire et mon chagrin doit vous rappeler des mauvais moments. »

En vérité, madame Muche tremblait beaucoup pour son dernier fils, prisonnier en Allemagne, et qui ne donnait plus signe de vie. Le premier avait livré une bataille très dure, le second avait été blessé mais sans gravité. Celui-ci envoya un télégramme annonçant son retour.

Un matin, à l'heure du courrier, il frappait à la porte. En réalité, il n'eut pas le temps d'approcher. Madame Muche s'était élancée dans la rue, éperdue d'émotion et comme inconsolable. Le fils dut prendre sa mère dans ses bras. Il essayait de retrouver les mêmes gestes qu'elle avait à son égard et qui étaient si efficaces dans les cas de gros chagrins.

L'aîné parlait surtout des pays qu'il avait traversés, ce qui est une manière d'éviter une conversation sur la guerre. Devant monsieur Malaval, il déployait une vieille carte crayonnée et essayait, avec les lettres de ses frères, de rétablir l'itinéraire. Le facteur fit même le coup du pendule pour retrouver la piste du cadet.

Trois jours après, mais cette fois tard le soir, arriva le second des fils. Le lendemain, la maison ne désemplissait pas : tout le quartier de Grattesemelle défilait et la maison semblait éclater de joie. Mais la soirée s'assombrit : on était toujours sans nouvelles de Benjamin. Le malheur profite toujours de ces moments où la parole fait défaut pour s'installer dans les cœurs et vous planter des oursins dans le sang.

Le lendemain, madame Muche montait à Notre-Dame de la Garde, un fichu sur la tête et l'aiguille d'or dans le missel… elle s'en revint désemparée. Apparemment elle n'avait pas été exaucée. La Vierge n'avait pas osé l'avertir et madame Muche avait eu cette impression désagréable qu'on éprouve dans le grand monde : « Qui dois-je annoncer ?… Madame n'est pas là… » La politesse se doit d'être la même sur la terre comme au ciel et la vierge, malgré elle, a tout de même changé de milieu.

D'après madame Muche, ce jour-là Notre-Dame avait discrètement disposé des signes inquiétants destinés à lui ouvrir les yeux. D'abord, ce pauvre infirme amputé et qui tendait la main, sur les marches de l'escalier. Il arborait une pancarte : « Mutilé de guerre ». En réalité, c'était une victime de l'autre guerre, qui lui avait prélevé le bras gauche. Ce qui lui donnait, de ce côté-là, l'allure d'un porte-manteau.

Les soirées s'assombrissaient encore. La tristesse commençait à embuer les cœurs dès le passage de monsieur Malaval. Le facteur avouait lui-même que les tournées devenaient de plus en plus pénibles. Atroces même. À cause de ces horribles lettres de l'administration qui sentaient la mauvaise nouvelle et franchement le malheur. La mort, après tout, n'est qu'un huissier impitoyable.

Madame Muche désespérait. Qui pourrait maintenant venir à bout de ce mur de silence ? Mais la foi – c'est admis par tous – donne des sursauts. Un matin comme les autres, après le passage du courrier – « Je n'ai rien aujourd'hui, mais c'est général… » – elle alla dans la chambre, ouvrit le coffret à bijoux. Elle prit les deux morceaux de tissu déposés par les frères à leur retour : l'un de velours rouge grenat, l'autre de satin blanc. Manquait le morceau de soie bleue. Un instant, il lui sembla qu'un voile noir se substituait à ce morceau de ciel, mais elle essuya cette mauvaise pensée, indigne d'une chrétienne. Elle prit l'aiguille d'or et se mit à coudre les deux pièces. Un pas de plus, se dit-elle, dans l'espérance.

Le lendemain et les jours suivants, madame Muche éprouva une sorte d'angoisse tout à fait inconnue. Et qui lui parut prémonitoire. Elle n'écartait plus les rideaux. Les chats miaulaient d'une manière bizarre, visiblement atteints, eux aussi, par une souffrance intérieure qu'ils ne parvenaient plus à contenir. Et qui semblait surtout venir de loin. Du front, pensait-elle, ou même de la Russie, ce triste pays des neiges éternelles.

Un soir, madame Muche devint nerveuse. Elle demanda à son fils aîné d'aller acheter un gigot.

« Un gigot pour ce soir ?

— Oui, je veux faire la fête, ce soir. Apporte de bonnes bouteilles. Je veux boire comme un homme, ce soir. »

Les enfants furent surpris de cette réaction presque violente et surtout tellement insolite à la maison. Mais ils se gardèrent d'ajouter au chagrin une contrariété. Ils se rendirent chez Marcelle, l'épicière, et chez monsieur Bonnefond, le boucher du quartier.

On se mit à table. Madame Muche, visiblement, voulait s'étourdir. C'était nerveux, et d'ailleurs elle s'était procuré du somnifère. Inoffensif, précisa-t-elle, mais, avec l'alcool et surtout le chagrin, on n'est pas rassuré.

Elle apporta le gigot de broutard des Alpes, avec un style maître d'hôtel, presque emphatique.

« J'ai entendu un bruit », dit l'aîné.

Il se fit un silence. On pensait, sans en dire un mot, qu'il était trop tard pour un télégramme.

« Je suis sûr qu'on a frappé », dit encore l'aîné. Cette fois, il se leva brusquement. Madame Muche blêmit.

Ah ! se dit-elle dans son cœur, cette fois c'est le malheur. Et à cette heure ! murmurait-elle. Sainte Vierge, je n'en puis plus. Prenez-moi.

Elle pensait au télégramme.

L'aîné était sorti, tirant la porte derrière lui. On entendait ses pas dans le couloir.

La porte s'ouvre. Un homme apparaît, fatigué, mal rasé, une casquette sur la tête. C'était Benjamin. Il eut juste le temps de sourire, de crier « Maman ! » et de craquer en larmes brûlantes et salées. On apporta le genièvre.

Ce soir-là et de mémoire d'homme à Grattesemelle, la nuit fut immense. Une espèce de nuit de Saint-Jean avec un feu qui vous traversait et faisait fondre le froid. Dieu ! Que de froid peut s'engouffrer dans une âme de mère en temps de guerre !

Il fallut se décider à aller prendre un peu de repos. Mais madame Muche voulut à tout prix faire la vaisselle. Elle faisait toujours ainsi lorsqu'elle faisait fête chez elle. Comme pour prolonger sa joie. Elle prépara un gâteau pour le lendemain. Ensuite, elle essuya longuement ses lunettes de couturière et écrivit des lettres. Elle soulignait le mot « grâce ». Elle signait, selon sa coutume : « La veuve Muche ».

Tard dans la nuit, elle se glissa dans la chambre de Benjamin, fouilla ses poches et son sac. Elle mit enfin la main sur le morceau de tissu qu'elle joignit aux autres. Elle remit l'aiguille d'or dans le coffret avec un mot bref et une date écrite très gros. Personne au monde ne connaît ce message.

Si vous allez à Notre-Dame de la Garde, dans la chapelle truffée d'ex-voto, vous trouverez un petit drapeau tricolore, un fanion miniature. Vous verrez un fil doré tout au long. Vous ne pouvez pas vous tromper puisqu'il ressemble au missel de madame Muche. Sur le velours grenat, également brodée or, la lettre M. Initiale qui peut signifier Muche ou bien Marie. Naturellement, personne n'a osé demander la vérité. Parce que au-dessus de la vérité, il y a le secret des cœurs et, d'après le chapelain, même les anges, qui ont des yeux puissants, ne peuvent pas lire dans les cœurs. Même pas dans le coffret de la couturière de Grattesemelle.

Et puis, la joie suffit, et surtout la grâce existe, à la portée et à l'usage des braves gens.

Oui, direz-vous, c'est curieux.

Mon bon monsieur, vous parlez comme les gens de la ville. Tout est étrange, à commencer par une aiguille d'or chez des pauvres, une pauvre veuve de guerre au surplus. Oui, monsieur, une aiguille ou une pantoufle enchantée chez Cendrillon, et qui vous mène droit au trône et d'abord à l'amour.

Il n'en demeure pas moins que mon histoire commence comme un conte de chez nous et finit bien. On va très loin, cher monsieur, avec une sandale ou une aiguille. Cela, les pauvres le savent. Surtout ceux de Grattesemelle.

Et les pèlerins qui regardent les ex-voto pour se consoler de la guerre.

L'aigle et la Belle

Maguelonne était fille de roi. Quand vint l'âge où s'éveille le cœur des jeunes filles, la belle princesse peigna longuement sa chevelure et passa au cou un collier que Sa Majesté le roi, son père, avait ramené de croisade. C'était le temps où l'on jouait à la guerre. Et au trictrac, en cas de pluie. Le temps où les chrétiens et les Turcs se battaient en duel sur le tombeau du Christ pour le bon plaisir du pape. Lequel détestait le Turc.

Le roi avait placé le collier de perles phrygiennes dans un sachet à aromates – ces barbares consomment beaucoup d'épices pour assaisonner la chair chrétienne – puis avait glissé le précieux paquet dans la sacoche de son destrier. À cause des voleurs, nombreux et particulièrement compétents en ces temps bénis.

On palabrait beaucoup, dans les harems turcs de Constantinople, du collier rare, qui passait pour l'un des plus riches bijoux du monde. D'après le grand vizir, sorte de surveillant général armé d'un cimeterre et d'une tabatière d'argent, ce collier était d'origine chrétienne : il aurait été oublié par l'ange en chef des armées célestes. Celles-ci prenaient leurs quartiers d'hiver en Palestine, cette année-là. L'un des bergers, probablement turc et certainement infidèle ou mécréant, avait recueilli l'objet au lieu de le porter au mont-de-piété, comme le font tous les chrétiens du monde, hérétiques y compris.

Quoi qu'il en soit, ce collier brillait, la nuit, d'une ferveur spéciale. À la manière d'une braise vive, en dégageant un parfum nostalgique. L'on pensait à la cour que l'objet se souvenait de son pays natal.

D'autres disent que le sachet contenait un miroir magique, celui même de la reine de Saba. Le miroir ne parlait qu'à la princesse et seulement de son bonheur. Celle-ci devait l'interroger chaque matin après que Medjida, la joueuse de luth, eut donné une aubade en l'honneur de la princesse Maguelonne, la fille unique du roi.

« Beau miroir, mon ami, parle-moi de mon bonheur ?

— Princesse, tu es jeune et belle. Je vois au loin une étoile qui marche sur la mer, enveloppée dans une robe blanche. Sois heureuse, belle princesse, l'étoile vient vers toi. »

Le miroir s'animait alors à la façon des flots. Medjida se taisait, et Maguelonne écoutait la prière vive de la mer. Elle ressentait même la brise marine et voyait, dans le miroir, sa chevelure frissonner.

Parfois, la princesse s'impatientait.

« Pourquoi, miroir, me répètes-tu sans fin la même réponse ? Suis-je une petite fille pour entendre des contes de fées ?

— Le bonheur, noble princesse, est lui-même un conte de fées. Il te prépare, au loin, peut-être même au bout du monde, le plus beau prince à la plus belle épée, monté sur le plus beau destrier du royaume. Pourquoi, belle Maguelonne, doutes-tu de moi, ton ami fidèle et clairvoyant ? »

L'image de la princesse se troublait aussitôt. Elle comprenait que le miroir, peiné par son impatience, s'embuait de larmes. Ainsi font les miroirs lorsqu'ils ont le cœur gros.

Un beau matin, lorsque Maguelonne prit le miroir dans ses mains, elle fut éblouie par la beauté de son visage.

« Oh ! s'exclama-t-elle.

— Belle princesse, nulle jeune fille au monde ne peut rivaliser avec toi. Tu es belle entre toutes les femmes. Et ce jour sera pur comme le diamant. Regarde, princesse, regarde à la mer de toutes tes forces, de toute ton âme. Tu dois attirer jusqu'à toi l'élu de ton cœur. »

Maguelonne alla s'asseoir dans l'embrasure de la fenêtre. Comme faisaient les dames d'antan, dans les châteaux forts, en attendant leur seigneur qui revenait de la croisade. Du temps béni des Turcs et des duels sur le tombeau du Christ, au petit matin blême de Jérusalem.

La princesse demeura interloquée.

« Pourquoi la mer et le soleil jouent-ils comme des fiancés ?

— Parce que tu es toi-même fiancée dès aujourd'hui, belle

Maguelonne. Ton amant, un preux, vaillant et beau, déjà s'avance, à la façon du soleil.

— Que dis-tu, beau miroir, à la fille du roi ?

— La vérité, princesse. La mer est heureuse de t'amener ton chevalier.

— Beau miroir, mon ami, je ne vois pas de chevalier.

— Attends jusqu'au soir, princesse. Jusqu'au soleil couchant. Tu verras alors la caravelle du prince comme un papillon blanc épinglé dans le soleil. Le bateau s'avancera jusqu'au port. Le prince Pierre viendra au-devant, à la proue du navire, escorté de ses archers. Il regardera vers ta fenêtre et fera trois révérences. Tu le verras se courber, comme un arc blanc et or. Tu dois, cette heure tendre, apparaître dans ta plus belle robe de bal et saluer très haut avec ta main gantée de velours blanc. »

Ce jour-là, Maguelonne ne voulut pas quitter sa chambre. Une mesure de prudence car en ce pays, les vents peuvent se lever subitement et fouetter le navire : il suffit qu'un dieu méditerranéen, à la vue d'un couple, se sente frustré. Quant aux dieux grecs, c'est bien connu : ils détestent l'amour courtois et tout ce qui sent le Turc.

Ceci se passait tout près de Naples. Maguelonne était la fille du roi de ce pays. Ce monarque était très fier de sa couronne, de son royaume et de sa fille unique. Au point qu'il avait éconduit tous les soupirants de la Terre venus demander la main de la belle Maguelonne. Le miroir, d'ailleurs, semblait d'accord avec le roi et jamais il n'avait annoncé de fiançailles. Cette fois seulement le compagnon magique avait parlé, ce qu'ignorait le souverain de Naples. La princesse, forte de cette certitude, était disposée à désobéir à la volonté de son père, si celui-ci refusait le mariage.

Le soleil commençait à rougir lorsqu'un point minuscule apparut au loin, au cœur même du soleil. Maguelonne applaudit puis s'accouda à la fenêtre. Les voiles blanches semblaient, elles aussi, battre des mains. Enfin, après des heures délicieuses pour le cœur de la princesse, le navire toucha au port et s'immobilisa. Une silhouette blanche évoluait, scintillant comme un soleil en fête. L'homme fit les trois révérences. Maguelonne salua le chevalier de la mer, de sa main gantée de blanc.

Qui pourrait décrire ce qui se passa alors ? On raconte que le prince – un Provençal qui se nommait Pierre, je l'ai dit – se rendit au château du roi de Naples, précédé d'un page qui portait l'étendard des Baux. Les deux hommes parlèrent et parlementèrent même dans la salle secrète du donjon du roi. Loin des domestiques et des micros de ce temps-là. Le roi fit même donner un festin en l'honneur du prince de Provence, comme il se doit entre confrères royaux, surtout si l'on n'est pas d'accord. En effet, malgré les prières de Pierre, le roi refusa que sa fille participe au banquet. La pauvre Maguelonne, secrètement avertie par sa confidente, pleura longuement dans sa chambre.

La caravelle, dans la nuit, ressemblait à une touffe d'arbres morts.

La princesse comprit, à ce signe, que son amour venait d'expirer. À bout de forces, elle saisit le miroir.

« Courage, belle princesse, lui murmura l'ami magique. Ton prince est ingénieux et chevaleresque, comme le sont les fils de terre provençale. Cette nuit même, tu seras dans ses bras. »

À peine avait-elle déposé le miroir dans son écrin de satin que les archers, à l'aide d'une arbalète, lui lancèrent un petit coffret. Elle l'ouvrit, en retira trois anneaux d'argent et un billet doux écrit de la main même du prince. Elle lut le message :

« Belle Maguelonne, descends sur la terrasse. Mes archers t'amèneront jusqu'ici. Que les Saintes de Provence protègent notre fuite ! »

Le roi, dans la salle haute, achevait de festoyer. Il congédia le prince Pierre, puis alla se coucher sans même se soucier de sa fille. Ce qui est très mal pour un père et, *a fortiori*, pour un roi. Au matin seulement, en lisant la gazette du royaume, il apprit, comme un vulgaire citoyen, que sa fille avait disparu dans d'inavouables conditions. Il entra dans une violente colère, déchira ses vêtements et fit jeter ses archers en prison. Sur les conseils de son confesseur, il écrivit une méchante lettre à son confrère le roi de Provence, lequel s'amusa fort de la prouesse de son fils. Il fit préparer une décoration – celle que l'on réserve aux héros de guerre – et commanda un feu d'artifice pour accueillir les fiancés dans le petit port d'Arles. Il fit même souffler le mistral. Les gardiens du royaume sillonnèrent le pays pour annoncer la bravoure du prince qui avait réussi à enlever une jeune fille à la barbe du roi. Les gazetiers provençaux s'exclamaient : « Capturer la plus belle princesse du monde ! Aucun croisé n'eut été capable d'une telle prouesse ! D'autant que les Italiens sont plus malins que les Turcs ou les Palestiniens ! »

Les fiancés arrivèrent enfin aux Saintes, après avoir visité l'île située au large de Montpellier et qui porte, dès lors, le nom de la princesse. La caravelle fit également escale à Beaucaire et à Saint-Gilles. Lorsqu'ils abordèrent au port d'Arles, toute la population en liesse les enlaça dans une farandole aussi longue que le Rhône. Les gardians, d'après le chroniqueur, étaient aussi nombreux que les cavaliers de Bouvines. Ils caracolaient tandis que les tambourinaires jouaient des sirventès provençaux.

Aux premières heures du matin, le cortège franchit la lourde porte du château du roi de Provence. Les oiseaux – assure-t-on – relayèrent les troubadours et le vin de Tavel coula à flots. Bref, on se serait cru à Cana. On dégusta sans aucun doute le meilleur vin de l'ère chrétienne.

Aux treize desserts, selon l'immémoriale coutume des Provençaux, Pierre de Provence offrit à sa fiancée un coffret en laque du Bosphore. À l'intérieur, les trois anneaux d'argent. Maguelonne redoubla de bonheur. Le lendemain, elle déposa les bagues sur la fenêtre de sa chambre afin de pouvoir les contempler à loisir à la lumière du petit matin, quand les Baux se dressent comme une muraille sculptée dans le soleil.

Un jour d'été, l'aigle des Baux – un superbe rapace qui enlevait un mouton par jour aux pâtres de la Durance – survole le château. Il voit briller les anneaux, pique droit sur la fenêtre et enlève les bijoux. Maguelonne avait entendu le fracas des ailes. Elle accourt, mais le roi des oiseaux avait déjà repris son vol vers les Saintes-Maries.

Aussitôt Pierre, qui rentrait de la chasse, fit fréter sa pirogue d'État, une sacolève pilotée par le premier marin du royaume. Bientôt, le navire atteint la vitesse de l'aigle qui fuyait vers Aigues-Mortes.

« En avant toute ! » criait le roi qui chantait pour encourager les rameurs. La pirogue touchait à peine les flots. Hélas ! les Sarrasins au regard perçant – des étrangers, barbares au surplus – avaient aperçu la barque. Les voilà qui s'élancent à la poursuite de la jonque folle et l'arraisonnent après les sommations d'usage.

Lorsqu'ils capturaient un chrétien ordinaire, les Sarrasins se contentaient de le faire rôtir ou de le faire travailler au noir dans leurs puits de pétrole, qu'ils appelaient « or noir » pour cette raison-là. Mais ils traitaient différemment les personnages illustres. Ainsi conduisirent-ils le captif devant Sa Majesté Maudite le sultan.

Pierre de Provence en conclut qu'ils étaient à la fois corsaires, mahométans et turcs. Seuls, pensa-t-il, les croisés pourraient le libérer. « Ah ! se dit-il, ficelé dans sa geôle turque, si Dieu avait seulement l'idée de susciter un nouveau Charles Martel ! »

Là-bas, au milieu des oliviers et des champs de lavande, la belle Maguelonne désespérait : jamais elle ne reverrait son fiancé. Elle connaissait trop la témérité du chevalier dès lors qu'il s'agissait de prouver son amour. Pierre avait dû sombrer dans un naufrage ? D'ailleurs, le miroir ne disait plus un mot.

« J'ai envie de te briser ! hurlait-elle de douleur.

— Pourquoi te révolter, Maguelonne, et t'en prendre à moi ? Ton cœur veut vivre, Maguelonne. Porte-le donc chez les pauvres de ton royaume et chez ton Dieu, flagellé lui aussi, à deux pas de sa tombe. »

Maguelonne se repentit amèrement de son ignorance. Elle déposa sa robe et revêtit celle de bure. Elle remplit sa besace et alla visiter malades et prisonniers. Elle distribua sa fortune aux meilleurs maçons du royaume pour qu'ils construisent une chapelle dédiée – comme il se doit – à saint Pierre.

Un beau matin du mois de mai, un pêcheur, dont elle avait soigné l'enfant, vint lui offrir un poisson revêtu d'écailles d'argent, appelé « lavaret » par les gens de ce pays. La princesse voulut refuser le présent mais le miroir lui parla :

« Princesse, ouvre ce poisson, tu trouveras un message pour ton cœur plein de chagrin. »

Oh ! surprise. Les trois anneaux d'argent se trouvaient dans les entrailles. Maguelonne serra les bagues contre son cœur et pleura. Jamais elle ne reverrait son époux sur cette terre si amère. La chapelle était maintenant achevée. Maguelonne, qui ne se séparait plus de ses anneaux, alla prier. Elle demeura en silence agenouillée devant la statue de la Madone.

« Ô vous, toute mère et toute reine, abrégez ma vie. Que j'aille au plus vite retrouver celui qui règne sur mon cœur. »

Le lendemain, un bateau arrivait d'Alexandrie, chargé d'huile, de vin et de parfums. Les marins égyptiens descendirent sur une civière un homme portant une barbe chenue. Ils demandèrent l'adresse d'un gîte, car l'homme était malade. Le gardien du port indiqua la maison de Maguelonne.

L'homme avait beaucoup souffert. Les pleurs avaient tant creusé ses joues qu'ils avaient sculpté son visage. Ses mains très blanches semblaient lasses de vivre.

« Noble étranger, d'où viens-tu ? Aurais-tu fait naufrage ? Serait-ce Dieu qui t'envoie dans cette île où j'ai prié pour les marins en détresse et les captifs qui tombent aux mains des méchants Sarrasins ? »

Le malade essuya une larme et raconta sa fabuleuse aventure. Il avait effectivement été prisonnier des barbaresques, plongé dans un cachot sans lumière. La nuit entière il devait ramer. Il en fut ainsi quarante jours et quarante nuits sur la galère du sultan.

« Pierre ! » s'écria Maguelonne en pleurs.

Quelques jours après, dans la chapelle Saint-Pierre, l'évêque de Marseille unissait les fiancés.

S'il vous arrivait, d'aventure, d'aller flâner dans l'île, saluez de ma part le vieux matelot Chantelune. Il vous racontera cette merveilleuse et tendre histoire, surtout si vous l'abordez dans les dunes d'or, au soleil couchant. Il vous conduira à la chapelle qui sert de candélabre aux trois mouettes appelées « les maguelonnes » par les gens d'ici.

Vous découvrirez la statue de la Madone. Approchez. Au doigt de la Vierge des dunes, vous reconnaîtrez l'anneau d'argent rayé par les griffes du rapace. Les deux autres bagues furent échangées au jour du mariage. Les troubadours chantèrent trois jours durant. Ils évoquaient le souvenir des amants célèbres.

« Seigneurs, vous plaît-il d'entendre
Un beau conte d'amour et de mort ?
C'est de Tristan et d'Yseult la reine.
Écoutez comme à grand'joie
À grand deuil ils s'aimèrent
Puis en moururent un même jour
Lui par elle, elle par lui. »

Quand au miroir, Maguelonne – selon ce qui se dit au pays des dunes – en fit cadeau à sa fille, la princesse Miremonde. Celle-ci le consultait fidèlement, assise dans l'embrasure de la fenêtre, après que la joueuse de luth lui eut donné l'aubade. Et éveillé son âme, comme faisait l'ange attaché au service de Dame Marie.

Maguelonne et Pierre vivaient dans leur château de Provence, dans la joie des oliviers et des champs de lavande. Ils avaient pardonné aux barbaresques et même à l'aigle des Baux qui s'était converti et venait picorer dans leur main. Et pleurait parfois à la vue des anneaux. On en concluait à la sincérité du repentir et à la puissance de la grâce qui peut émouvoir un oiseau aussi redoutable. Seul le Turc demeure inébranlable et se targue même d'être infidèle. Ce qui met le pauvre pape dans tous ses états !

La Madone de l'île, d'après Chantelune, faisait des miracles, à la tombée du jour, en faveur des amoureux contrariés. L'on disait couramment que l'on devait ces grâces à la belle Maguelonne.

Et l'on était heureux, sur toute la Terre, à la pensée que la Première Dame des mondes habités ne demeurait jamais insensible au bonheur du valeureux peuple provençal.

À quoi songe la cigogne ?

Ne vous le disais-je pas ? Il suffit d'une alouette pour obliger le soleil à se lever tous les matins. Donnez-moi une mésange et je vous fais un monde. Je peux, de la même manière, avec un bol de riz et une tasse de thé vous fabriquer un Chinois de Chine. Naturellement, il y a un secret : toujours l'œuf de Christophe Colomb au principe des civilisations.

Il s'agit précisément d'un œuf dans la présente histoire que j'ai entendue de la bouche – ou du bec, à votre convenance – d'une cigogne. Celle-ci parlait à la lune, plantureuse et cambrée comme une négresse de Dakar, ce soir-là.

La belle de nuit s'était posée sur la cheminée d'une chaumière. La très pauvre masure du savetier Clovis le Téméraire. En Alsace, bien sûr. Cet homme chantait à tue-tête comme un oiseau en cage : le dur métier le veut ainsi. Il devait nourrir une nichée de petits loupiots que l'hiver transformait en ogriots rougeauds et goulus.

Belle cigogne, visiblement, adorait les enfants, ces poussins qui naissent directement de leur maman, dans ces pays du moins. On prétend même que maman Cigogne leur apportait des friandises à son retour de l'équateur : des noix de coco, des bananes, et, naturellement, des chansons bourrées de belles paroles. Comme en fabriquaient les cafres et les nègres de ce temps-là.

À Noël, d'ailleurs, on recevait dame Cigogne à la maison puisqu'elle s'avouait chrétienne et sans famille. Il vaut toujours mieux avoir deux motifs à présenter lorsqu'on est invité.

Effectivement, dame Cigogne avait perdu ses enfants à la guerre. Elle ne pouvait se rappeler laquelle, car l'ennemi, à trois reprises, avait attaqué le village de Clovis le Téméraire. Une négligence probablement. On avait oublié de relever le pont-levis au-dessus du fleuve : l'ennemi, qui regardait avec des jumelles de sept lieues, avait aperçu la faille stratégique, comme disent les militaires depuis Vercingétorix et Du Guesclin. Il s'était engouffré, comme faisaient les ogres de ce temps-là.

Ce soir-là, dame Cigogne refusa, par pudeur, de remuer son cœur en public. Par contre, elle raconta une histoire de famille qui se disait de bec à oreille dans ce monde caquetier des volatiles. Je dois dire que cette aventure mérite l'indiscrétion et je rends grâce à la lune d'avoir, ce soir-là, provoqué la confidence. Parce que, je l'ai dit, elle était plantureuse et affable comme une négresse à plateau.

Vous allez donc, comme moi, apprendre qu'il existe, entre la cigogne et l'albatros, un lien de parenté. Ce dernier, célèbre par ses ailes longues et effilées comme une périssoire, est affecté d'une terrible infirmité : une fois en l'air, il ne peut plus poser le pied à terre sous peine de s'enliser et de mourir sur place. Les animaux d'avant l'ère chrétienne posent des problèmes délicats. Comment, par exemple, expliquez-vous ces énormes bêtes qui n'ont jamais opté pour un prêt-à-porter : lézard, crocodile ou poisson ? Quelle indécision et quelle négligence dans ces têtes archaïques, somme toute incapables de contenir une seule idée. Ces animaux sont mal construits ; c'est un peu comme si l'ascenseur occupait toute la place et s'ouvrait, au quinzième étage, sur un studio. Un dinosaure, court sur pattes, a tout investi dans la queue qu'il se transmet de père en fils comme un bien de famille. Ce qui, à l'évidence, est une erreur monumentale. Que le pélican, de son côté, éprouve le besoin de porter son garde-manger – ou son sac à provisions s'il est au féminin – sous la gorge, prouve son atavisme paysan. Madame Kangourou n'est pas plus futée quand elle s'amène dans un cocktail avec son gosse dans le ventre. Tout cela, c'est dépassé, comme disent les enfants des hommes et des oiseaux. Chez les Européens du moins.

Mais revenons à l'albatros qui – on va le voir – a choisi le merveilleux pays du vent et des nuages. Celui dont je parle est au féminin, circonstance non négligeable, même avant Freud. Madame Albatros s'appelait Icarie, en souvenir d'un ancêtre qui s'était collé des plumes supplémentaires avec de la résine, probablement volée par une pie voleuse dans les Landes. C'était oublier que les dieux ne plaisantent pas et qu'ils ont, comme l'ennemi d'Outre-Rhin, des lunettes redoutables. Bref, Monsieur Icare tomba dans ce gouffre de feu qu'est le soleil levant. Au moment même où ses moteurs tournent à plein régime pour placer l'astre sur orbite.

Icarie était née probablement sur le mont Olympe, le quartier résidentiel des dieux, le seizième arrondissement comme on dit à Paris. Mont vierge comme une vestale romaine. Ou bien chrétienne, tout simplement.

Les dieux, c'est bien connu, sont portés sur l'adultère et s'occupent fort peu de leurs gosses. D'où les bêtises que les prêtres déplorent en se frappant la poitrine avec des phrases qui effraient les enfants.

Icarie s'était laissé pousser les ailes, fantaisie que nous désignons sous le nom de « puberté ». Comme d'autres se laissent pousser les ongles ou les cheveux. Un beau jour, ne résistant plus à l'appel du vent, elle s'envola. Condamnée à planer jour et nuit et à picorer les maigres déchets qui tombent des nuages ou des astres. Ou des engins spatiaux de ce temps-là, c'est-à-dire avant la machine à vapeur et même la bicyclette. Donc bien avant le Tour de France.

Icarie décida un jour d'aller du côté du soleil qui avait, chez ses confrères les astres, une excellente réputation et surtout beaucoup de charme. Cette idée lui vint alors qu'elle survolait les neiges éternelles : elle vit, pour la première fois, son ombre immense qui traînait comme une robe de mariage. Il n'en faut pas plus pour secouer le cœur d'une jeune fille en fleurs.

Le voyage dura plusieurs jours. Monotone. Il paraît que la végétation est très rare dans ces régions, qu'on s'y enrhume et que l'on manque à la fois d'air et de lumière. Apparemment, cependant, on est plus proche du soleil. Nous revenons toujours à l'œuf de Christophe Colomb. Autant dire qu'il faut à la fois une idée et un œuf pour débrouiller une situation compliquée.

Quoi qu'il en soit, Icarie vola des années ou tout au moins des semaines-lumière. Le voyage ne présenta pas de difficultés particulières puisque tous les ennuis proviennent, sur terre, de la pesanteur. Celle-ci vaincue, ou du moins surmontée, vous vous laissez aller. Icarie racontait qu'elle pointait sa queue – qui lui sert de gouvernail – dans la bonne direction et qu'elle repliait la tête sous l'aile. Comme font les avions en remontant leurs roues. Également sous leurs ailes. En somme, une fois dégagé de la pesanteur, on n'a besoin de rien. Il suffit que les ailes tiennent le coup.

Vous escaladez donc l'atmosphère, puis vous vous laissez aller sur l'autre versant. Le corps penché en avant, comme les skieurs. La descente, on s'en doute, est vertigineuse. Passionnante au surplus pour une gamine albatrosienne.

Je ne vous raconterai pas tout ce qui se passe chez le soleil. On reçoit beaucoup. Des anges, notamment, qui vous racontent toujours les mêmes histoires et dont les meilleures viennent de chez nous. Je vous l'ai dit : rien au ciel ne favorise l'imagination. Les anges sont des gens attachants, bien que guindés et susceptibles. On retrouve la même diversité que chez nous : des Belges, des Suisses. Ou en tout cas l'équivalent. Ce qui vous oblige parfois à répéter une histoire quand l'humour fait problème !

En somme, il n'y a rien d'exaltant pour une gamine qui sent ses ailes pousser, et dont les rêves, la nuit, prennent de plus en plus de place. Un beau jour Icarie fit ses valises. Elle reprit son souffle et s'esquiva sur la pointe des ailes.

Icarie eut l'idée de se poser sur le versant du Kilimandjaro. Histoire de changer d'air. Et d'angle de vue.

À l'aérodome des oiseaux, elle rencontra une autruche naine, qui avait oublié de pousser. Elle était gouailleuse, racontait des histoires drôles. Cette grivoiserie attira l'attention d'Icarie : il s'agissait en vérité d'une autruche qui avait, en gros, l'âge du service militaire.

Ce qui se passa fut fort simple et il n'est plus question ici d'œuf de Christophe Colomb. Retenons simplement qu'un jour Icarie eut envie de s'arrêter et de regarder le soleil. C'est seulement quand elle eut mis la tête sous l'aile pour faire un brin de sieste, qu'elle entendit de petits cris d'enfants. Elle crut qu'elle avait enfin retrouvé ses grands rêves d'autrefois, au pays du soleil. Mais elle entendit une voix à l'oreille qui lui disait « maman ». Elle avait mis au monde un poussin chaussé de pattes d'autruche. Tout le reste ressemblait à la mère, comme il se doit.

Et c'est ainsi qu'est née la cigogne, cet animal haut sur pattes, qui aime à la fois le froid d'Alsace et l'équateur des nègres. Qui vole au loin, selon sa grande mémoire héritée de ses ancêtres. Chaque année, cet oiseau ami des hommes quitte sa hutte aménagée par les hommes de l'Est et se rend à La Mecque des cigognes. Pour se refaire l'âme, le cou et les pattes. Au contact de l'autruche équatoriale et de la girafe des sables en forme de tour Eiffel.

L'albatros, lui, continue sa ronde autour de la planète. Les dames albatrosiennes mettent au monde un poussin doré comme le blé mûr. Tantôt l'œuf tombe sur l'Himalaya, tantôt sur le soleil. Ces frères dispersés à des semaines d'années-lumière s'appellent et se parlent longuement, fils de neige ou fils de feu. C'est exactement pour cette raison que le soleil se rapproche de la Terre en tournant autour d'elle, comme on ne l'ignorait pas en ce temps-là, avant que ne prévalût le point de vue de Galilée l'hérétique, lequel reçut la fessée de la main même du pape. Ce qui fit, on s'en doute, scandale. Le soleil tourne autour de la Terre car on tourne toujours autour du malheur, et un poussin perdu dans les neiges éternelles pousse le cri déchirant de l'Orphelin et de la Solitude.

Après le printemps – l'époque des berceaux chez les oiseaux – il faut prendre le temps de langer les bébés albatros, bavarder avec eux, les promener dans des landaus. Voilà pourquoi le soleil flâne à la surface du globe. Et c'est ainsi que, le soleil déviant de sa route circulaire, l'été est advenu à notre planète. L'été est donc né d'un amour. En somme, l'amour peut tout : faire que deux êtres se parlent d'un bout à l'autre du monde, se faire entendre des astres, rapprocher le soleil des humains en manque de clarté et de chaleur.

Cela, les astronomes, malgré leurs lunettes géantes, l'ignoreront toujours. Ils préfèrent vous raconter des sornettes mathématiques. Mais qu'une cigogne bourrée de spleen parle un soir à la lune parce qu'elle en a gros sur le bec et plein les pattes, et vous apprenez comment la Nature et l'Amour ont résolu nos problèmes sans efforts et sans algèbre : il suffisait d'allonger les pattes pour que la cigogne puisse être à la fois à l'écoute du ciel et de la Terre-Mère, des anges et des hommes. En se penchant, sur une cheminée de chaumière. Il lui fallait des pattes et un cou adaptés pour se pencher et lire les messages que, grâce aux braises vives, les enfants adressent au ciel quand les parents oublient de faire leur prière.

Car, je vous le demande, pourquoi le soleil prendrait-il la peine de venir tous les matins et les étoiles de veiller comme des infirmières toute la nuit s'il n'y avait ni cigognes sur les toits, ni alouettes dans les champs, ni poussins albatros dans leur baignoire glacée de l'Himalaya ?

Sans parler des enfants et des chats qui écoutent, yeux et bouche bée, les songes attardés du feu et des cigognes.

La chèvre de Sisteron

La chèvre provençale n'a qu'une particularité, mais elle est de taille : c'est une théologienne née. Elle flaire, broute et digère les idées divines. Il lui suffit d'une nuit claire d'hiver et d'un bon coup de mistral : la voilà transformée en mage et même en prophète ! Elle double les papes et les saints surdoués. Pourquoi le cacher ? L'imagination dont regorgent les biques fait cruellement défaut aux gens d'Église. Pouvez-vous m'indiquer une seule canonisation de cabrette ? Évidemment, non. Il y a certes des raisons : la chèvre s'obstine à vivre, depuis l'ère chrétienne au moins, chez de pauvres paysans illettrés. Elle se laisse marcher sur les pieds. Faute d'une seconde joue prescrite par l'Évangile, elle tend aveuglément les cornes sans essayer de comprendre l'injustice des hommes et des bêtes. Elle ne se mêle jamais des affaires d'autrui. En bonne chrétienne, elle se contente de donner son lait et de faire un brin d'escalade. Pour le plaisir.

La chèvre manque de brio. Mais à qui la faute ? Elle appartiendrait plutôt à la famille des Canadairs. Comme ces avions, patauds dont la panse est remplie d'eau, la chèvre provençale, Côte d'Azur et Corse, traîne à terre, ses mamelles joufflues et conviviales.

Son cousin, le chamois, a fait l'École de haute montagne et ne quitte jamais ces superbes résidences secondaires avec des jardins de neige. Sortes de jardins japonais râtissés par le mistral de l'Himalaya. Le clan des gazelles fournit des danseuses étoiles. Quant aux daims, ils finissent tristement sur des épaules ou des mains de femmes en mal d'élégance. Frappés en pleine jeunesse et en plein cœur, ils arrachent aux biches des pleurs et des sanglots.

La chèvre, elle, apprécie les herbes de Provence. Gastronome réputée, elle fait partie de la confrérie des Tastefleurs, des Tastelaits et des Tastevents. Car la chèvre de Sisteron peut vous déguster jusqu'au dernier pétale de la rose des vents, depuis la brise salée du vallon des Auffes, jusqu'au mistral champagnisé de Tain-L'Hermitage. Ces aptitudes naturelles prédestinaient la bonne chèvre de Sisteron à une destinée biblique, la plaçant même au premier rang dans le gotha de Noé. Qu'eussent fait, je vous le demande, nos braves patriarches, à commencer par Jacob le malin, sans le concours inconditionnel de la chèvre et de l'âne, ces deux mamelles du désert, voire de la Terre promise ?

Ce sont ces modestes bergères aux coiffes cornues et à la gorge généreuse qui, à l'exemple des Chartreux, vont dans les prairies de neige chercher les meilleures plantes pour fabriquer l'élixir lacté.

Revenons à Sisteron. Les chèvres de ce pays, en ce temps-là surtout, vivaient en liberté. Sans peur et sans reproche. Les chevreaux faisaient l'école buissonnière et parlaient aux lièvres plutôt qu'aux agneaux. Ils savaient ainsi des tas de choses. Le soir, ils racontaient ce qu'ils avaient vu et ce qui se faisait dans la contrée : ainsi, à l'approche de Noël – cette année-là bien sûr – ils avaient vu, à plusieurs reprises, des jeunes gens beaux comme le ciel. Il devaient apprendre de grive Mathurine, laquelle concierge nuit et jour, l'incroyable vérité : c'étaient bien des anges en effet. Lesquels étaient chargés de mission. La vieille grive ajoutait que ces touristes paraissaient un peu perdus, bien qu'étant apparemment très avisés. La vieille avait servi un grain de genièvre en ayant l'air de s'affairer sous son chêne. Du coup ils avaient parlé sans méfiance. Écoutez cette étrange conversation :

« Je me demande – dit le chef des anges – ce que le Seigneur veut faire dans ce pays, certes superbe, mais isolé et froid. Pourquoi recenser tous ces troupeaux et enquêter auprès de bergers ignares et pleins de rêves ? Donc inutilisables.

— Pourquoi surtout – c'est un autre qui parle – cette fiche de renseignements sur chaque fille du pays ? Que peut-on, au surplus, faire d'une vierge, d'une minette couvée par sa famille ? Jamais le Ciel, en temps de paix, ne s'est autant préoccupé des femmes !

— Nous sommes – dit le troisième larron céleste – en tant que célibataires, mal placés pour débattre de ces questions. Il est bien certain que cette préoccupation du Patron cache quelque chose.

À moins que le Seigneur ne cherche une reine ou une guerrière : Esther ou Judith ? Sait-on jamais ? »

L'ange Marouffe, ange gardien de Giotto, actuellement à la retraite, fit part d'une inquiétude : là-bas, dans une tour royale, au cœur du désert et de la nuit de Saba, des mages réputés, en pyjama de brocart, ne quittaient pas le ciel des yeux. Ils avaient acheté à Galilée une grosse lunette à interroger les étoiles suspectes.

Les anges durent convenir que Sisteron vivait en paix et en bonheur, précisément parce qu'il n'y avait, en ce fier pays de cocagne ni roi, ni militaire, ni pape, ni huissier. En somme, une survivance de l'Éden primitif.

L'ange Gabriel – le nom fut lâché dans la conversation – se contentait de répondre qu'il était tenu au secret professionnel, ce qui, chez les anges, signifie « bouche cousue ».

Mais la grive, rusée comme la renarde Vulpèse, joua à la maîtresse de maison qui doit servir un brin de conversation parfumée aux herbes de Provence.

« Ces messieurs ont-ils vu le petit village de Clamensane et la route espiègle qui mène à Sisteron ? Ont-ils admiré le beau ciel de notre pays, surtout à l'heure de minuit ? Ont-ils regardé la lune au solstice d'hiver ? Elle tient toute la place et, parfois, elle se roule dans les nuages comme les enfants dans la meule de foin. Et la lumière, messieurs ? Ah ! cette clarté qui vous saisit l'âme ! On croirait vraiment entrevoir le paradis en transparence ! »

Tout cela était parfaitement vrai. Il n'en fallait pas plus pour mettre le feu au cœur des anges, plein de musique et d'émotion, comme il convient aux proches collaborateurs de Dieu. Il paraît que l'on entendit un concerto de Mozart – le musicien préféré de ces aristocrates célestes – jusqu'à Manosque et Forcalquier. Gabriel demanda à son secrétaire de prendre des notes. La grive comprit que ces messieurs arrivaient tout droit du pays de la Bible. À leur manière d'écouter ce qu'elle-même venait de leur dire du ciel. En allusions feutrées, bien entendu, comme on fait chez les gens qui ont de la religion et du savoir-vivre.

Déjà la gousse de genièvre faisait effet : les langues des anges se déliaient imprudemment. Soudain, Gabriel posa une question stupéfiante :

« Le peuple sisteronnais attend-il le Messie ? »

La grive, coquine, ne manifesta aucune surprise, mais elle eut une illumination : elle venait de mettre le bec sur le pot aux roses.

« Assurément. Je dois même vous avouer que les bergers gardent en réserve le meilleur agneau et leurs épouses, le meilleur lait caillé pour le cas où… le Seigneur… de passage… aurait faim et soif… »

Les anges esquissèrent un sourire de satisfaction qui les trahit.

« Vous pensez, madame la Grive, que le Seigneur des univers pourrait venir chez les pauvres bergers de chez vous, par exemple ?

— Heureusement, messieurs. Les pauvres attendent-ils quelqu'un d'autre ? Les pauvres de toute la terre, messieurs, rêvent ensemble un seul Rêve. Car ils rêvent, messieurs. Comme les chats ou les brebis. Ils regardent tous à la même image qui pousse et grandit dans leurs yeux. Avec l'âge de la Terre. Oui, ils regardent à la Terre Promise qu'ils labourent patiemment chaque année dans leur cœur. Et qu'ils ensemencent. Cette Terre où coulent le lait et le miel, où poussent la sauge, la sariette, la vigne et la lavande. Ils ont une âme de berger et de mage tout ensemble. Ici, dans ce pays, on apprend aux enfants que le Seigneur a un faible pour ceux qui ne peuvent se payer ni les huîtres des notaires, ni la dinde des gros paysans. Les mères de ce pays font, avec quelques mots, une chanson de pauvre qu'elles donnent aux bébés en même temps que le sein : le tout s'écoule dans l'âme qui devient vaste et légère comme le ciel. »

Le secrétaire prenait ouvertement des notes, et la grive, qui, comme on dit, ne se sentait plus, s'assit sur un tronc d'olivier et tint une conférence de presse. Les idées venaient d'elles-mêmes. Après tout, se dit la grive, c'est en parlant que l'on devient intelligent. Elle s'interrompit enfin et, avec une aisance qui la surprit déclara :

« Quelqu'un a-t-il des questions à poser ? »

Gabriel remercia d'abord pour l'exposé, qualifié de remarquable, et demanda :

« Les enfants de ce pays sont-ils beaux ?

— Ravissants ! s'exclama la grive. Les enfants des pauvres surtout. On dirait qu'ils mangent dans la main de Dieu tant ils sont gracieux. Et puis, on se plaît à le reconnaître dans le pays, ils tiennent de leur mère, nourrie d'air léger et des longues nuits d'hiver. Vous me comprenez ? »

Les anges paraissaient intrigués par les mœurs des humains, mais n'oublions pas que ce sont des diplomates attachés aux Affaires étrangères du royaume. Ils sont, comme on dit à Paris, tenus à l'obligation de réserve.

« Tenez, poursuivit Mathurine, le fils de Douceline, né la nuit dernière, et de toute beauté. Des étrangers sont venus depuis Apt, Ménerbes et Carpentras voir ce poupon. Voulez-vous que je vous fasse une confidence ? J'ai dit à la maman : c'est le bon Dieu qui t'a fait cet enfant ! »

La grive sentit qu'elle avait frappé Gabriel au cœur. Et, chez les anges, c'est toujours du cœur que partent les idées. Il faut ajouter que le grain de genièvre fait merveille sur le cœur innocent des anges.

« Madame, où donc habite ce nouveau-né ?

— Longez la route, vous trouverez une cabane de bergers. C'est le seul torril du coin. Vous ne pouvez pas vous tromper. Vous trouverez, quelques kilomètres avant cet endroit, une auberge tenue par un méchant homme. Je vous conseille de ne pas passer la nuit chez ce grigou. » La grive expliqua avec des mots très simples mais surtout avec ferveur que « c'était une honte et qu'on n'avait jamais vu ça : le méchant aubergiste avait refusé un lit et un verre d'eau à cette jeune maman, précisément, qui faisait des enfants splendides ».

— Comment !

— Parfaitement, messieurs. La jeune femme rentrait de Digne, pour une affaire stupide de papiers d'identité, lorsqu'elle fut prise par les douleurs. Depuis cette nuit tourmentée mais bienheureuse, la neige floconnait avec une très grande douceur. Par respect pour les amis et étrangers qui venaient apporter des cadeaux à la mère. »

Les anges prirent congé avec cette formule usuelle au pays des anges des idées claires et distinctes.

« Que le bon Dieu vous accompagne ! »

Quel lien avec la chèvre de Sisteron ? Un simple rapport de caquèterie. Vous pensez bien que la grive, dès le départ des étranges visiteurs, s'empressa de raconter à la chèvre la curieuse rencontre. Celle-ci ruminait paisiblement, car les idées viennent de cette manière. Elle frappa du sabot, ce qui signifie « Eurêka ! » dans le monde du lait et du fromage.

« Je crois comprendre : ces messieurs sont envoyés du ciel en reconnaissance. À mon avis, l'opération "Messie" ne va pas tarder. Le compte à rebours a probablement commencé. »

La chèvre, à l'évidence, lisait la gazette et utilisait les expressions châtiées des savants et des mages.

« D'ici que les anges ne nous volent nos meilleures idées et ne les réalisent ailleurs, sur une autre planète ! Supposons qu'ils aient dans les veines du sang japonais ! Peut-être y a-t-il un espion parmi eux ou simplement un ange de Judée qui entende faire profiter son pays de l'ingéniosité provençale ? Car enfin, chère amie, tu as une idée géniale : le Messie qui naît en pleine nuit, et d'une fille de pauvres. Des bergers qui trinquent à la santé de Dieu ! Des anges, vêtus d'anoraks, et qui sillonnent notre neige comme des chamois ! C'est dingue ! »

J'ai oublié le détail le plus important. Nous étions exactement le 26 décembre de cette année-là. Et au bord de l'ère chrétienne. Puisque le fils de Douceline était né le 25 du même mois. La chèvre, tous les soirs, collait son oreille au tronc d'un arbre que l'on avait baptisé « l'arbre de la connaissance » car les secrets célestes nichaient dans ses branches et chantaient comme les rossignols. Apparemment, rien ne bougeait sur la terre comme au ciel.

Un soir pourtant, les feuilles s'agitèrent. On eût dit une âme d'arbre tirant sur sa laisse. La chèvre, instinctivement, nota la date : le 25 mars. Elle feuilleta tous les livres saints qu'elle put dénicher dans les vieux oratoires. Elle apprit au passage que Dieu se trouvait à l'aise dans la brise, et surtout qu'un enfant royal devait naître d'une jeune fille pauvre. Et vierge ! Un miracle donc, mais surtout une prophétie gravée dans la chair !

Soucieuse, la chèvre calcula : si l'arbre a parlé juste et si la nature respecte les normes, comme elle fait pour les jeunes filles honnêtes, on peut prévoir une naissance pour le 25 décembre prochain. C'est probable, donc c'est certain.

Mais où diable naîtrait celui que déjà elle nommait « Messie » ? Les anges n'étaient pas revenus, le chêne ne soufflait mot. « Qui ne dit mot, consent », se dit la chèvre.

L'été lui parut interminable. L'automne recouvrit ce pays d'une prodigieuse tapisserie de couleurs aux teintes chaudes et douces. On eût dit que la nature attendait un roi. Toutefois, rien ne bougeait sur la Terre comme au ciel : on n'attendait, apparemment, aucun enfant dans le pays. Celui de dame Douceline avait grandi, mais c'était plutôt un bon petit diable. Peut-être même ce gamin remuant avait-il découragé Dieu de s'implanter, comme on dit, dans la région ?

Le 24 décembre, à l'aube, la chèvre abandonna le troupeau et gagna seule la montagne. Le chêne semblait fébrile, la brise était revenue et arrivait incontestablement de l'Orient. Pas une minute à perdre, se dit la chèvre. L'animal farta ses sabots et dévala vers les Saintes. Le soleil embrasait les flamants roses, luxueux comme des anges. Tournée vers la mer frémissante, la bonne chèvre de Sisteron se mit à bêler jusqu'au SinaÏ. Soudain, elle entendit distinctement une syllabe céleste : « Viens ! ». Il faut dire que, par temps de grâce, les communications sont excellentes entre la Palestine et la Provence. Question de vent aussi. Rappelons que Dieu contrôle le ciel de la Méditerranée et qu'il peut, à tout instant, déclencher une guerre éolienne et dissuasive.

Comment la chèvre s'embarqua-t-elle ? Nul ne le saura jamais. Par modestie, elle se refuse à faire, selon ses propres termes, des révélations. Mais il est clair que Dieu n'en est pas à un miracle près. La chèvre débarqua donc, courut à toutes jambes. Elle repéra aisément le pays qui, après tout, n'est pas plus grand que les Hautes-Alpes. Il suffit de remplacer le Jourdain par la Durance et la mer Morte par Serre-Ponçon.

Soudain, tout près d'un village qui ressemble à Clamensane, elle aperçut un troupeau dont les clochettes s'agitaient, exactement comme les feuilles du vieux chêne. Elle s'approcha et reconnut aussitôt les trois anges que la grive lui avait décrits dans le détail. Des anges, à coup sûr, mais déguisés en messieurs, complet « homme d'État ». Il n'y avait aucune erreur possible : le Messie se trouvait là, à deux pas. La chèvre en eut la certitude lorsqu'elle vit une caravane avec des chameaux cousus d'or et des têtes couronnées. Elle comprit qu'il s'agissait d'étrangers à la couleur de leur peau et à leur couronne exagérément cossue. Il faut reconnaître qu'en République on est plus sobre, plus discret : jamais un Président n'aurait l'idée d'afficher des bijoux sur le crâne.

Effectivement, l'Enfant était né. La ressemblance était frappante avec le fils de Douceline. Quant à la mère, on eût cru la sœur jumelle de l'heureuse maman de Sisteron.

La chèvre se glissa dans le troupeau et salua ses compagnes d'Israël. L'une d'elles, qui faisait partie du service d'ordre et portait un brassard avec un écusson représentant un chandelier d'or, l'introduisit dans la cabane. La visiteuse s'agenouilla et dit à la mère les félicitations d'usage. Elle ajouta :

« Je viens de Sisteron pour vous apporter les vœux de mon pays.

— Je sais, je sais, dit la mère en se soulevant légèrement. J'attendais votre visite. L'ambassadeur divin Gabriel m'en avait avertie. »

La jeune accouchée fit signe à la chèvre de s'approcher contre sa joue et de tendre l'oreille.

« L'ange Gabriel a organisé votre voyage. Il a fallu faire très vite, mobiliser les vents d'élite et vous équiper d'ailes de condors. » Elle ajouta : « C'est grâce à votre pays que cette nuit existe et que mon être séjourne dans la joie. Certes, le Messie devait naître dans notre famille, mais il manquait à Dieu quelques détails. Un projet de cette qualité, ça se fignole ! Heureusement que le Seigneur peut recourir au génie du valeureux peuple provençal. »

La chèvre, aujourd'hui encore, répète mot à mot cette conversation. Elle bute inévitablement d'émotion sur cette dernière phrase. Mais elle explique qu'elle s'est aussitôt remise de ses larmes de joie, qu'elle a su s'excuser pour son allure négligée. « La jeune maman m'a mise à l'aise », ajouta-t-elle.

« Vous savez, chère amie, chez les pauvres, une visite vaut tous les cadeaux. »

Spontanément, la chèvre a offert son lait.

« Je goûterais volontiers au lait de Provence », dit la maman du Messie avec un accent qui a la saveur des herbes célestes.

Ce qui se passa alors est vraiment incroyable. Myriam de Bethléem – la chèvre l'appelait ainsi – s'extasia. Elle savoura le lait dans lequel, durant les mois fruités de l'automne, avaient mariné les plus rares herbes du haut pays. On y trouvait à la fois le thym, le romarin, et même une allusion à la neige du Ventoux.

Myriam passa la coupe aux visiteurs. On se faisait des politesses. Ainsi, pour la première fois au monde, les bergers burent avant les rois : signe que le Messie avait changé les habitudes. Tous burent à la même écuelle – encore un signe qu'on n'était pas fiers –, bêtes et gens. Miracle ! la coupe repassait de lèvres en lèvres et de museau en museau sans se vider. Il fallut bien se rendre à l'évidence : c'était bien le Messie qui vivait en cet Enfant. Dieu à hauteur d'homme. Enfin !

En réalité, lorsqu'on est habité par le bonheur, on n'a pas une tête de mauvais coucheur et l'on ne compte pas les preuves de l'existence du Messie. Mais, après tout, se dit la chèvre, il y a toujours l'incroyant de bonne foi et Dieu, par prudence, ajoute une pincée de miracle. Juste ce qu'il faut pour relever, à la façon des épices, l'intelligence. Le miracle, c'est comme les aromates, ça « relève » l'événement.

L'événement ! le mot vif et brillant comme la foudre entra, avec la chèvre, au pays provençal. On ne parlait même plus que de l'événement. On se mit aussitôt au travail pour célébrer l'anniversaire car, se disait-on, ces gens de Bethléem risquent d'oublier cette nuit fantastique. Ce sont des Méridionaux et ils se laissent vivre comme les lézards de Sisteron, en lampant une gorgée de soleil frais.

Est-il besoin de dire que la crèche est née du récit d'une chèvre au regard futé ? Tout le village de Clamensane s'habilla de neuf cette nuit-là et se disposa devant la cabane de Douceline que l'on appela « l'étable de Noël ». On ne sut jamais qui avait inventé ce mot et ce qu'il signifiait au juste. L'important, c'est qu'il vint au monde, pour la première fois, cette nuit-là.

La chèvre distribua les rôles et la grive Mathurine caqueta le premier *Minuit chrétiens* ! À vous faire agenouiller les étoiles. On passait la coupe remplie de lait et l'on s'embrassait. Pour que le bonheur vienne sur Terre. Puis on s'endormait sur place jusqu'au chant de l'alouette. Il paraît que les anges descendaient le long d'une échelle d'or, distribuaient des idées folles et des gâteries. Les idées devenaient des rêves, ce qui est tout à fait normal. En somme, des brins de pensée enroulée dans le bonheur.

Après tout, se disait-on dans le pays, Dieu fait des cadeaux à un peuple qui lui donne des idées simples, mais si proches du cœur !

Une hirondelle de Judée

Oyez, Frères chrétiens
et vous aussi, Frères humains
versés en d'autres confréries,
une humble et poignante histoire,
celle de l'hirondelle,
aux teintes de jour et de nuit.
Sachez aussi comment, subtile et avisée
noble de cœur et de pensée,
elle sauva l'Enfant
des griffes du tyran.

L'univers, c'est incontestablement une idée divine. Ça se voit au premier coup d'œil : c'est infini, comme Dieu. C'est inimaginable, comme Dieu. Et surtout c'est beau, exactement comme Dieu.

Il faut être Dieu, me confiait un ange de la route, pour assurer le temps en années-lumière et, d'abord, pour fabriquer des soleils et des lunes en pagaille. Puisque nous sommes un infime morceau de ces milliards de mondes qui flottent comme des bulles de savon.

Prenez simplement la nuit : celle qui permet aux oiseaux de goûter au bonheur familial dans leur igloo suspendu, celle qui oblige les humains à faire un feu pour dégeler la conversation. La nuit, c'est un espace destiné aux chiens, aux chats et aux enfants et ce, pour qu'ils rêvent et refassent un monde à eux, celui que les grandes personnes leur refusent. Et ces millions d'étoiles qui arrivent à l'heure, comme le train les saisons. Ou le bonheur.

Et cette cheminée – j'y reviens – avec un feu vaste comme la guerre de Cent Ans, qui craque sous la dent comme un pain croustillant. Et ces rainettes qui improvisent un concert au-dessus de l'étang quand les étoiles se posent sur l'eau, le soir.

Et les vers luisants qui s'allument à la campagne, exactement comme les réverbères des villes. Pour que la maman fourmi puisse rentrer à la maison et s'occuper de ses enfants.

Et tout ça, parce que Dieu a dit : « Éteignez-moi ce soleil qui me brûle les yeux et épuise les hommes au travail. Qu'on se repose, bon Dieu ! – qu'on pense aux gosses ! Et qu'il se fasse un peu de silence dans les cœurs. » Il a ajouté : « Sur la Terre comme au Ciel ! »

Car – j'y reviens encore – c'est Dieu qui a tout conçu dans sa tête divine. Ou dans son cœur. Car, à mon avis, Dieu pense plutôt avec le cœur. Il pense toujours avec le bonheur en vue dès que ce sera possible avec les hommes. À mon avis, du moins. Donc, Dieu a conçu la nuit. Il faudrait plutôt dire « les nuits ». Car il y a les nuits avec ou sans lune, les moitiés ou les quarts de lune, les nuits à éclipse, les nuits calmes et les nuits agitées. Il y a même les nuits blanches, ces dernières étant interdites aux enfants. Et aux anges, d'après moi. Pour ne pas casser leur paradis céleste.

Dieu avait dit : un jour, une nuit ; un jour, une nuit. Pile et face. Premier casse-tête divin : comment éteindre le soleil puis le rallumer ? Un ange – le Christophe Colomb céleste – avait dit : « Sire, faites tourner la boule terrestre ! » Dieu avait dit : « Formidable ! » Et Galilée – qui s'était contenté d'observer, comme font tous les savants – avait repris : « C'est évident, elle tourne. »

Tout a parfaitement fonctionné dès le premier jour. Comme à Serre-Ponçon. Dieu a mis l'eau, puis les poissons d'eau douce, puis l'homme, puis la barque dite de Noé. (Je crois que je me suis trompé : il faut intercaler l'homme entre les poissons et la barque du pêcheur.)

Dieu passait pour vérifier que l'homme était bien à son image, c'est-à-dire gentil, habile ; intelligent, quoi !

Or l'homme était né râleur : il y avait trop de… pas assez de…

« Zut ! dit Dieu. Tu n'es jamais content. Que veux-tu que j'ajoute à ce monde ? Tu pourrais un peu y mettre du tien !

— Sire, dit l'homme de ce temps-là qui n'avait ni froid aux yeux, ni la langue dans sa poche, Sire, il y a trop de vide entre les étoiles et moi. J'ai le vertige.

— Tu as raison, dit Dieu. Excuse-moi ! Je vois les choses de loin et d'en haut. Tu me donnes d'ailleurs une idée : il faut que je descende un soir de pleine lune, quand la Terre brille. D'autant que, ces nuits-là, je ne vois qu'elle. Dans mon ciel, elle brille comme un œil de chat. Et c'est la seule qui ait mis du cœur dans sa lumière. »

Dieu réfléchit… réfléchit tant qu'il put, c'est-à-dire : qu'il se mit – autant qu'il put – à la place de l'homme. On le vit regarder longuement la Terre depuis son balcon, au point de rendre jalouse toute la couvée des anges et des astres. Enfin éclata, sur les lèvres de Dieu accroupi, le mot fameux repris plus tard par Archimède – le gars de la baignoire : « Eurêka ! » (Mot que l'on peut dire plus simplement en français, langue claire et distincte, et qui signifie : « J'ai trouvé ! »)

Il avait effectivement trouvé. Il avait, comme ça, au vol, attrapé un morceau de jour et un morceau de nuit, puis découpé aux ciseaux. Et voilà que le tissu s'envola : la nuit et le jour s'accouplèrent comme des danseurs sur glace. « Hirondelle ! » s'exclama Dieu en bon français. Dieu venait d'inventer l'oiseau.

L'hirondelle, aussitôt attirée par la pesanteur – celle qui régit les oiseaux et les étoiles –, descendit lentement et se posa sur la pelouse du paradis terrestre.

« Chouette ! » dit-elle. Une expression courante et joviale chez les volatiles.

L'oiseau avisa une chaumière de pauvre vieille désolée – on était déjà après les ravages du péché originel –, elle demanda l'hospitalité à la paysanne qui lui offrit le seul endroit bien abrité du vent et de la pluie : juste sous le rebord du toit, exactement là où se pose le premier rayon de soleil. L'hirondelle apprécia l'endroit, d'autant qu'elle remarqua un gros chat, très hypocrite, qui faisait semblant de dormir, alors qu'il avait de fort mauvaises pensées. Et de mauvaises habitudes dans son alimentation : des habitudes habitudinaires de pécheur originel.

La première hirondelle, vêtue en tailleur blanc et noir – il y eut un soir et il y eut un matin –, eut beaucoup d'enfants et fut comblée de bonheur.

Bien. Récapitulons. L'univers : des milliards d'astres. Qui brûlent jour et nuit, comme des hauts-fourneaux célestes. Sur Terre, des milliards d'oiseaux tous dessinés par Dieu, grand couturier de l'univers. Les uns ressemblent au coquelicot, d'autres au bleuet. D'autres, comme le serin, sont jaunes. Comme les Chinois. Pour ceux qui ne connaissent pas la Chine, disons : dorés comme les blés de la Beauce. Certains chantent, comme les sources ou la flûte. D'autres croassent, comme les grenouilles. Enfin, le perroquet, ce pataud, essaie de se mettre des mots dans le gosier.

Tout cela est beau et nous amène tout naturellement à cette haute action de Dieu que nous appelons Noël. Parce qu'il faut bien nommer les choses, si nous voulons qu'elles viennent au monde. Dieu lui-même ne manque pas à la règle.

Attention ! Dieu nous conduit à Noël, mais après des milliards et des milliards de nuits et des répétitions générales dans le Ciel pour que les étoiles aient leur numéro au point. Comme au cirque. Et je rappelle encore que le cirque, il n'y a que les enfants qui comprennent vraiment.

Noël donc, j'y arrive : figurez-vous un hameau vêtu de soleil avec des maisons lourdes et comblées de bonheur ; fraternisant comme des grappes de raisin. Un village coquet comme Célimène de Molière. Et qui fait le gros dos comme le matou dont je vais vous parler. Au centre, la mairie, de ce temps-là. Et une église, de ce temps-là. Avec de l'eau bénite et une veilleuse à huile de la grosseur d'une mésange avec un bec de feu. Un peu plus loin une maisonnette ravissante. Comme la maison des fées ou des sept nains. Tous les étrangers se disaient : « Je parie que la plus belle fille du monde habite là. » Ils attendaient tous – les touristes sont des gens curieux et qui, surtout, croient au miracle, ce qui est bien –, attendaient que les volets s'ouvrent. Et, effectivement – comme c'est le désir qui commande, ou la prière – les volets s'ouvraient.

« Oh ! s'exclamaient-ils. Quelle beauté ! »

Naturellement, ils se renseignaient aussitôt. En ce temps-là, vous pouviez aussi bien tomber sur un ange, sans vous en apercevoir. Ou plutôt, vous reconnaissiez un ange à sa culture, à sa manière de parler ou de sourire. Tout simplement, à sa manière d'être simple, malgré les études très poussées que font ces surdoués.

On demandait : « Comment s'appelle cette jeune fille si belle ? »

On répondait : « Marie. » Un nom simple à retenir. On conjuguait le nom avec plaisir : Marie-Laure, Marie-Louise, Marie-Antoinette. Remarquez que nombreuses sont les reines qui ont choisi ce nom.

Attendez : on ajoutait toujours : « On dit ici que c'est la fille même de Dieu. » Tout le monde s'accordait sur ce point, car d'où voulez-vous que vienne la beauté ?

Sous le toit, un nid coquet. Bien tenu. Avec des gazouillis au-dedans. Donc, de la musique par-dessous le toit. Les habitants savaient que, dès le matin, la jeune fille faisait sa prière et saluait, comme il se doit, la maman hirondelle, laquelle lui rendait le salut en croisant les ailes et en faisant une sorte de génuflexion angélique. C'était une liturgie de village. Donc, j'en conclus que l'hirondelle savait. Effectivement, renseignement pris, seule au monde, l'hirondelle savait.

Bientôt, le village fut intrigué et même le ciel. Figurez-vous qu'un ange qui traînait l'aile par-là – et les oreilles – écouta aux portes. Il essaya par la suite de tirer les vers du bec de l'hirondelle. Mais la fine mouche ne lâcha pas un mot.

Un beau jour d'hiver – je m'en souviendrai toujours, devait dire plus tard l'hirondelle de Nazareth –, voici que Joseph – l'époux de la jeune fille si belle – sella l'âne et prit la route avec Marie. Celle-ci attendait un enfant. Je signale à ce propos qu'un ange avait dit à l'âne : « Sois prudent : une mère qui attend un enfant, c'est très fragile. »

Un paysan brave, mais lourdaud, avait dit : « C'est pas prudent, Joseph ! Un malheur est si vite arrivé ! »

Joseph avait souri puis ajouté : « Cette fois-ci, tu dois dire : un grand bonheur va arriver. »

Marie ne courait aucun risque. Mais elle avait au cœur comme un souci ; une angoisse, préfèrent dire les gens d'aujourd'hui qui grossissent tout et surtout les malheurs.

Le soir, l'hirondelle, toujours attentive, monta sur le clocher et jeta un coup d'œil sur la plaine. La nuit était tombée. Bizarrement, une étoile semblait inquiète : elle s'agitait comme une étoile qui mettrait une étoile au monde.

L'hirondelle – mettant ses ailes en porte-voix – cria : « Étoile, ma sœur, que se passe-t-il dans ton ciel ?

— C'est chez vous que ça se passe, répondit l'étoile. Je suis inquiète.

— Pourquoi ?

— À cause de Marie de Nazareth, la Toute Gracieuse. Elle va accoucher et l'aubergiste refuse de lui donner une chambre et un lit. C'est la honte du monde et du siècle !

— Et de l'éternité ! » répondit l'écho (qui est né, dit-on, cette nuit-là).

L'hirondelle passa son poncho et s'élança comme une fusée. Elle atteignit l'auberge tard dans la nuit. Une seule étoile, la même, trépignait. Visiblement affolée, elle tournait de l'œil.

Marie était assise sur un banc ; Joseph la soutenait. L'hirondelle ouvrit les ailes et embrassa la future maman. Puis elle poussa un cri qui voulait dire : « Oiseaux du ciel, accourez. Vite ! Au secours ! »

En un clin d'œil – à la vitesse des oiseaux, du TGV ou de la lumière – les oiseaux étaient rassemblés comme pour un meeting et se partageaient le travail. Rien de plus malin et de plus mobile qu'un oiseau. En un tour d'aile, ils s'étaient dépouillés de leur duvet et tissaient une couverture. D'autres ramenaient du lait et du miel. La reine des abeilles en personne était là avec toute sa maisonnée.

Inouï ce qui se passa alors : il faut bien employer le mot de « miracle ». L'aubergiste était allé puiser de l'eau. Sur un geste de la reine des abeilles, l'essaim se rua sur le vilain qui dut s'enfuir et dormir à la belle étoile en hurlant de douleur.

Une alouette indiqua une hutte, sur le bord de la route. Elle chuchota un mot à l'oreille de l'âne qui fonça tout droit vers l'abri.

L'hirondelle fit signe à l'étoile et aux vers luisants du pays. Ce fut – vous diront les gens du pays – un moment inoubliable. La nuit, assurent-ils, devint douce comme le miel.

Les clochettes des troupeaux inventèrent des cantiques, puis une musique douce et menue faite pour les berceaux. Le ciel devint un jardin d'étoiles fleuries. On entendait un chant inconnu : « Douce et sainte nuit ! »

La suite, vous la connaissez : la naissance de l'Enfant. Ce fut encore dame Hirondelle qui annonça l'événement. Elle répéta des paroles étranges que Marie récitait à haute voix. Ces paroles lui venaient naturellement. C'est tout de même étrange qu'une boîte crânienne aussi étroite puisse contenir autant de phrases ! Vous m'objecterez que l'éléphant, lui aussi, a un tout petit cerveau. Il a trop investi dans la trompe, et sa tête pensante s'est réduite à un cerveau de chagrin. Il demeure que l'éléphant est probablement venu jusqu'à Bethléem, monté par un roi nègre. Car enfin ! ces mages ont la peau et la monture de leur pays.

Ils arrivèrent, ces mages, bourrés de cadeaux comme il convient à des rois et surtout à un Enfant qui – on le sut tout de suite – était le Fils de Dieu. Et voici que l'hirondelle, une fois de plus, va intervenir et sauver l'Enfant du désastre.

Je résume la situation. Ces mages faisaient donc partie des rois tout-puissants. Mais, contrairement à leur confrère royal, Hérode, ils étaient justes et même débonnaires. Eux aussi, comme l'hirondelle, mais à cause de longues-vues très puissantes, avaient décrypté le message de l'étoile. Ils comprennent qu'il y a quelque chose en vue : une bataille ou une invitation du Grand Roi des Cieux.

Je vous passe la suite de l'histoire, puisque vous la connaissez. Il suffit de rappeler que le roi Hérode, en djellaba du soir et babouches diamantées, se dirigea vers sa bibliothèque, en rapporta un beau livre. Il convoqua ses secrétaires et ses devins. Finalement, le roi devait vérifier son pressentiment : un prince tout-puissant devait naître dans un coin perdu de son royaume. Un prince ? Donc un rival, un prédateur.

Il rageait dans son cœur, et fit un gros mensonge aux mages.

Mais il y a toujours un point faible pour les méchants. Le roi avait laissé les fenêtres ouvertes et notre hirondelle avait suivi la conversation. D'un coup d'aile, furtivement, elle s'esquiva.

Déjà les mages étaient partis pour ne pas revenir. Hérode alors lança ses chiens et ses bourreaux. Dieu, dit-on, envoya une tempête de sable qui aveugla les dragons du roi. Mais ce sont surtout les sangliers qui gagnèrent la bataille en dévorant les chiens du palais et les lévriers du roi Tout Méchant.

Et l'hirondelle, demanderez-vous ? Eh bien ! c'est elle qui avait averti le lion qui – comme on sait – est le roi des animaux et surtout des sables. Celui-ci avait donné l'ordre aux sangliers de dévorer les soldats et leurs chiens fanatiques. La Sainte – on la nommait ainsi – avait suivi les opérations depuis la tour des bergers, puis était, comme il se doit, rentrée à la maison.

Elle vécut de nombreuses années, vénérée pour ses exploits. Dieu – qui fait toujours bonne mesure – ajouta encore un miracle : chaque année, au printemps, un nuage d'hirondelles venait se recueillir devant le nid de la bienheureuse et, le soir de Noël, ce nid brillait exactement comme une étoile. Certains prétendent même avoir entendu toute cette histoire que je viens de raconter : une histoire toute fraîche et émouvante.

Comme un oiseau tombé du nid.

Noël 1992.

Le « ravi » de Saint-Rémy

Les enfants des Baux, nés dans une grappe de soleil, le savent bien : le véritable désert se trouve en Afrique. Au-dessous du soleil très exactement. Qui donc pourrait déverser des tonnes de sable et consommer autant d'eau si ce n'est ce lion du ciel que l'on attache le soir – dit-on – afin que les étoiles puissent brouter en paix. On dit encore que l'astre du jour ressemble étrangement au chameau : il peut ne boire qu'une fois l'an dans le Grand Fleuve rempli de paillettes d'or. D'où la couleur de la lumière et, par ricochet, du froment. Il lui reste donc beaucoup de temps. Qu'il l'utilise ou non, c'est son affaire, comme disent les anges, en croquant une datte le soir, à la veillée. Les Parisiens, qui ont la dent dure, prétendent que le soleil est paresseux. Ils ajoutent avec désinvolture : comme un Méridional. En réalité, l'astre fait la grasse journée.

Chaque soir, à la tombée de la nuit, le soleil secoue sa pelisse de feu : un nuage de cendres se répand sur ce point d'Afrique. Il s'ébroue et, lentement, dignement, fait une promenade. Les fauves ont appris cette habitude de leur grand frère, le soleil. Remarquez que les anges sortent volontiers la nuit, mais pour aller tisonner les cerveaux et ranimer les rêves endormis. Tous les enfants vous le diront. Voilà pourquoi les nouveau-nés sourient, en plein sommeil, du moins en Provence où les fenêtres demeurent grandes ouvertes. À cause des anges précisément. Et les hirondelles, qui aiment prier en croisant leurs ailes, contemplent les enfants.

Car les hirondelles ont de la religion. C'est pourquoi elles émigrent chaque année en Terre sainte. Ce sont elles qui ont prêché la croisade. À Vézelay, au milieu des grives, des merles et des soldats de l'époque, empaillés dans des pulls en fil de fer. Le merle, lui, ne pratique pas. Il siffle gaillardement sa chanson à boire et rit sous cape de merle. Il est goguenard. Il y a donc un soir – celui des feux de la Saint-Jean – où le soleil vient boire l'eau du désert. Avec une trompe. Comme les éléphants. C'est d'ailleurs lui qui, le premier, a eu cette idée et l'a semée dans la forêt vierge. On se doute bien qu'une invention de cette taille n'est pas à la portée d'un animal aussi lourdaud et dont la cervelle n'est pas plus grosse qu'une gousse d'ail.

La trompe, c'est plutôt un rite africain. Un symbole qui signifie la forêt équatoriale truffée de boas, sortes d'ogres dans le monde des serpents. La trompe correspond donc à la tour Eiffel pour Paris ou à la chistera pour le Basque. D'ailleurs, la tête de l'éléphant est visiblement copiée sur cette raquette basque qui, elle, a probablement une origine japonaise.

On n'apprend ces choses-là qu'au désert, sous un palmier ou dans un hamac de psychanalyste africain. Encore faut-il approcher les animaux qui savent : une gazelle, une antilope, une girafe ou, je vous l'ai dit, un lion bavard qui se croit au ciné-club et vous raconte sa dernière guerre. Du chameau, vous n'en tirerez rien. Il ressemble aux paysans de Ganagobie ou aux héros de Giono. Il est étanche, à cause de l'eau. Et puis, il est complexé par cette maudite bosse qui lui vient des ancêtres et lui colle à la peau. Une espèce de péché originel. Le fruit défendu lui est tombé sur le dos. Les savants mécréants préfèrent imputer ce désordre à la génétique. Moi, je penche pour la théologie du fruit défendu. C'est plus savoureux.

La bosse vient de loin. Probablement même de la première chamelle. Vous trouvez toujours Ève ou Œdipe dès que vous grattez un peu. Le mythe, comme on dit ailleurs que dans les contes.

Notez bien que ces deux êtres ne se sont jamais rencontrés, ne serait-ce que pour se raconter leurs malheurs, une fois chassés de leurs paradis respectifs. Personnellement, j'ai un coup de cœur pour ces deux épaves d'origine. La gazelle de Boudabadou reproche à Ève d'avoir abusé de sa féminité. À mon sens, c'est excessif. Que celui qui n'a jamais été fixé par un crotale jette la première pierre. Quant à Œdipe, je vous accorde qu'il s'est mal tenu, mais c'est une habitude grecque. Cela tient essentiellement à leurs dieux qui ne sont pas corrects et se mêlent toujours des affaires qui ne les regardent pas.

Revenons au palmier du désert et aux caravanes qui vous

imposent toujours cette bête dont je viens de parler et qui tient à la fois de l'araignée et de l'œuf au plat : ceci est vrai du dromadaire seulement puisque le chameau a une double bosse. On peut fort bien imaginer un chameau au paradis terrestre. Que l'on retrouverait ensuite dans l'arche de Noé. Quant à l'éléphant, on pourrait replier sa trompe comme un trombone et mettre le tout dans le ventre de la fameuse baleine, que Jonas utilisa comme sous-marin.

Pour entrer au désert, j'ai préféré prendre pour guide un lion. C'est plus sûr. Les lions savent tout. Comme les rois. Ou les concierges. N'oubliez pas que ce félin est en effet le roi incontesté des animaux, qu'on l'adore et qu'on le craint : Il a tout pour être sacré roi. C'est aussi une espèce de Dalaï-lama du désert. Un muezzin qui appelle les fidèles à la prière en poussant un long grognement appelé « rugissement » chez ses coreligionnaires. Le lion – qui pourrait l'imaginer ? – est un contrebandier né : il transporte de l'opium, des dattes et des parfums de l'équateur à la barbe des daims ou des gazelles. Les anges donnent un coup de main. Ils conduisent des nuages bourrés d'eau qu'ils vont chercher au pôle Sud. Chez les anges, on est cocher de père en fils. Cocher ou poète.

Mon lion connaissait admirablement les sentiers de chèvres, les raccourcis, les coupe-gorge, les filets d'ombre. Bref, il faut à tout prix vous procurer un lion. Je n'ignore pas les dangers de l'entreprise : le lion a, comme on dit, des faiblesses. Que voulez-vous ? il est africain. C'est toute l'Afrique qui est dangereuse. Chacun sait qu'à la table de l'empereur Bokassa on servait des ministres français que le monarque Tout Cruel truffait de diamants pour exciter l'esprit des invités. Nous faisons de même pour les gâteaux des rois, mais nous nous contentons de fèves.

Un conseil : entrez par Ouagadougou des neiges. Vous demanderez au pompiste, en traversant l'Afrique au pied du Kilimandjaro.

On vous indiquera la maison du lion berbère, vieux roi en exil. Cette race a le sens de l'honneur. On vous servira le thé et la conversation. Vous devrez encore marcher une bonne semaine avant d'atteindre le lieu où s'est déroulée mon histoire. Retenez le nom : Smara. On y vend des dattes et du lait de chamelle. Vous avez le choix : le sherpa ou le fauve. Suivez le guide !

Au septième jour, vous apercevrez des ruines superbes : c'est Smara la blanche, la reine des villes du désert. Vous arriverez devant la cité fabuleuse au soleil couchant. C'est à vous mettre à genoux. L'étoile du berger – appelée là-bas « étoile des mages » – apparaîtra juste au-dessus de vous. Alors vous êtes sauvé. Remerciez le soleil. Vous verrez, il vous tendra la main. À cette heure, la ville dort déjà, les lutins font des cabrioles. Surtout, ne les dérangez pas. Les gamins du ciel ont droit au bonheur. D'autant qu'ils mettent des années-lumière pour faire cette croisière.

Vous voilà arrivé. Vous reconnaîtrez un ciel familier. Exactement le ciel de Forcalquier, en Haute-Provence. Il suffit de pointer la lunette de théâtre pour entrevoir le fond du ciel : des galaxies qui flottent comme des îles et des archipels. Elles ressemblent, par beau temps, à des flocons de neige. On entend la musique des sphères qui sort de violons tout blancs. Ça surprend d'entendre la musique des neiges en plein désert, assis, et à côté d'un lion. Notez aussi que, par temps clair, on entrevoit l'ombre de Dieu. Mais Dieu a l'agilité du chamois des Alpes. Seul le lion, chasseur-né, peut entrevoir le Dieu du désert. Le lion ne nomme jamais Dieu bien qu'il soit croyant. Républicain-né, il considère que la religion relève de la vie privée. C'est rare, une bête à la fois pieuse et discrète !

Vous boirez le thé à la menthe, tandis que votre lion ira aux toilettes. Des anges, en smoking, vous interpréteront du Mozart ou du Vivaldi. On ne voit pas les anges puisqu'ils sont composés de lumière et de musique. N'oubliez pas que le lion est mélomane. Carnivore, de surcroît. Rarement les deux à la fois. S'il écoute, roulé dans sa doudoune, vous pouvez fermer les yeux. Un seul, seulement l'autre aux aguets.

Le lendemain, vous arrivez à l'oasis de la Mandragore. C'est là que se situe mon histoire, au milieu des sables et de la nuit. Un miracle superbe !

L'apport du « ravi de Saint-Rémy » fut déterminant. Encore qu'en matière de miracle, la bonne volonté ne suffit pas toujours. On jase beaucoup autour d'un miracle. Et d'abord, pourquoi gaspiller une énergie précieuse dans un désert, sans journalistes, sans médias, sans public ? Je réponds que Dieu peut bien se payer une fantaisie dans ce patio rempli de sable chaud. Et puis, il y a le téléphone arabe et les lions ont beaucoup de mémoire. Rien n'est perdu.

Mon héros est un pur Provençal. Il descend en ligne directe des Romains qui avaient leurs cabanons aux Antiques, comme chacun sait. Les parents du Ravi cultivaient la tomate et le melon, probablement depuis Noé, dès que baissèrent les eaux et que le cours du

Rhône redevint normal. Tout de suite après le Déluge perpétré par la crue du Nil et les fautes originelles des Pharaons.

En ce temps-là, la Provence n'était qu'à deux pas de la Palestine. On comprend que le village de Saint-Rémy ait gardé les habitudes du Paradis, puisque c'était la porte à côté. On mangeait donc des primeurs : des fraises, des melons surtout et des amandes. La coutume des treize desserts de Noël remonte à cette date où la Terre est entrée en convalescence et s'est refait une santé.

À Saint-Rémy, on jouait la Pastorale toute l'année, mais seulement depuis Jésus-Christ. Exactement depuis le jumelage de Bethléem et de Saint-Rémy-de-Provence. La fabuleuse cité avait d'ailleurs eu une idée géniale : elle s'était donné un roi pour elle toute seule. Elle l'appela Balthazar. À cause du mage célèbre qui avait bien voulu être son parrain. Ce roi ne ressemblait à aucun autre roi connu dans les livres d'histoire : il avait retroussé ses manches royales et creusé une mine d'or. On était riche et heureux une fois pour toutes. Seuls les syndicats critiquaient : à leurs yeux, c'était, de la part du roi, du nationalisme, et quant au bonheur, une forme subtile de captivité.

La maison de madame Panope, la mère de Moïse – dit « le Ravi » –, donnait sur la placette, à côté de la statue du célèbre Melchior XXIII, le plus brave mage de la dynastie. Il y avait probablement eu une guerre, puisque madame Panope était veuve et qu'elle vivait d'une pension. À moins qu'elle ne fût veuve de naissance. Il y a bien des aveugles qui commencent très jeunes.

Elle avait eu deux jumeaux. À cause de la guerre. L'émotion avait cassé son ventre en deux étages. C'est du moins ce que racontait le docteur de Maillane qui l'avait accouchée sous un tilleul bourré d'abeilles. Ces jumeaux constituaient pour le pays une attraction et presque une richesse. Jamais plus une veuve ne put renouveler un tel exploit. D'autant que la mère Panope atteint la perfection dans la copie : nul ne pouvait distinguer le « Ravi » de son frère. Hormis le chien Ponce Pilate qui, lui, ne se trompait jamais. La vieille était condamnée à ne jamais se séparer de l'animal qui agitait la queue dans un sens ou dans l'autre selon le cas.

Je vous l'ai déjà dit : il suffisait, pour vivre, d'aller à la mine et de remonter un seau d'or fin. Tout le monde était heureux, sauf le « Ravi » qui décida un beau matin d'aller parcourir le monde. Il fit ses adieux et dit seulement qu'il reviendrait pour jouer la Pastorale. Les départs précipités ne valent rien de bon. Il dut, à la frontière, se contenter d'un lion inexpérimenté et qui n'entendait pas un traître mot de provençal. Cette précision est d'autant plus importante que nous ne saurons rien du voyage.

On sait toutefois, par l'une des multiples indiscrétions du désert, que le Ravi vit un enfant berbère maltraité par un chamelier, probablement moins sobre que ses bêtes bossues et éternueuses. Aussitôt, notre homme se sentit une âme de Don Quichotte. Il croisa le fer et terrassa le cornac que le lion dévora sur-le-champ. On entendit aussitôt les étoiles battre des mains. Ce qui, dans le désert, fait du bruit.

Un tel bruit que l'Empereur des sables prit peur. Il convoqua aussitôt une armée de chiens policiers pour flairer pouce à pouce tout le désert. Le « Ravi » fut capturé tandis qu'il mangeait paisiblement la dernière figue de sa besace et buvait la dernière rasade de gigondas. Quand le chef du désert sut que le prisonnier était provençal et descendant des rois mages, il demanda qu'il fût traité selon son rang. On lui attribua une tente et des serviteurs. On remplaça même son lion par un chameau aussi sobre mais surtout végétarien, ce qui n'est pas négligeable. Soudain, dans le ciel, une étoile parut s'agiter fiévreusement. On eût dit que l'astre avait des démangeaisons. Le « Ravi » se souvint de l'histoire des mages, d'autant que l'on approchait de Noël. Sa pensée tourna à l'idée fixe : le Messie s'annonçait incontestablement.

Il n'y avait, dans cette hypothèse, pas une minute à perdre. L'ancien boulanger, se souvenant de ses talents d'artiste, se fit apporter de l'argile et de l'eau. Chaque jour, le « Ravi » pétrit un santon qu'il exposait au soleil. Compte tenu de l'immensité du désert, il donnait à ses personnages la taille humaine. Il se mira dans une flaque d'eau : c'est ainsi que fut modelé le « Ravi » de la crèche tel qu'on peut encore le voir parmi les santons de Saint-Rémy. Toute la tribu venait le soir admirer ce petit village, d'autant que les habitants du désert n'ont jamais eu l'idée de la moindre bourgade, fût-ce Ménerbes ou Ventabren. Le chef supplia le « Ravi » de l'emmener en Provence, dès les beaux jours. Les gens du paradis provençal lui paraissaient en effet battre pavillon du bonheur.

Le « Ravi » – on le comprendra aisément – avait perdu le sens du temps. Il savait seulement qu'une nuit aussi belle ne pouvait être que celle de la Nativité. Et puis, se dit-il, l'homme peut toujours déclencher un miracle. Il suffit de trouver les mots pour le demander. D'autant qu'au désert on dispose de longues nuits. L'eau se décante dans les sources et la pensée dans le cœur.

On vous racontera encore, sous les palmiers, que le « Ravi », ce soir-là, se mit à genoux, qu'il entendit soudain des moteurs dans le ciel, puis une fanfare qui jouait des airs de Noël. On dit qu'il avait les yeux remplis de clarté et qu'il semblait voir le Messie et même les troupeaux de la première crèche de Bethléem. On dit encore que le dernier des santons et le plus beau – représentant la Vierge – est tombé du ciel, avec la grâce des mouettes.

Ce sont les nomades qui racontent ce miracle et ils en prennent naturellement la responsabilité. Mais chacun sait que seule la vérité pénètre au désert, ce récit suffirait à nous en convaincre.

Quoi qu'il en soit, le lendemain matin les enfants trouvèrent le « Ravi » à genoux, les yeux ouverts, remplis de lumière à ras bord. On leur expliqua que l'homme était mort à minuit. Mais vous pensez bien que les enfants ne le crurent pas : ils sont trop intelligents pour accepter les solutions ridicules que les hommes trouvent aux belles histoires.

Si vous passez par là et que vous posiez aux enfants des sables cette simple question ; « Que fait ici le « Ravi » de Provence ? » ils vous répondront : « Il félicite la maman de Noël. »

Les enfants ont raison de ne pas croire à la mort : c'est vraiment trop facile. Et puis, les choses peuvent se passer autrement et c'est tellement plus beau.

Si vous avez la chance de rencontrer le lion dont je vous ai parlé, vous arriverez aisément jusqu'à ce haut lieu du désert. Vous ne verrez plus la crèche du « Ravi », mais seulement deux rochers, les deux seuls d'ailleurs qui subsistent dans le désert entier. En vous approchant, vous reconnaîtrez le « Ravi » et Notre-Dame des Sables. Il paraît que, la nuit de Noël, les anges eux-mêmes font la crèche, carillonnent, apportent des chants et de la musique pour tout le monde, festoient et dégustent les fameux treize desserts.

On pourra toujours objecter que nul n'est allé voir le miracle. Assurément. Mais que verriez-vous de plus qu'à Saint-Rémy-de-Provence, cette crèche historique pour les raisons que vous connaissez désormais ? On a même remplacé les agneaux par des lions. Il vous suffit donc d'aller à Saint-Rémy le soir de Noël. Vous reconnaîtrez le ciel clair du désert, le sable tout chaud qui vient directement du Sahara, et surtout le héros de notre histoire en tenue de boulanger puisque telle était sa profession. Vous apprendrez que, la nuit de Noël, au désert, Moïse de Saint-Rémy – dit « le Ravi » – prépara un pain, sûr d'accueillir cette nuit-là toute la famille de Jésus.

On souligne, dans le pays, que Moïse avait un cœur de mage, ce qui explique le miracle ; il suffit d'un cadeau pour que le Messie vienne au milieu des lions et que ceux-ci fassent la génuflexion. Geste qui est passé plus tard dans la liturgie.

« Et pourquoi ce Messie vint-il en forme de bébé ?

— Parce que c'est plus beau. Et pour que les adultes se posent la question. »

Noël à quatre mains

Et dire que certains êtres ne supportent pas la présence des anges ! La raison est simple : ils ont, comme on dit, quelque chose à se reprocher. Car l'ange, par définition, a l'œil perçant et le redoutable privilège de l'invisibilité : un ange s'habille, à volonté, de lumière ou d'ombre. Moi qui connais bien les mœurs des indigènes célestes, j'ai tout le mal du monde, chaque matin, à ne pas éveiller ou égratigner l'un de ces lutins apprivoisés. Ma mère, fort heureusement, m'avait appris qu'un cœur d'homme battait d'abord pour les autres, y compris les anges et les fourmis. Ils ont beau être invisibles et se coucher n'importe où – comme font les enfants surpris par le sommeil ou simplement le pressant besoin de rêver – ce n'est pas une raison pour les bousculer.

L'un d'eux, par exemple, dort régulièrement dans ma robe de chambre et – je le sais aussi – se lève tard. J'interdis naturellement que l'on touche à mon vêtement que je dispose, chaque soir, en forme de hamac. C'est bien la moindre des choses.

Un autre loge exactement sous ma lampe de bureau : c'est un félin frileux. Ce petit être a un cœur d'or, un cœur de chien fidèle. Il lutte contre le sommeil pour me tenir compagnie. Surpris invariablement par la fatigue, il s'endort. Comme un ange. Chaque matin je marche sur la pointe des pieds, j'attends qu'il se frotte les yeux et qu'il bâille un bon coup. J'approche de la lampe une tasse de café. La chaleur l'aide à se dégourdir.

Je sais encore que les anges se parlent entre eux et se communiquent les bonnes adresses. J'héberge donc une multitude de copains célestes. J'ai déjà signalé qu'un ange chez soi, et qui dort au surplus, ce n'est pas de tout repos pour l'hôte. Mais, en contrepartie, vous avez une maison bien gardée. Bénie, surtout, comme disent les chrétiens ou simplement les catholiques qui ont le sens du péché et, inversement, de la grâce.

Vous vous demandez quelle est la mouche littéraire qui m'a piqué pour que je m'excite si fort sur ces êtres dont nous ne savons, à part leur existence dans nos foyers, à peu près rien. En vérité, les anges sont rigoureusement nos frères, associés intimement à notre histoire dès les premiers jours de ce nouveau-né appelé Terre. Par les anges, précisément, qui ont soudain aperçu cette comète crottée se promener sans vergogne au milieu des étoiles, celles-ci en tenue de soirée.

Le premier ange qui pointe le nez dans la Bible est, naturellement, un ange de la route, un CRS de service qui brandit un éclair au-dessus de la tête d'Ève. Déjà, l'épée, attribuée, bien plus tard à Damoclès, un navigateur grec, probablement. Il faut de tout pour faire un monde, répétait mon père, lorsque nous parlions des anges, précisément.

Mais après, le paysage s'éclaire et les bons anges arrivent avec des idées plein la tête et surtout la fidélité au cœur. Dieu a confié aux anges qui font partie de son personnel des missions diplomatiques délicates et ils s'en acquittent avec une conscience exemplaire. Au point qu'on les confond, sur terre, avec Dieu. Mais ce dernier n'est point susceptible et s'amuse au contraire de la méprise.

Les plus beaux anges sont, souvent, des jumeaux, et même des triplés. Ils se ressemblent comme deux gouttes d'eau divine et viennent rendre visite au merveilleux berger de la Bible, Abraham de Bershéba. Du temps où Dieu faisait de l'élevage. Pour le plaisir de causer et d'admirer les agneaux.

Abraham : berger et noble. Disons : aristocrate du peuple. Traduisons : brave et poli. Du coup, dans les *Mémoires de Dieu* – un fort beau livre –, le journaliste du temps écrit : le berger vit trois jeunes gens, mais n'en salua qu'un seul. Tant ils étaient frères en beauté et, probablement, en sourire. Une grappe d'anges, frais comme un raisin du matin, c'est tout de même la preuve que Dieu a choisi d'être poète. Le dernier en date a un nom superbe ; il s'appelle Gabriel. Il s'agit bien, d'après le livre du prince des anges, de l'ange de confiance, l'intime du patron, quoi ! Celui-ci débarque un beau matin sur terre, avec une idée divine derrière la tête. Il frappe à la porte d'une chaumière. Une merveilleuse jeune fille vient ouvrir. On regardait de très près en ce temps-là à tout ce qui touche à la réputation de celles que l'on appelait vierges, pour préciser les choses. D'autant que cette fille de campagne, et de pauvres, était, de loin, la plus belle du monde.

La mère de Myriam – c'était le nom de la jeune fille – faisait ses courses. L'entretien fut bref, mais important. L'ange profita d'un rayon de soleil qui, lui aussi, frappait à la porte, pour se cacher dans la lumière et disparaître discrètement.

J'en arrive maintenant à l'histoire proprement dite que je tiens du berger Boutevent, du mas Vivieure, au pied du pic Saint-Loup. Lequel surplombe toujours mes jeunes années, et donc ma mémoire. Cette histoire, je l'ai retenue mot à mot, parce que j'étais encore gamin, doté d'une mémoire et d'une imagination corsées. Bref, j'avais alors tout ce qu'il faut pour faire un bon historien ou un expert-comptable.

Et voici ce que Boutevent m'a appris, au milieu des agneaux, des nuages flâneurs et des oliviers rêveurs.

Ceci se passait exactement la nuit de Noël, à quatre pas du Paradis, comme chacun sait. Aujourd'hui, on parlerait d'une antenne du ciel sur Terre. Je rappellerai simplement que l'ange avait rendu visite à mademoiselle Myriam le 25 mars de cette année-là. Or nous étions le 25 décembre, faites donc le compte.

Il ne se passe rien dans le hameau de Bethléem, surtout en plein hiver et à une heure avancée de la nuit. Boutevent, sur ce point, est formel, et il tient cette précision d'un ange routier, un copain à lui.

Le jeune couple marche sous la pleine lune. Puis s'arrête. Les douleurs, comme on dit. Ou bien la fatigue. Myriam s'allonge. L'enfant naît. Éclôt comme une fleur qui a soudain envie de vivre. Le fiancé prend la main de son épouse et dépose un baiser. C'est beau. Beau à pleurer. Ce sont les termes mêmes du berger Boutevent.

En réalité, l'endroit était truffé d'anges et ce sont eux qui donnent l'alerte à la région et même – croit-on dans les milieux bien informés du temps – au monde entier. Imaginez un univers tourné vers la même nouvelle, laquelle est une source ou un soleil. C'est possible, donc c'est vrai.

Je vous renvoie à la crèche provençale qui ressemble à un livre d'heures enluminé. Ou, si vous préférez une métaphore, un retable de vieille église campagnarde. Les santons ne sont que le mot à mot du fameux événement et l'on sent bien que pas un détail n'a échappé au poète méridional. À mon avis personnel, la crèche en sait – et en dit – beaucoup plus que l'Évangile. Tenu, lui, au droit de réserve. Comme les fonctionnaires ou assimilés, disons : les évêques, les clercs, la magistrature et la maréchaussée.

Comme si Dieu voulait dire au monde entier : « Eh bien, ce secret que je porte et qui me fait mal, je le proclame. J'ai mes douleurs, moi aussi. Voilà, j'ai voulu avoir un Enfant d'une fille de chez vous. » Fichtre ! quel pavé dans la mare des anges, des bien-pensants, et des catholiques de ce temps-là. Peu nombreux, il est vrai.

Les anges se sont visiblement donné un mal fou, mais aussi, quelle réussite ! Quelle belle tâche ! Quelle nuit somptueuse et simple ! Le bon goût, l'élégance, la chaleur douce des humains quand ils rêvent à haute voix et mettent en commun le bonheur. Jamais nous n'aurions su jusqu'où pouvait aller la beauté et l'amour sans la jeune Myriam, une fille de seize ans, claire comme l'eau de source, et qui vous donne en une nuit, un enfant de l'Autre Monde. Le vrai. Car tout est là. Toute la vérité !

Ah ! si vous ignorez jusqu'où peuvent aller la Beauté et l'Amour, alors ne venez pas jusqu'à cette hutte bâtie à la hâte par des milliers et des milliers d'anges qui picorent, comme des hirondelles, des brindilles et une gorgée d'argile humide. Pour eux, intellectuels, donc maladroits par vocation, c'était un travail de Babéliens ! Et tout cela, à la barbe des Romains, c'est-à-dire de l'Allemand d'antan, qui se tenait probablement de l'autre côté du Jourdain – le Rhin de ce temps-là – avec des grosses jumelles de généralissime !

Hérode aussi regardait. Les mages, réplique terrestre des anges, regardaient du fond de leur empire sablonneux, dans leurs châteaux en diamants, gardés par des chacals domestiques et des esclaves vêtus de perles, tatoués sur les fesses aux armes du roi.

Bref, tout ce beau monde regardait avec des yeux de ce temps-là, c'est-à-dire impitoyables. Je n'oublierai jamais Boutevent : « Tu vois, petit, ces anges qui poussent leurs brouettes angéliques, sous l'œil de l'ennemi… Moi, j'ai fait la guerre dans les tranchées… » Boutevent avait raison. Noël commence par une guerre « bien pleine et bien faite » comme la tête de Montaigne. Avec de vrais ennemis, la pleine lune sur un champ de bataille, le moindre bruit de pas suspect, l'étoile qui frissonne à cause du vent. Et le vent qui, ce soir-là, précisément, s'est levé plus tôt. À cause de l'odorat d'Hérode le Romain qui flaire la chair fraîche et tend l'oreille vers

Bethléem. Les chasseurs vous diront l'importance du vent qui protège les perdreaux. Tout se tient, comme vous allez le voir.

Je me dis tout à coup : que peuvent comprendre les gens de la ville à une histoire si difficile, même pour des paysans avisés ? Une histoire qui, nécessairement, a un commencement à ne pas manquer : « Tu vois, petit… » Après, une fois le regard sur orbite, on peut aller au bout du monde. Je vous assure que ces anges ont fait un boulot incroyable. À minuit – Boutevent est formel – tout était en place pour la célébration de Noël. Bref, la joie était servie. Il y eut une sorte de messe avec des chants et surtout le baiser de paix dans le monde entier. Disons : la communion du ciel et de la terre. Ensuite, probablement, un buffet campagnard. Encore une précision que je tiens de Boutevent et qui porte sur les héros de la fête : les anges et les mages. Je révélerai, grâce à ce prophète des garrigues, l'un des mystères de cette adorable nuit.

Il faut, comme on dit chez nous, de tout pour faire un monde. Il faut surtout des légions d'anges pour faire un surmonde. Si l'on veut déplacer le ciel et le faire tenir dans Bethléem – autant dire dans un mouchoir de poche – cela pose de sérieux problèmes. Boutevent a passé sa vie sur ce problème, généralement négligé par les historiens. Voici sa version définitive de l'événement ; telle qu'il me l'a racontée, en présence de son chien Du Guesclin, l'œil presque humide de vérité.

Pour ne pas effrayer le jeune couple, cette nuit surtout, où l'on attendait beaucoup de monde, Dieu préféra utiliser des signes, discrets, comme des gestes d'enfants. Les anges, à ce point de vue, sont d'un précieux secours. Dieu dépêcha donc son ange chargé de mission sur la paroisse de Bethléem. Puisque Jésus devait naître chrétien et, si possible, catholique. « Débrouille-toi, dit Dieu. Je veux que Myriam et mon Fils s'arrêtent là. » Il montra l'endroit, du doigt, sur la mappemonde divine. « Allez, ouste, nous n'avons pas une minute à perdre. »

L'ange chargé de mission attacha ses ailes extra-terrestres et au commandement du parachutiste – « go ! » se lança dans le vide. Il faut vous dire qu'un ange dispose toujours d'une paire d'ailes qui lui est affectée et d'une trappe mobile numérotée. L'ange-oiseau se déploie alors comme une fleur et se pose exactement à l'endroit prévu : à une lieue de Bethléem. Il était environ dix heures du soir, heure solaire et locale. Le boulanger allumait son four et déjà la bonne odeur du feu de bois se répandait jusqu'aux environs. Il n'est peut-être pas inutile de rappeler, à l'usage des touristes, que Bethléem signifie exactement « maison du pain » et qu'on mange là le meilleur pain des royaumes et des empires. Quand on connaît l'importance du pain pour les pauvres et pour les croyants, on comprend le choix fait par Dieu d'une bourgade par ailleurs sans intérêt.

Il était donc depuis tout à l'heure dix heures une du soir au clocher de Bethléem. Comment, sans effrayer nos illustres voyageurs, les inciter à s'arrêter ? L'ange eut, heureusement, une idée céleste : je vais me déguiser en amandier, c'est noble et c'est beau. Aussitôt dit, aussitôt fait : un nouvel arbre tout blanc apparut ainsi au bout du chemin des lavandes. L'endroit était désert et même sinistre. À cause de la lune qui, ce soir-là, éclairait trop fort, alors qu'elle eût dû se mettre en code. Cet astre, on le sait, est romantique. Donc rêveur et abstrait.

Déjà, cependant, un autre ange s'était posé. Une espèce de « Ravi » qui lança : « Eh, mon beau ! tu attends quelqu'un avec ton panier de fleurs sur la tête ? » L'ange pouffait de rire.

« J'attends qu'il te pousse une idée », explique l'ange-amandier.

Le coup était dur et le grillon à son tour s'esclaffa.

Un ange correspond à nos surdoués. Un cerveau d'ange travaille à l'allure vertigineuse de la lumière. En un clin d'œil, le « Ravi » céleste se changea en cerisier et paria, dans sa langue :

« Chiche ! Je gage que les jeunes s'arrêteront à cause de moi ! »

Les anges, comme chacun sait, n'ont droit qu'à des péchés mignons, et la vanité fait partie de ceux-là. N'importe : la partie était gagnée, par contagion. Ou émulation, comme il vous plaira d'entendre. Un troisième ange qui flânait par là se métamorphosa en olivier. « Car, dit-il, Dieu a la Provence chevillée au cœur. Et puis, il faut penser aux rameaux et au cortège. »

Le dernier ange, qui venait de naître, était frais et sentait bon le ciel, comme une brioche beurrée. Il regardait aux fleurs puisqu'un ange vient au monde dans un berceau fleuri quelle que soit la saison. L'idée l'emporta : il devint rose de Jéricho. Le croiriez-vous ? C'est ce petit mouflon de trois pouces qui décida Myriam la toute Gracieuse.

« Oh ! dit-elle, une rose qui regarde vers moi ! »

Elle voulut aussitôt descendre de sa monture et caresser cette fleur miracle dans ce pays aride et peu encourageant. Elle embrassa la rose tout heureuse, ce qui, inévitablement, déclencha les douleurs. Et, du même coup, Noël.

Reconnaissez que, sans cette belle idée d'un ange, rien n'est possible. Et surtout, rien n'est intelligible. Et on a les mains libres pour critiquer la religion. Boutevent insiste sur ce point, et il a parfaitement raison. Personnellement, j'ajoute qu'on ne peut rien comprendre à ce monde sans l'aide d'un pâtre et d'un ange bien intentionné. Car il existe, hélas ! de faux ou mauvais anges – il faut de tout pour faire un surmonde – et je tairai le nom de ces anges pervers qui critiquent la religion sur le pas de la crèche tandis que leurs frères chantent, à l'intérieur, le *Minuit chrétiens* !

J'allais oublier toute cette vaste vigne – la vigne ne vit qu'en communauté – composée d'une légion d'anges, et qui s'étendait au-devant de cette petite maison de campagne, bâtie à la hâte, et qui, depuis cette nuit, est appelée la « maison du *Minuit chrétiens* ». Allusion à l'ange qui improvisa l'hymne de la chrétienté. Au Rouget de Lisle de ce temps-là.

Et les mages ? demanderez-vous. Eh bien ! oui, il s'est passé quelque chose de ce côté-là. L'idée de roi appartient à la Terre, mais le mage est une invention céleste : il faut au moins une étoile, une lunette et un chameau pour faire un mage qui tienne le coup devant Dieu et devant les hommes.

Un mage, c'est tout simplement une idée qui marche à la vitesse d'une étoile et d'un chameau. Une idée, faut-il le rappeler, belle comme une orante, les bras croisés sur la poitrine. Tandis que l'ange lui croise ses ailes dans le dos. Comme, jadis, les écoliers.

Un ange donc se roula dans l'herbe saturée de pollen et devint nuage. C'est ainsi que tout a commencé. On connaît les lois de la pesanteur et inversement : l'ange-nuage, par son propre poids, s'éleva dans le ciel et modéra la clarté perçante de la lune. Les peintres, à commencer par Rembrandt, n'ont travaillé les crèches qu'à cette lumière feutrée. Voilà pourquoi nous avons d'admirables tableaux de maîtres. Toute la grâce du ciel s'est déposée, cette nuit-là, dans les traits de la Vierge. Boutevent pense que Georges La Tour eût été le meilleur portraitiste de Myriam : il avait su placer son chevalet exactement au-dessous du nuage protecteur.

« Pourvu qu'il ne pleuve pas ! » Ce mot, dans la bouche d'un berger, a une résonance historique. Un ange a entendu. Il dit au nuage :

— Pousse-toi.

— Non.

— Tu vas voir.

— Quoi ?

— Attends. J'arrive.

Les anges, on le voit, parlent bref et dialoguent en onomatopées. Je ne vous répéterai pas ce mot qui fait grossier, mais c'est, paraît-il, le seul qui, comme on dit, maîtrise la situation.

Et voici que l'ange se change en mistral du pays, un bon cru éolien, par-dessus le marché. Et vlan ! il chasse le nuage.

Faut-il vous révéler que, dans cette mécanique céleste si bien huilée, manquait encore, à cette heure avancée de la nuit, un rouage infime mais décisif ? Oui, l'étoile qui devait tinter comme un réveil de lumière. Qui devait marcher surtout, très rigoureusement, au pas du chameau. Pour que les mages, ces ancêtres d'un Christophe Colomb versé dans les choses divines, puissent fréter leur caravane à travers les déserts mondiaux et les oasis glacées, comme il convient en hiver.

Penchés sur leur atlas en peau de lion, ces augustes rois disaient, avec un brin d'anachronisme :

« Eh pourtant ! cette Terre est divine et, derrière les déserts, il existe un essaim d'anges accrochés à ce rameau qui est marqué sur la carte et qui se nomme "Tige de Jessé" ! »

Un ange se roula dans la lumière qui, au ciel, traîne partout. Il battit des ailes, tout simplement, pour applaudir et s'exciter au bonheur.

Je ne vous parlerai pas du dernier mage. Celui qui vient après le nuage, après le vent, après l'étoile. Il se nomme Silence. Quel personnage fabuleux ! Beau comme une nuit d'Orient quand grillonnent les étoiles vives. Le préféré du Très-Haut, toujours d'après Boutevent qui en sait long. Car, après tout, le berger est au mage ce qu'est le chat de gouttière à l'angora. Lui aussi, même analphabète, doit savoir lire dans le firmament, le nuage, l'œil de l'agneau.

Cet ange ne parle pas. Ou plutôt sa présence suffit pour faire taire tout bavardage afin que commencent, sur Terre, les choses importantes, L'amour par exemple ou l'eau claire dans le cœur. On le voit, ce mage somptueux fait de gravité et de tendresse, passer comme une ombre amie, un soupçon de sourire aux lèvres. Ou bien marcher tout seul dans la campagne fleurie de neige. Parfois encore, il chevauche un champ de blé, une rivière ou, simplement, un lit de feuilles mortes, des débris d'été, un berceau. Il aime l'automne, les vignes gonflées de sang et qui, à leur manière, allaitent la nature. Souvent, cet ange d'or – le Silence est d'or –, je l'ai vu dormir. Il avait, je l'assure, un visage d'enfant.

Celui-là seul est resté sur terre. Il n'a pas voulu regagner sa patrie. Boutevent me l'a confirmé, et l'Évangile n'a pas oublié ce détail important.

Un ange nommé Silence habite ce royaume sorti de terre en une nuit. Où donc vit-il ? demandez-vous. Quelle question ! Partout, braves gens, où bat un cœur et où la parole de Dieu veut éclore. Partout où dort un nouveau-né.

Il dort, comme les oiseaux, la tête repliée sous l'aile. Il rêve et rêve encore. Éperdument. À cette nuit de Noël dont, en termes de bonheur, on n'arrive pas à se remettre. Il rêve et rêve encore à cette Dame de la Nativité – le mot est important – frêle et forte comme une idée ou un rayon de soleil ?

Ou bien comme le Bonheur, ce nom troublant, ce bouclier de tendresse qui cache peut-être un ange. Qui sait ?

Une étoile, soudain, au balcon de la nuit

On a laissé le balcon ouvert,
et à l'aube, par le balcon
tout le ciel s'est jeté.

FEDERICO GARCÍA LORCA.

Novembre 1943.

Dans une ville de province.

Dans la prison de la ville.

Dans la nuit d'une cellule de prisonnier.

Un homme. Écroué. Seul dans sa tombe carcérale. Rongé par ce salpêtre de la solitude. S'ajoute la flagellation de l'insomnie. Et cette cruauté de votre propre regard accusateur. Il dit – en plagiant *Huis clos* : « L'enfer, c'est moi. »

Un homme las qui attendait la nuit. Qui attendait le ciel du soir. Qui attendait le passage de la lune dans sa haie d'étoiles.

Cet homme est un résistant. Il a été dénoncé. Interrogé, puis inculpé. Puis écroué. On a vidé ses poches. Il est sous scellés.

Il attend d'être jugé. Il a peur. Très peur. Peur pour lui, pour ses amis du réseau.

Peur qu'ils aient été pris, qu'ils aient parlé.

1er novembre 1943. Il est minuit. Sur sa couche, le prisonnier cherche en vain le sommeil introuvable. La fête de la Toussaint le ramène invinciblement au cimetière. Sur cette tombe fleurie, aujourd'hui même. Là repose le corps de sa mère, les yeux clos, les lèvres pâles et murées. Ce soir, elle est là, elle est venue, a suivi son fils. À la manière de l'ombre. Muette. Elle regarde vers la porte cadenassée.

Il attend qu'elle parle, qu'elle déchire l'insupportable nuit.

Il sait que l'attente est vaine, qu'il ne doit pas penser à sa mère, pour économiser sa propre souffrance.

Dehors, au-dessus de la fenêtre armée de grilles, la nuit, autre geôle sans voix.

Il fait nuit. Déluge de solitude.

Le prisonnier s'est levé. Là-bas, là-haut, dans l'immeuble qui fait face à la prison, une fenêtre éclairée, une porte-fenêtre, qui donne sur un balcon dépouillé de ses fleurs. Vestige misérable des jardins suspendus de Babylone. Aujourd'hui cimetières ensevelis dans les albums.

Une lumière dans la nuit, à cette heure, ce ne peut être qu'une femme qui repasse du linge, fait le ménage. La nuit convient à la femme. Celle-ci enchâssée comme une fille précieuse.

La femme habite la nuit la chambre nuptiale. Elle fait lever la nuit. Levain de lumière.

La porte-fenêtre s'est ouverte. C'est une femme en effet. Elle est là-bas, là-haut.

Elle est là. Elle va, elle vient. Elle essuie. Elle étend le linge. Elle ignore qu'elle est épiée, convoitée, suppliée, divinisée. Le rapt est consommé.

Elle est, donc je suis, se dit le prisonnier. Je suis, donc je ne suis pas mort, mes forces reviennent. Et mes pensées. Et l'espoir. La certitude est revenue. Certitude de quoi ? Qu'importe ? Cette femme m'a ressuscité. Demain, peut-être je serai comme elle, libre. Sur mon balcon, au milieu de mes fleurs qui m'attendent.

Je veux qu'elle sache que j'existe, que je vis. Pour elle, peut-être ? Oui, je la rejoindrai, je lui apporterai ce feu qui couve en moi, ces braises vives. Ce feu que je ranime chaque soir pour qu'il vive jusqu'au jour.

Soudain, une idée folle qui s'est levée comme la bourrasque. Le prisonnier entre dans la folie. Il actionne l'interrupteur. Il écrit ainsi une phrase de lumière, une phrase avec des mots affolés, saccadés : une histoire de fou. Épuisé, haletant, il s'est assis sur son lit. Il ignore qu'il a lancé sa balise de détresse, que le signal a été perçu. La femme du balcon a répondu : elle aussi a manipulé la lumière. Elle aussi est haletante. Elle a répondu à la manière de l'écho.

Il suffisait de cette étoile pour que le prisonnier puisse rattraper son âme naufragée.

Tous les soirs, à 22 heures précises, la fée est au rendez-vous. Les deux inconnus échangent une phrase éperdue, incohérente au départ, mais qu'ils vont s'ingénier à affiner jusqu'à la rendre intelligible. L'homme est ainsi, à base d'âme, donc de parole, celle qui traverse les espaces et déchire les nuits. Ils arrivent – ô miracle ! – à composer quelques mots qui s'envolent. Des mots frêles mais suffisants. Ils se disent : Bonsoir ! (2 déclics), Courage ! (3 déclics), Bons baisers ! (une litanie de déclics).

Désormais, le temps intérieur est rétabli. Désormais, comme au premier jour de la Création, « il est un soir et il est un matin ».

Chaque jour est justifié par l'espérance.

Chaque soir, avec une fidélité d'amante, l'étoile s'allume et scintille là-bas, là-haut.

Les étoiles, mises en confiance – il n'y a pas de secret au royaume de lumière – semblent se pencher sur ce berceau de l'amour. Elles paraissent préoccupées de décorer ces rendez-vous clandestins.

Le prisonnier et l'inconnue sont parvenus, avec une adresse et une ruse stupéfiantes, à s'identifier grâce à des complicités, des espions : des lambeaux de papier ont forcé le barrage de la forteresse. Il faut croire que les anges peuvent prendre cette forme menue et naïve, échappant ainsi à toute surveillance. Cocteau a chanté l'invisibilité, cette écriture que seul sait déchiffrer le poète.

L'alliance est scellée. C'est promis : dès la libération, les deux amants se retrouveront.

Tous les soirs, l'espérance est au rendez-vous.

La ville vogue vers Noël. Déjà les anges ont pris la route, persuadés que l'étoile sait des choses importantes et qu'elle servira de guide. Visiblement elle est impatiente et fait signe aux chameaux. En route donc vers le berceau. Un chant s'est levé à la ville et aux champs. Il est question d'une chorale extra-terrestre : « Les anges dans nos campagnes… » Le troubadour doit être un berger. Ou un braconnier ?

24 décembre au matin. Le détenu a rendez-vous au parloir avec son avocat. Celui-ci, radieux, lui annonce la Bonne Nouvelle. L'incroyable nouvelle : la libération imminente. Dans trois heures ou dans trois jours. Aucune charge n'a été retenue. L'avocat l'a redit : « Ce soir, peut-être, vous réveillonnerez chez vous. »

La joie intense peut prendre la forme de la démence. L'homme a arraché son pyjama. Il se contemple dans son miroir : son visage lui est rendu intact. Il palpe ses bras, gonfle sa poitrine : son corps est là, bien à lui. Il peigne ses cheveux avec tendresse. Il s'imprègne de parfum : ce bouquet de lavande l'aide à retrouver son village natal, ces champs de lavande aux teintes vives mais tendres : ainsi fleurit la mélancolie.

24 décembre, 19 heures. La nuit s'annonce rude. Le chœur d'étoiles s'est formé. On n'attend, au ciel, que les retardataires. Déjà s'élève le *Stille Nacht*, vieille complainte allemande composée, dit-on, par un organiste aveugle.

Crise de nerfs. L'homme a-t-il rêvé ? N'est-il pas englouti dans un songe ? A-t-il vraiment rencontré son avocat ? la solitude, l'ultime, la septième – celle du désespoir – s'est-elle jetée sur lui comme une bête féroce ?

L'homme s'est étendu sur son lit. Il suffoque, ferme les yeux. Il va crier. Mais non. Le cauchemar s'éloigne. Il frissonne.

Enfin, les larmes. Brûlantes. Elles arrosent son visage desséché. Petites larmes chéries, si proches du cœur, du baiser. Rideau de lumière.

L'avocat a dit : « Dans trois heures ou dans trois jours. » Donc, ce peut être demain. Dans la tête du détenu le compte à rebours a commencé. « Je marche enfin dans la rue. Dans le soleil. Dans le bonheur. Je traverse la route. Je sonne à la porte de l'immeuble. Je prends l'ascenseur. Je... je je... » Un sanglot l'interrompt. Il s'affale, les yeux révulsés.

L'homme s'est levé. Titube. Fébrile. Mitraillé par une salve d'angoisse. Le balcon est dans la nuit.

22 heures. Stupeur. Le balcon ne s'allume pas. Moment d'épouvante. L'homme pousse des gémissements, puis des cris si aigus que le gardien accourt, appelle l'infirmier. Celui-ci veut l'emmener à l'infirmerie, mais l'homme refuse. Dans son délire on perçoit ses mots : « Reviens... Je t'attends... Attends-moi... j'arrive. »

Le lendemain, jour de Noël, l'homme tente de ressouder son âme éclatée. Jusque dans son corps il se sent garrotté par l'angoisse.

Un gardien le conduit à l'accueil. On lui rend ses vêtements, ses papiers, son canif, son chéquier. La lourde porte s'ouvre. Métaphore de la liberté. Il avait rêvé de cette heure et voici : il n'éprouve aucune volupté. Comme si la liberté était un leurre. Le boulevard est désert. Vide, comme sa tête. Ses jambes sont engourdies, son pas hésitant. Il marche, contourne l'immeuble. Il repère le nom au douzième étage. Il sonne. En vain.

Il lui sembla qu'il se repliait sur lui-même, à la manière du hérisson. Il eût voulu se revêtir d'épines, creuser en lui sa propre tombe. S'enterrer vivant dans une carapace d'aiguilles, comme le hérisson qui traverse la route et meurt sous les roues d'une voiture.

L'homme marcha. Comme à l'intérieur d'une âme soudain indolore. Il avisa un bar désert. Il s'attabla et avala une bière pour atteindre à ce nirvana des *desperados*.

Il revint le lendemain. La concierge lui apprit que des policiers en civil étaient venus la veille appréhender la locataire du douzième. La femme est visiblement consternée. Elle manifeste une curiosité malsaine qui écœure le malheureux. Elle demande : « Vous êtes de la famille ? » Il hésite. Il répond affirmativement.

Après un travail de fourmi, l'homme a découvert la terrible vérité : celle qu'il avait baptisée Laïla – cette femme-chimère d'un poème musulman – avait été arrêtée par la Gestapo, puis déportée à Auschwitz. Elle est libérée en 1945. Il la découvre enfin, Grâce au réseau de la Résistance.

L'homme redoute le choc de la rencontre, l'émotion trop vive, mais aussi la captivité du cœur. Finalement, il décide d'affronter le mystère.

La porte s'est entrouverte : une femme est là, comme lui, jeune. Sur un fauteuil roulant.

Les deux êtres conjuguent leurs larmes et leurs sanglots. Après cette épreuve, elle recouvrera sa sérénité. Seul, un voile de lassitude nimbe son regard paisible. Elle évoque le monstrueux Minotaure d'Auschwitz. Elle dit : « Là-bas… »

Elle a répété : « Mon âme est restée là-bas… » Leurs regards ont échangé un serment, signé par un long silence.

Ils ont choisi l'état de nuptialité ; l'oblativité pure.

Assignés tous deux à résidence à l'intérieur d'un espace de douleur.

Ce soir, l'homme est venu visiter celle dont il rompt la solitude une fois par semaine. Ils ont évoqué la merveilleuse légende des mages, l'incident de l'étoile, son éclipse, son retour.

« Un pèlerinage vers elle-même », dit-elle.

La femme se dirige vers le balcon. Il est 22 heures. Tous deux regardent vers cette fenêtre, pour eux, à jamais close.

Elle soupire : « Auschwitz ! Ah ! cette nuit de Noël 44. J'ai cru voir les étoiles dans une mare rougie. On eût dit une sueur de sang ! »

L'homme entend en lui le mot de Rimbaud : « L'étoile a pleuré rose ! »

Noël 1999.

La légende de sire Balaam, loup et martyr

Les peuples des *Mille et Une Nuits* adorent le faste des palais et des temples : ils rêvent de chasubles, de turbans, de sandales en forme de gondole vénitienne. Ils ont des narines spéciales qui se dilatent au contact d'une bouffée d'encens ou d'une rose d'Hispahan. Les hommes – de l'émir à l'intouchable – fument le calumet qui leur injecte la béatitude dans le cerveau et la paresse dans les mains. De cette gourmandise raffinée naît le charme si particulier qui séduit le touriste occidental, sorte d'eunuque condamné à ne jamais connaître la volupté induite par le farniente à l'état de culture.

Jadis, en Orient, la mode était aux rois et aux pharaons. C'étaient tous des personnages légendaires, c'est-à-dire tombés du ciel en quelque sorte comme l'eau du Nil ou de la Volga. Ils soignaient leur corps avec cette minutie qui caractérise la femme ou le travesti : des bagues chatoyantes, des pendentifs, des babouches dorées, des couronnes posées sur leurs têtes comme un dentier de diamants. Bref, chacun d'eux constituait une vitrine ou un catafalque. Selon le masque, hilare ou lugubre.

Quatre d'entre eux avaient mérité le nom très envié de supersages ou mages, bénéficiant de la notoriété et de la publicité correspondantes. Celles-ci étaient calculées en rubis. Ils avaient droit, de la part du peuple, à des égards singuliers et, naturellement, aux impôts...

Pour l'essentiel, le culte du souverain se réduisait à la pesée. On amarrait celui-ci à un plateau de balance à bestiaux et on équilibrait à l'aide de lingots d'or. Ce qui incitait le monarque à se faire gaver, comme on fait, chez nous, pour les oies dites « du Capitole ». De Rome, jadis ; de Toulouse, aujourd'hui. Parfois le roi défèque de bonheur. À la suite d'un regard furtif et avaricieux sur une affiche du Crédit agricole de ces tiers-mondes.

Ces mages – on le sut bien plus tard – avaient reçu une commande du ciel. Le Seigneur « Tout-Puissant », Clément et Miséricordieux leur faisait confiance, qu'il s'agisse du monarque, de l'ingénieur ou du palefrenier pour dromadaires. Le projet était très pointu : ils devaient inventer une étoile sophistiquée que l'on pourrait piloter comme un vulgaire chameau, ou un meccano d'enfant. Cette étoile, bourrée d'électronique et de génie astral, connaissait son chemin, savait accélérer, stopper en course, flâner, se laisser choir en parachute commandé. Bref, elle avait appris l'acrobatie.

L'étoile, conçue dans les arsenaux secrets d'Arabie, tombait sous le dogme de l'infaillibilité : elle ne dérivait jamais de sa trajectoire. En somme, c'était l'ancêtre de notre boussole traditionnelle.

On redoutait cependant qu'elle ne fût née d'une mauvaise pensée et camouflât la mort sous des dehors de lumière. En réalité, c'était la pièce essentielle d'un programme de paix, médité par Dieu. Celui-ci, grâce à sa science divine et à son téléphone portable, dirigeait l'univers depuis son blockhaus divin.

L'étoile, une fois conçue dans un volcan en fusion, fut soumise aux essais. Chaque soir – dans cette ère paléolithique, d'autres disent mythologique, voire métaphysique – l'astre, sur un signe divin – je renvoie au tableau célèbre de Michel-Ange – venait s'immobiliser au-dessus des quatre palais. Là, d'un coup d'aile, elle exécutait une révérence, s'illuminait de toute son âme, puis regagnait le garage céleste. Les dromadaires eux-mêmes – dit-on là-bas – étaient émerveillés.

Le roi, plus âgé et donc plus émotif, se prit d'affection pour cette jeune et élégante créature qui tranchait avec son harem vieillissant et bavard. Il lui arrivait de quitter ses baldaquins puis de caresser l'étoile, celle-ci ivre de bonheur cosmique. Les rapports devinrent tendres, mais tout demeura clair et vertueux.

L'étoile apprivoisée – rodée, disent les techniciens qui, habituellement, ignorent la face cachée et cordiale des êtres – venait, chaque soir, bavarder avec le mage. Elle froufroutait, minaudait – ce sont les femmes qui parlent ainsi –, allait se mirer au-dessus de l'étang en forme de miroir. L'étang lui répondait invariablement qu'elle était la plus belle. Un paysan attardé entendit cette voix qui montait de l'étang. Il fit part de son aventure aux caravaniers. Dès lors, l'étoile fut baptisée « Blanche Neige ». Bizarre, dans un pays où ne tombe jamais un flocon.

Le dimanche musulman – qui, bizarrement, se situe en semaine –, Sa Majesté le roi descendait les marches du palais des *Mille et Une Nuits*, revêtu de sa djellaba sertie de bijoux politiquement corrects, sa moustiquaire portative, laquelle correspondait au tchador de la reine et au garde-manger des nomades.

L'étoile faisait un geste qui commandait la discrétion : le mot « Chut ! », en morse. Le roi comprenait que son confrère, le roi de l'Empire céleste, lui adressait un message codé. En se temps-là, on préférait la parole à l'écriture. Disons : le face-à-face clair et distinct qui oblige à la vérité, mais, en outre, à plus d'humanité. La parole ajoute le regard et les lèvres. Au fond, la parole est proche du baiser.

Je note au passage que le Dieu des chrétiens, psychologue averti, en décrétant l'Incarnation du Verbe, a confirmé magistralement la précédente réflexion. D'où le coup d'État métaphysique : « La Parole s'est faite Chair. »

Il arrivait à ce roi pré-chrétien, harassé par les palabres diplomatiques et le terrorisme endémique, d'avoir à livrer l'assaut au harem. Les essaims de femmes sont redoutables, car l'effet de surprise est toujours de leur côté. Elles peuvent dévorer le mâle ou l'asphyxier dans une sorte de langueur.

Pour contrecarrer ces soucis domestiques, en partie solutionnés par l'eunuque en chef – qui était au harem ce que le bourdon est à l'abeille –, le roi faisait, à la tombée de la nuit, sa promenade solitaire. Le muezzin royal entonnait une chanson de geste ou de toile pour ameuter les oiseaux. Ceux-ci reprenaient le refrain en chœur. Le roi s'engloutissait dans le bonheur. Bien que musulman, frère spirituel de saint François d'Assise, il avait une âme en forme de volière, bourrée de moineaux ou de mésanges, de colombes et d'hirondelles africaines.

À l'appel du muezzin de Sa Majesté, l'étoile, de son bras de lumière, indiquait au dromadaire la direction. Cette bête est têtue. Outre sa disgrâce et son entêtement, cet animal bricolé par la Nature n'a aucun sens du tourisme Son indigence de curiosité est d'origine génétique : les biologistes ont isolé le gène du désert caractérisé par la monotonie, l'atonie, la névrose de la terre brûlée.

Ce sont les théologiens médiévaux qui découvrirent cette pathologie et la nommèrent *acedia*. Il est dit qu'ils contractèrent aussitôt leur découverte.

Revenons au roi fainéant de ce temps-là, celui-ci appelé mage : on ne connaît à son actif qu'un événement historique : sa présence à la naissance de l'Enfant cette nuit-là, elle aussi historique. Remarquez que Noël vaut largement Austerlitz, Marignan, Pavie, Waterloo et la bataille de Verdun que son père a gagnée, puis qu'il a réussi à sortir vivant de cet enfer. Modalité qui fait le véritable héros. Le demi-héros, lui, finit au « Soldat inconnu », juste à côté du métro « Étoile ».

Dès les premiers pas de la bête nonchalante, Sa Majesté s'assoupissait. Rappelons qu'un souverain ne doit pas aller au-delà de la torpeur : il doit garder un œil ouvert sur son royaume et une oreille en table d'écoute. Tous les rois de la Terre prêtent ainsi une sorte de serment d'Hippocrate qui les lie, par la parole, à leur peuple. La méfiance est l'un des piliers de la royauté : votre confrère roi est censé avoir toujours avec lui un poignard dans le dos et un gros appétit d'espace, serait-ce d'un morceau de désert, de quelques palmiers, de quoi agrandir l'ombre de votre royaume. En somme, les rois sont les sosies des lions aux dents longues. Cet instinct de conquête est d'origine génétique et remonte donc au paradis terrestre. Il y eut un bref moment de cohabitation durant la période du Déluge, encore qu'il y eût des brouilles et des chamailleries, chacun voulant agrandir son cheptel qu'il considérait comme son harem. Dès que le ramier revint à l'Arche, brin d'olivier au bec, et que Noé eut ouvert la trappe de la ménagerie, rois et lions se ruèrent les uns sur les autres. Ce fut une hécatombe dans les deux camps. Noé fut très affligé. Au fond, la croisière diluvienne décrétée par Dieu pour mettre au monde la repentance se soldait par un échec géant. Noé organisa des funérailles internationales et interethniques : il disposa côte à côte monarques et lions, victimes de leur bravoure.

Le roi donc, bercé par son dromadaire et par la douce lumière des étoiles, voguait en volupté. Avant de s'assoupir, il avait dicté son courrier. Les anges, en ce temps-là, tenaient lieu de cassettes. Le roi pouvait donc enregistrer ses missives, tendres ou guerrières. Il pouvait également choisir dans cette discothèque rose ou noire. Il y avait, dans la mémoire angélique – la seconde après la divine –, une multitude de sketches de chansonniers, parfois *hard*, qui préparaient le terrain pour les songes. Il y avait, dans le personnel dévoué au roi et à la monarchie, un ange qui faisait fonction de maître d'hôtel. Ou plutôt d'échanson. Il versait, dans le crâne couronné, une gorgée de son cocktail. Le monarque, parfois, s'extasiait et s'exprimait en sentences simples mais infaillibles : « Ce vin vieillira bien ! » Ou bien : « Il est encore un peu vert ! Il faut qu'il voyage autour de la terre, qu'il voie du pays, qu'il entende des langues étrangères ! »

Le vin descendait ainsi dans les entrailles sacrées du roi. Comme ferait un fleuve qui s'élargit en delta. Il lui arrivait de grommeler, voire de rugir de plaisir. Il se sentait alors tout-puissant et tutoyait Dieu qu'il traitait comme un confrère, voire comme un valet.

Ses astronomes – lesquels surveillaient en permanence les étoiles et son cœur, les deux fonctions étant alors jumelées – vérifiaient que le mage avait atteint l'état-limite, moment où s'abolit la distinction espace-temps.

Particularité de ce roi exemplaire : il ne supportait pas la méchanceté, autant dire qu'il avait beaucoup souffert dans la paroisse flottante de Noé. Il avait donné des ordres à ses sujets et à ses bêtes, pour qu'il n'y ait entre eux la moindre égratignure.

On l'aura compris : ce roi philosophe avait perçu la relation cachée entre la liberté et l'amour. Il se voulait, se sentait né pour l'indépendance. Au fond, il eût pu se revendiquer grec : il professait la liberté d'autonomie et la béatitude qui lui est attachée.

Cet état euphorique, il le rencontrera dans le détail de la vie. Par exemple, il ne voulait jamais choisir sa promenade. Il disait à l'étoile et au zéphir : « On y va ? » Ceux-ci répondaient « OK » en langage sténographié.

L'étoile se contentait d'émettre un signe d'acquiescement. Elle faisait un clin d'œil en abaissant sa paupière en forme de rideau de nuit.

L'équipage donc s'enfonçait dans la ténèbre peuplée de dunes, escorté de songes. Le bonheur voyageait ainsi. À son réveil, le roi retrouvait son âme de Petit Prince. Il se disait que le bonheur est ainsi, du côté des pauvres, de la vie pastorale, simple et dépouillée. Cette seule pensée le ravissait. Sur ce point, il se trouvait en accord avec le Grand Roi des galaxies lequel, pensait-il, s'identifie à un songe éternel. À son insu, il se trouvait très proche du prince de Bethléem, qu'il allait adorer après un voyage de quarante jours et quarante nuits, le temps qu'il avait fallu au Déluge pour immerger la Terre encanaillée.

Les rois de ce temps-là, pacifiques ou guerriers, voyageaient beaucoup. Ils ressemblaient, dans leurs déplacements officiels, à des paquebots et ils faisaient, comme on disait en ce temps-là, des vagues. Pensez donc ! Ils emportaient, à dos de chameau, la moitié d'un palais : des tonnes d'eau, des outres de pétrole qu'ils échangeaient avec leurs homologues occidentaux, sans compter le cheptel de femmes et de moutons ou chèvres. Pour garder ces troupeaux, il leur fallait une ribambelle de cornacs et d'eunuques. Bref, un véritable chapiteau, avec des dromadaires probablement originaires d'Amérique puisqu'ils mâchent bêtement du chewing-gum et, comme on dit dans le peuple, roulent leur bosse, pour une poignée de dattes !

Notre très sage roi refusait les cortèges, les attelages, les palefreniers du désert. Bref, tous les emballages. Contrairement aux cardinaux qui, au Moyen Âge, ne se déplaçaient qu'en carrosse, chaussés de mules du pape glorieusement régnant sur son empire en prière. Ces pontifes, rappelons-le, gouvernaient leur empire à l'aide de bulles et de mules.

L'équipage de notre roi se réduisait à un dromadaire, l'étoile de route, un somnifère pour les nuits agitées à cause des tempêtes de sable, et son vieux serviteur Abel – descendant de la grande famille biblique. Un nom qui, à l'oreille royale, exprimait la bonté et l'offrande. L'auguste roi, entre deux songes ou parcours, s'adonnait à la prière, prosterné à terre. Il considérait sa monture comme un sanctuaire : aussi se déchaussait-il avant de l'escalader. Abel, le serviteur inspiré, soufflait à l'oreille de la bête la direction confidentielle. Secret défense exige.

Cette nuit-là – un 24 décembre de l'ère chrétienne – je me souviens du jour, l'année n'ayant aucune importance, compte tenu de l'hégire musulmane – un ange de service, qui semblait embauché pour la circonstance, avait éveillé l'oreille du roi aux aguets. Celui-ci avait entendu – parole de roi : « Le destin du monde entier se jouera cette nuit mais, pour la première fois depuis le Déluge, sans les secours de la guerre. Oracle du Tout-Puissant, Dieu d'Abel le juste et de Noé, le sauveur de l'humanité pécheresse. Message terminé. Stop. » La voix mystérieuse ajoutait : « Étoiles et bergers, à vos postes ! » Signé : l'Archange de l'Intérieur, ministre des cultes.

Le roi, porté à l'émotion, comme à l'alcool Noé – qui donc ignore la célèbre cuite du marin ? –, avait sursauté, mais l'étoile l'avait rassuré : elle avait sous les yeux – et la lumière ne manque pas ! – la carte d'état-major du Très-Haut. Et son ordre signé et scellé de sept sceaux lumineux : « Mets des cadeaux dans ton couffin, car le Petit Prince vient au monde. »

La nouvelle subjuguait d'autant qu'elle demeurait mystérieuse. Les étoiles papotaient en confidence. Elles s'échauffaient de bonheur. La clarté devint si vive que, pour la première fois, le roi put, avec ses lunettes de sept lieues, voir, derrière le ciel, le palais de Dieu. Le roi prit alors sa tête dans ses mains. Il alla loin, très loin, au-delà de l'Éden des songes.

La seule fois où le saint monarque avait usé de sa cravache royale, ce fut un jour terrible pour les mendiants et les mésanges du royaume. Disons, pour être précis, que c'était un matin de l'ère musulmane. Un pauvre lépreux venait mendier aux portes du palais. L'un des gardes, d'un coup de cimeterre ou de yatagan, lui trancha le bras, supplice réservé aux voleurs, dans ces pays de caractère expéditif. Le roi entendit le cri de l'infortuné, recroquevillé comme un insecte ou comme une victime d'infarctus. Il descendit, vêtu de sa djellaba de jardinier, se fit remettre l'arme et trancha la tête du garde. Puis, jetant le sabre avec dégoût, dit en gémissant : « Je suis atteint dans mon honneur d'homme ! » Il venait de trouver un mot historique que le scribe écrivit aussitôt sur sa tablette. Le mot était si fort que Dieu – qui a implanté l'honneur dans le cœur de l'homme – le mit à son crédit. Il dit à peu près ceci : « Je me fais Homme pour l'honneur. » Le mot, en tout cas, fut décisif et conduisit directement à cette nuit que le chrétiens revendiqueront comme ils ont fait de Christophe Colomb et de la découverte de l'Amérique, de saint Louis et de son chêne de Vincennes, de Clovis dont le nom est attaché à la fois au vase de Soissons et au baptême de la Gaule des druides et de l'hydromel. Noël appartient aux chrétiens, et ceux-ci ont obtenu de la Poste que cette nuit historique ait, comme on dit, pignon sur rue dans le calendrier, battant ainsi d'une foulée les mahométans inventeurs et promoteurs de l'hégire. Dans cette bataille pour l'honneur, les chrétiens et les P et T ont tenu bon. La bataille fut rude et Dieu a eu chaud. Il a fallu, pour consolider la victoire, les Croisades, Charlemagne, le chevalier Roland, saint Louis de Vincennes et de la Sainte-Chapelle avec le miracle de la sainte Épine, laquelle guérit la sœur de Pascal, le cardinal Richelieu, Napoléon et le soleil d'Austerlitz. Le saint roi Louis IX devait mourir précocement, contaminé par la peste musulmane ou asiatique et Napoléon sombrer à Waterloo, victime de l'Anglais qui – nul ne l'ignore – est fourbe et de mauvaise foi.

Demeurent une vérité et une consolation : Dieu peut compter sur le peuple français alors nommé gaulois, royaume de Clovis et de Charlemagne, patrie de Jeanne la Pucelle et de Bernadette Soubirous, la voyante de Massabielle. Comme on le voit, dans le calendrier chrétien, tout est français. Alors que les Allemands – jadis appelés « Germains » – ont fait Luther et le trafic des indulgences. Les Italiens, eux, arborent le miracle de saint Janvier – le sang qui se liquéfie dans une ampoule – ou, à Turin, le prétendu saint Suaire, objet de litige entre la science et la religion. Après la tunique du Christ, voilà qu'on se dispute son linceul. Ah ! ces Italiens, quel peuple chicanier ! L'affaire Galilée, l'affaire du suaire, les Borgia, Savonarole, Campanella.

Tandis que le palefrenier sellait le dromadaire royal, à l'aide d'étriers et d'amulettes, il méditait, plongé dans l'entre-deux : le rêve et la prière. Dieu, se disait ce prince des sables et des nuits sablonneuses, ne lésine pas dès lors qu'il s'agit de sa réputation. Il connaît, pour l'avoir créé, à partir de ses propres gènes, le prix de l'honneur. L'honneur, en quelque sorte, un vêtement pudique pour habiller l'âme. L'honneur ? Une idée qui nous vient comme ça, comme advient la musique sur les lèvres du compositeur ou l'idée sur la feuille blanche du poète. Simplement, un jour que Dieu contemplait son visage – et si Dieu se conjuguait au féminin ? se disait le roi – il s'interrogea : « Le contraire du visage, ne serait-ce pas le déshonneur ? » Mot historique et immortel malheureusement, aujourd'hui, déposé au Mont de Piété.

Dieu – le roi pensait ainsi, à l'intérieur de son âme profonde – veut éponger la lie de la Terre, comme on écope l'eau d'un bateau. Il faut une bonne dose d'honneur. Concrètement, des milliards et des milliards d'êtres humains. Donc, autant de visages autour d'un événement divin qui se situe en dehors du ciel et de la portée des anges, mais, par contre, au niveau des hommes.

Il faut un événement pour l'honneur ! Énorme, de taille divine, mais en même temps d'une discrétion infinie. Le roi était persuadé que Dieu est à la fois magnanime et humble de cœur. Ce que disaient, à leur manière, la Terre et le désert.

Ce roi très sage – consacré mage cette nuit-là – était en train de devenir chrétien et de faire le premier signe de croix, avant de monter sur son dromadaire. Il avait à peine passé les étriers que l'étoile donnait le départ et l'équipage s'enfonçait dans la nuit. Les paupières du roi s'alourdirent et les anges accoururent très vite avec leurs paniers de songes et leurs marionnettes : le bon roi chérissait ces jeux d'enfant.

Le Ciel avait mis d'autres monarques dans le coup. Tous devaient se retrouver à minuit exactement, à quelques lieues d'un village crotté nommé Bethléem, mot qui signifie « la maison du pain ». La terre de ce pays fournissait un froment très pur au point que les gens de Jérusalem, capitale du royaume, venaient s'approvisionner pour célébrer dignement leur fête nationale, appelée Pâque. Ce pain était l'ancêtre de nos hosties chrétiennes hélas ! pâlichonnes et squelettiques.

À noter pour les touristes, insatiables d'informations, que Jérusalem avait été fondée par le très chrétien roi David, célèbre par ses talents de poète, mais surtout par son adultère bien consommé, assorti de meurtre. Double forfait qui exigerait, de nos jours, deux procès d'assises. À condition, toutefois, que fût levée l'immunité parlementaire ! Par la Cnesset ou l'Assemblée nationale.

Bref retour en arrière : à l'heure précise, les quatre rois tout-puissants rhabillés comme des citoyens ordinaires, chaussent leurs babouches dorées et couronne, pour être identifiés par les douaniers. Au fond, il faut très peu de chose pour faire un roi tout-puissant, redouté par les pharaons et les lions.

L'étoile prit les souverains par la main – sa main de lumière – et les conduisit dans une hutte où une jeune femme, belle à la fois comme le jour et la nuit, la voûte céleste et les roses de Jéricho. Elle allaitait, silencieuse : geste sacré, survivance du paradis terrestre. Ève, on s'en souvient, donnait le sein sous l'« arbre de la connaissance » tandis qu'Adam fumait sa pipe. Comme font les Indiens accroupis à deux pas de leur épouse en train d'accoucher. Peut-être l'époux de Marie imitait-il les Indiens. À moins qu'il ne reçoive les bergers et, à leur heure officielle, les mages ?

Ces mages, enfin, les voici. Humbles et efficaces comme des débardeurs sur les quais du Nil ou de Babylone, ils déballèrent leurs cadeaux : lingots d'or, sachets d'encens, rayons de miel sauvage au parfum de lavande de Valensole en Provence. Quelques gorgées de lait de la chèvre de Sisteron. La Provence de ce temps-là, préconvertie à la foi chrétienne, avait expédié en colissimo les fameux treize desserts, faute desquels on ne peut célébrer dignement Noël. L'un des monarques était d'origine provençale, c'est lui qui fut l'inventeur de la crèche. L'idée lui vint tandis qu'il chassait sur les terres du roi René. L'homme était gaillard et jovial, le sosie du « Vert Galant », celui-ci inventeur de la « poule au pot ». Plus performant encore que le bon roi Henri. En fait, il avait le diable au corps. Il se situait entre David de Jérusalem et Mirabeau d'Aix-en-Provence. Cette ville d'eau, je le signale pour les touristes, est peuplée des bâtards de ce coquin.

Ça suffit pour les mages ! Je regrette seulement que l'on ait passé sous silence le pèlerinage que fit à Jérusalem le roi des loups de Judée, superbe bête nommée Balaam en hommage à son ancêtre biblique, rendu célèbre par son ânesse.

Les loups, d'après les savants à loups, sont venus s'établir en Palestine, aussitôt après le déluge primordial. Ils fondèrent des familles appelées dynasties ou tribus. Les chasseurs, eux, créèrent des pièges à loups. Ils encoururent, dès leurs premiers gémissements nocturnes, la haine des riverains. S'ensuivit une réputation de félonie et de cruauté. On ne leur laissa même pas le temps de démontrer leur bienveillance et, chez leurs épouses, les louves, leur sens maternel. On put même lire le premier graffiti de la honte : « L'homme est un loup pour l'homme ! »

Ces loups-chevaliers épousaient donc des louves qu'ils ennoblissaient et dont ils faisaient des reines. Exactement comme les abeilles. Ils avaient appris le secret en allant lécher le miel dans les troncs d'arbres. Les loups avaient la dent dure, à la manière des hommes, mais ils étaient d'un naturel tendre à l'intérieur, au niveau de la mémoire : une forme de civisme. Messire Balaam, par exemple, déposait chaque jour une gerbe sur la tombe de Noé, inhumé dans son Arche légendaire, sur le mont Ararat. Ce Noé était ingénieur de génie. C'est lui qui construisit un vaste paquebot de bois enduit de bitume. Il avait pris les mesures de l'humanité avec une chaîne d'arpenteur, en ajustant des lianes. Il réussit ainsi à sauver des eaux mortifères – disons : de la catastrophe préhistorique – la Création vive et même les nuages qui n'avaient plus une seule goutte d'eau se déshydrataient et mouraient comme des mouches.

Noé avait entassé des tonnes de fourrage pour les bêtes, les agneaux et les gazelles – il avait un faible pour ces animaux gracieux et innocents – et décrété pour les lions – lesquels faisaient la gueule ! – le régime végétarien. Ceux-ci ripostèrent en faisant la grève de l'amour, indistinctement hétéro et homo. L'armateur des origines avait embarqué un seul arbre, un chêne de Vincennes, et ce pour rendre équitablement la justice. Car ce Balaam Ier avait un cœur de Salomon, l'inventeur de la balance. Comme Hippocrate, le médecin, du caducée.

Oh ! je n'ignore pas les cancans, voire les calomnies, à l'endroit de la dynastie des Balaam. On leur reproche notamment d'avoir occupé la Palestine, d'être en quelque sorte des pieds-noirs orientaux et des envahisseurs qui profanent les lois de l'hospitalité et même la veuve et l'orphelin. Mais à qui la faute ? selon moi, à Abraham, le berger de Mésopotamie : un brave pâtre païen, avant sa conversion préchrétienne ou post-païenne, qui adressait des prières à la lune nommée Sin, tandis que les femmes dont il était affligé se crêpaient le chignon. Abraham, donc, s'octroya ce pays conquis plus tard par les mages. Abraham était incontestablement un brave type, qui avait ses entrées chez le Dieu de la Bible. Un berger de type berbère, c'est-à-dire un homme d'honneur, mais doublé d'une âme d'émir pastoral : il envahissait des territoires entiers et enlevait, comme on dit, le pain de la bouche des lapins, des écureuils et des biches. Lesquelles, on le sait, pleurent très fort et communiquent ainsi leur chagrin aux enfants. Et nous revoilà au Déluge par biches pleureuses interposées ! Le détour valait le coup !

N'oubliez pas, je vous en conjure, que le désert est toujours situé en bordure de la Terre Promise, laquelle bat pavillon de complaisance de Yahvé et sert de paradis fiscal au Vatican du pape et à La Mecque de Mahomet. Yahvé demeure le roi des rois pour les trois religions filles. C'est la théologie qui le veut ainsi. La théologie, ça n'est pas très précis : c'est d'invention relativement récente et le sol est déjà jonché de cadavres. En gros, et pour notre propos, ça veut dire : des bibliothèques, des astronomes sacrés qui lisent dans le ciel comme la gitane dans les lignes de la main. Ça veut dire aussi : des papes, des évêques casqués, mitrés, enrubannés, sellés comme des chevaux quand ils enjambent leur trône, sous leur baldaquin de maharadjah. Ça suppose : de l'encens, de l'eau bénite, des orgues et des cloches, pour impressionner les païens, ceux-ci étant tenus, en toute charité, pour des pauvres honteux ou des aveugles-nés.

Quant au désert, celui que nous décrit la théologie, c'est ce qui reste du paradis antérieur, après que *l'arbre de la connaissance* eut été foudroyé et que le jeune couple eut fait ses valises. Bref, l'univers de Beckett. Pour les esprits positifs ou matérialistes, c'est : une sécheresse par-ci, une famine par-là, un tiers ou un quart-monde, un zoo sans frontières, une mouche tsé-tsé qui vous anesthésie pour des jours ou des siècles, celle, peut-être, qui a piqué la vieille Lucie, arrière-arrière-grand-mère et marraine de l'humanité. Il semble qu'elle ait été victime de l'insecte inhumain alors qu'elle allait chercher de l'eau. Comme font les femmes de la brousse, leur progéniture sur le dos leur escabeau sur la tête.

Le désert, vu d'un point de vue théologique – lequel échappe aux savants – c'est une terre avide d'eau et qui regarde vers la Terre Promise, concrètement, vers les eaux humides et fraîches du Jourdain. Ces dispositions, de nature plutôt touristique au regard du profane ou du païen, étaient prévues depuis des milliards d'années – une poignée d'éternité – en vue de l'*Événement* que je ne parviens pas à raconter à cause de l'émotion et de mes scrupules d'historien. Que voulez-vous ? lorsque l'on traverse un désert – théologique au surplus, truffé de secrets – on ne peut se résoudre à voir disparaître une gazelle sous la mâchoire-guillotine du lion. Alors qu'elle a, comme dit si bien Ajard, « la vie devant soi ». On frémit surtout à la pensée que le vrai lion se nomme Hérode, qu'il est sanguinaire et s'est juré d'assassiner l'Enfant en organisant sa battue de chasse.

Sire Loup, cette nuit-là, ne parvenait pas à trouver le sommeil. À cause d'une étoile super-brillante et super-fringante. Il faut dire qu'il existe une proportion entre la lumière astrale et la vision du loup : celle-ci aiguë comme une flèche d'Indien, capable de transpercer le ciel jusqu'à la quatrième génération d'étoiles. Il y avait également, cette nuit insolite, des kilomètres de vers luisants, avec leur phare portable sur le dos. Cette mobilisation d'insectes porte-cierges était prévue depuis des milliards d'années. Dieu pense ainsi : très loin et très vite. À la vitesse de la lumière qui demeure son étalon de base métaphysique.

Messire Loup quitte donc sa cité sauvage, lieu dit : « le pressoir du loup ». À la vitesse de l'éclair il traverse la garrigue appelée « le tombeau de la convoitise », probablement en souvenir d'une chute morale originelle. Là, il s'abreuve, fait un brin de toilette à la fontaine de Cira. L'eau fraîche lui fait revenir le cerveau et la mémoire. Lucide, le loup escalade la montagne. Retenez le nom :

« le Roc du bouquetin ». Il aperçoit, depuis son belvédère, le convoi de ses confrères. Ils étaient maintenant quatre rois hissés sur les dromadaires de la garde républicaine, tournés vers Jérusalem. Le loup, de race et d'oreille attentives, entendit même croasser les fameux jars du Capitole, importés par les Romains et qui firent échouer le siège de la Ville.

« Bizarre ! ce branle-bas teinté de terrorisme ! » se dit le loup agenouillé dans la bruyère comme un trappeur de rennes. Comment percer ce mystère ?

La vérité historique – qui demeure un point de vue de la vérité, dès lors que se cache un mystère – était à la fois vaste et simple : les rois mages – disons : la bande des quatre – avertis par leurs astrologues et Renseignements généraux, CIA et Guépéou, avaient pris la route qui conduit à Bethléem, un petit village qui vivait chichement, à la manière des rentiers. Bethléem, nous l'avons noté plus haut : l'endroit où l'on cuisait le meilleur pain de froment. Le téléphone arabe – invention des musulmans –, lequel correspond au portable des Occidentaux, avait fonctionné : tous quatre se trouvaient devant la dune des quatre vents cardinaux, située au centre de la mappemonde.

Messire Loup – à l'esprit tout-puissant, mais au cœur tendre –, du haut de son perchoir, épiait ce qu'il convient d'appeler « une rencontre au sommet » sous une étoile florissante et immobile. Il était, je l'ai signalé, agenouillé, donc au bord de la prière. Du moins d'après Pascal, premier chrétien rencontré dans cette chronique largement arabesque et musulmane. Chacun sait que la supplication, puis l'extase, sont déclenchées par les genoux. Aussitôt, Dieu, lequel a un faible pour le loup et la repentance, envoie son ramier – disons : son pigeon voyageur – arrière-arrière-petit-fils du volatile du Déluge. L'oiseau, après les civilités d'usage en Orient, délivre le message divin : le souverain de la tribu des loups doit se rendre immédiatement dans un endroit que l'étoile, munie de sa carte d'état-major, désignera. Le fauve en chef assistera à la naissance d'un Prince tout-puissant et tout pacifique. C'est un ordre divin. Un secret, au surplus. Donc : bouche cousue !

Le loup supportait mal l'énigme. Ces animaux détestent la ténèbre, habitués à la pleine lune, à l'eau claire des torrents, aux cours d'eau bien dessinés, aux étangs de Sologne qui servaient des songes à George Sand et à Musset. Il suffit parfois de formuler la question : « Que peut-il bien se passer, à cette heure, en cette saison, en ce pays, dans un coin perdu ? » Le caractère insolite de l'événement suggérait la réponse : un enfant. Ce ne pouvait être qu'un enfant. Un enfant : c'est la seule chose qui puisse arriver à ce monde vieux et fripé. En d'autres termes, et selon la problématique divine : « Qu'est-ce qui peut réjouir l'Ecclésiaste, ce vieux souverain désabusé, après avoir fait le tour du monde et des plaisirs ? » Une seule réponse adéquate : un enfant.

Un enfant, c'est tout neuf, avec « l'avenir devant soi ». Exactement comme les prophètes d'antan. Le fin du fin, se dit le penseur des forêts, ce serait… ce serait… pourquoi pas ?… un Dieu-Enfant. Ou l'inverse…

La vérité peut jaillir ainsi. Comme le feu, du frottement de deux morceaux de silex. Ainsi, l'esprit peut s'enflammer, en rapprochant deux mots taillés comme des diamants.

Après cette découverte qui dépasse de loin Galilée ou Christophe Colomb, il fallait négocier les conséquences : un nouveau-né – gardons l'hypothèse – s'accompagne nécessairement de cadeaux proportionnés à son rang social, et qui s'harmonisent avec la condition de l'offrant. En l'occurrence, selon le langage des symboles, une poignée de miel, une amphore de lait, un régime de bananes et ces fameux treize desserts, puisque Bethléem est jumelé avec Saint-Rémy-de-Provence.

Déjà le loup s'était précipité sur le célèbre rucher de la vallée des Hyènes. Il connaissait la cachette du miel : un vieux tronc d'arbre, gardé religieusement par d'humbles sœurs tourières, vieilles nonnes, retraitées de l'essaim. Il s'agissait bel et bien d'un hold-up. Les abeilles, lasses, dormaient d'un lourd sommeil. Elles ressentirent soudain une haleine chaude à l'intérieur d'un museau glacial comme un congélateur. Surprises dans leur sommeil grevé de fatigue, ces braves insectes n'eurent même pas le temps de tirer leur dard du fourreau. On sait que l'abeille travaille à l'arme blanche. Comme l'Arabe ou le Japonais. Le reste du chargement fut aisé : le loup empoigna une poignée de grillons pour fleurir le gâteau.

Il fallait au plus vite rejoindre la caravane des mages, celle-ci, invisiblement accrochée à l'étoile. Chemin faisant, Balaam ruminait d'étranges pensées qu'il identifiera plus tard et qui tournent autour du thème de la repentance. Le fauve se surprit à murmurer, au centre même de son âme de néophyte : « Seigneur, roi de l'humanité et de la louverie, j'ai dévoré avec un plaisir sadique des agneaux innocents, j'ai croqué des oiseaux sous le regard de leur mère, je suis resté insensible aux sanglots de la biche, j'ai même organisé une Saint-Barthélemy… » Son âme venait de chavirer. Comme il advient au voilier ou au trimaran. Cette âme s'était retournée mais il l'avait retrouvée toute blanche, équipée d'ailes toutes neuves, comme en ont les anges, sur l'autre versant de la Terre, là où le soleil ne se couche jamais.

C'est ainsi que messire Balaam – roi des loups – rejoignit la bande des mages sous la conduite de l'étoile. Il prit place dans le cortège, heureux dans son âme et dans son corps dépollués de toute vilenie. Il eut le sentiment que le bonheur était lié à la pauvreté. Visiblement, les chameaux peinaient sous le poids des bagages, alors que sa simple couronne de feuillage le rendait aérien. Il plaignait ces pauvres rois qui devaient gérer des stocks d'esclaves et d'épouses au long cours. Sans compter les oasis, les caravaniers qui risquaient de dévaliser les puits de pétrole pour confectionner de la marée noire qu'ils revendaient aux dépollueurs. Certes, lui aussi avait des problèmes que l'on pourrait qualifier d'humains, avec son harem. Mais la reine louve gérait parfaitement les préséances des concubines et les forfaits de disgrâce. Elle tenait rigoureusement à jour le calendrier de l'amour, domaine dans lequel il ne peut y avoir la moindre fantaisie.

Disons, si vous le voulez bien, un mot de ces animaux étranges nommés chameaux. Cet animal spahi existe en deux versions : le chameau pur et le dromadaire. Disgracieuses, dans les deux cas. Décidément mal lotis tous deux, visiblement venus au monde dans un pays où il n'y a rien à voir. Une bête bourrelée de bosses, l'air niais, le cou long et inutile, la démarche abracadabrantesque, selon le mot terrifiant d'un Président en colère et qui tentait à tout prix de cracher le morceau long comme un ténia. Ce gâchis de nature est irréparable et frise l'indécence. On se demande où est la joie de vivre. De surcroît, l'animal chante faux. Le chameau correspond, dans la catégorie « mammifère », au jars chez les volatiles. C'est le même cou, en prêt-à-porter, que l'on retrouve dans ce bas de gamme : chameau, jars, girafe. Tous ces cous se déploient comme une échelle de pompiers. Autre image qui vient spontanément à l'esprit : le tuyau d'arrosage ou le micro d'enregistrement. Cette tête ajustée à une perche est apparemment insipide. Elle tendrait à prouver que l'intelligence est un produit relativement tardif. Ou bien que la tête, une fois créée, s'est avérée trop exiguë pour loger une cervelle proportionnée au volume de la bête. Bref, et pour finir, une cervelle grosse comme trois grains d'encens et qui s'épuise dans un cri suicidaire. Quand on songe à ce que peut faire un coucou avec un bec de trois sous et une touffe de duvet !

Il reste que le chameau faisait partie de la commande divine, qu'il était créé pour traverser à la fois les déserts et les siècles et offrir ses services pour l'*Événement.* Tout compte fait, le chameau fonctionnait bien, marchait au pas de l'étoile et de la parturiente, Dame Marie de Nazareth.

Reste cette bosse disgracieuse. C'est oublier qu'elle relève du principe d'autonomie. Dieu a ajouté cette réserve pour que la bête ne dépende pas des oasis. Je tiens, en tout cas, contre les anatomistes, ce monticule pour une citerne portative. J'y vois également un symbole : le chameau est en somme un chrétien qui transporterait son baptistère sur le dos.

Remarquez : en termes divins, la laideur n'existe pas, c'est une idée d'homme. Elle peut même être le vêtement d'une grâce. Il est une beauté du Diable, un envoûtement né du Bossu de Notre-Dame. Vu sous cet angle, le chameau est un chef-d'œuvre des sables, signé par le Giacometti céleste.

Le cortège quasi-royal s'engouffra dans une route profonde comme la nuit et tortueuse comme un boa des savanes. Le chemin débouche sur Bethléem : un village de tiers-monde et de bout du monde, sans école communale et sans gendarmerie. Et pour cause : ces institutions sont républicaines. Nul, dans ce pays d'outre-tombe, n'était en possession du certificat d'études, hormis le facteur, le seul étranger du pays, qui avait su séduire la plus belle fille du canton, puis la population.

La rumeur s'enflait : qu'allaient faire ces personnages royaux – précédés de leur labarum – dans cette contrée désespérée ? De l'énigme, on passait au mystère. On craignait que celui-ci ne s'épaississe et que l'on ne se trouve nez à nez avec Dieu !

Le mystère, c'est comme un paravent ou, mieux, des persiennes qui cacheraient la face du Roi de la terre et des étoiles. Le dictionnaire dirait, en langage savant et exotique : le moucharabieh.

Les idées vont très vite dans la tête d'un loup, « tête bien faite », d'après Montaigne, lequel avait peur de la peste et des loups de ce temps-là. Lesquels harcelaient les vignerons et les volailles millésimées. La gazelle de Gelboé ou l'agneau de Judée n'ont même pas le temps de se repentir qu'ils sont sous la mâchoire du fauve.

Le loup marche à la vitesse du désir. Et la gazelle va au pas de l'angoisse.

Le cortège magique ignorait qu'il approchait du but quand, soudain, une meute de chiens se mit à hurler, concentrant dans un cri toute la férocité du monde. L'étoile, dira-t-on plus tard, sursauta. On sut également que les célèbres pitt-bulls de Bethléem avaient flairé la présence du loup, ennemi ancestral. La haine remontait au Déluge. On en ignore toujours le motif ; rivalité de mâles, orgueil froissé, espace vital. Bref, tout ce qui, chez l'animal ou l'homme, engendre la guerre. Peut-être y eut-il dans la communauté animale ce que l'on devait, plus tard, appeler « schisme », un virus qui passe dans le sang des Églises pourtant vaccinées contre le péché originel. On sait encore qu'un pacte fut signé sur le mont Ararat : les chiens de berger choisirent la compagnie des humains et s'engagèrent à ne pas manger les agneaux. Jamais, de mémoire d'homme, un chien de berger n'a manqué à la parole donnée. Les loups, par contre, refusèrent de signer le contrat. Ils étaient même décidés à dévorer la vache folle ou enragée. Ils se proclamèrent citoyens du monde. En quelque sorte, des « loups sans frontières ».

Les théologiens ne manqueraient pas de rappeler qu'il s'agit là de la deuxième chute historique, la première étant celle des mauvais anges. Disons : des polissons. Le loup, qui ne l'a remarqué ? tient de Lucifer : crânerie, insolence, cynisme. Attitudes que l'on peut aussi bien rattacher à la noblesse d'âme. Toujours ce « pour l'honneur », qui fait fraterniser les hommes et les loups.

Il fallait franchir la barrière des chiens. La solution la plus simple, à l'évidence, c'était la guerre. Le roi des loups se sentait assez de force et de courage pour terrasser ses adversaires. Mais n'était-ce pas une faute ? Tout indiquait que cet événement insolite avait un caractère surnaturel. Le loup puise alors dans ses gisements de sagesse. Après tout, se dit-il, il suffit de ne pas se faire remarquer, de jeter la couronne et d'apporter des cadeaux. Pour qui ? On verra. Pour l'heure, parions sur l'élégance de l'invisibilité. Camouflé derrière les cadeaux, le loup repéra un bosquet.

Il s'approcha – à pas de loup, naturellement – et entendit un bruissement d'ailes. C'étaient des abeilles qui rentraient dans leurs ruches, tapissées de miel, à l'intérieur d'un tronc d'arbre. En somme, des catacombes pour abeilles. Sans scrupule et sans négociation, il s'empara du trésor de gelée royale. Tout à côté, il cueillit des branches de gui et de muguet, primeurs pour la saison. Une biche qui dormait là, étendue nue dans la bruyère, sorte d'odalisque champêtre, se trouva nez à nez avec le loup. Elle le supplia aussitôt avec des formules liturgiques : « Seigneur, prends pitié, ô loup, prends pitié, frère, prends pitié ! » Elle ajouta son poids de pleurs à son imploration. Le loup lui promit la vie à condition qu'elle lui verse une mamelle de lait et une autre sous forme de beurre. Il lui suffit de frotter son pis contre une dalle pour en extraire ce fruit lacté.

Après quelques civilités, incognito, le loup rejoignit les mages. Dans l'intervalle, les chiens d'Hérode s'étaient tus.

Le fauve, lavé de son péché et ému jusqu'à la repentance par les sanglots de la biche visiblement placée sur sa route de pécheur invétéré, ressemblait à un cygne des bois. C'est à peine croyable ! Car cet animal, né guerrier, bardé d'une panoplie de dents redoutables, rusé jusqu'au mensonge inclusivement, avait perdu la gueule de bois du pécheur. Il se surprit à prier à l'intérieur d'une âme de pèlerin. On sut plus tard qu'il s'était frappé la poitrine avec la violence du marteau-piqueur. Car le fauve ne fait pas dans la dentelle ! Son cœur se vida de tout ce sang mauvais accumulé depuis des siècles par ses ancêtres. On parla, dans son entourage, d'une transfusion de sang, opération de la grâce, mais revendiquée, de nos jours, par les incroyants, qui la mettent au crédit de la science. Un sentiment inconnu l'inondait : la joie. Très au-dessus du plaisir, cueilli ici ou là, et qui peut vous parcourir le corps nuit et jour, comme une démangeaison ou la saveur d'un bain chaud. Cette joie était entrée en lui sous forme d'intuition. Disons, dans le langage des humbles : le Ciel venait de s'amarrer à la Terre, le Déluge était réparé, les écluses fermées pour l'éternité.

Résumons : le Déluge, Noé, le mont Ararat, l'arche zoologique et tribale – Tutsis et Hutus réconciliés –, le ramier, l'arc-en-ciel qui emparadise la Terre souillée, tout cela était vrai et cette énorme vérité débouchait sur une autre vérité tout aussi énorme : les quatre rois de la Terre, gérant les quatre points cardinaux, et le roi des loups allaient sans aucun doute assister à l'*Événement du siècle des siècles*.

Soudain, le loup ressentit comme une morsure de bonheur. Une souffrance, un malaise heureux. L'air était léger, caressait le museau. Pour le regard, une clarté douce, veloutée, avec de la musique à l'intérieur de sa lumière. Bref, tous les ingrédients du paradis.

Des troupeaux de moutons formaient de larges taches blanches à la manière des glaciers et des névés. La route était balisée de sycomores. Au fond du paysage – un tableau de Poussin –, une rangée de peupliers droits comme des militaires figés par le fameux : « Présentez, armes ! » Visiblement, des peupliers de parade. Un peu en retrait, une cabane de bergers. Ou de chasseurs ? J'oubliais la caravane de gitans avec la lessive qui séchait et – on devait l'apprendre le lendemain – une enfant, né cette nuit et conçu – disait-on – aux Saintes-Maries-de-Provence. Tout cela pêle-mêle dans la tête du loup, ne formait qu'une idée lyrique : la Paix.

Le Ciel attendait ce moment précis – l'idée de Paix dans la tête d'un loup terrien – pour déclencher l'opération de parachutage de myriades d'anges, grâce à une échelle de lumière – celle qui avait servi jadis au patriarche Jacob – descendaient des hauteurs célestes en fredonnant des cantiques, très exactement des chorals, à croire qu'il existe des anges conçus lors de la Réforme. L'un de ces chants exprimait un vœu d'armistice : « Gloire à Dieu ! Paix aux hommes ! » On sut, plus tard que cet hymne international gagna la Terre entière, de la muraille de Chine à la Cordillère des Andes. Des Romains – très païens – témoignèrent que leurs barques avaient effectué un pas de valse au large d'Alexandrie, que le phare avait pris le relais du soleil au point qu'on se serait cru au Groenland et que des rênes voguaient sur l'eau au milieu des mouettes.

D'après sire Loup, on se serait cru à Salzbourg ou à Vienne du temps de Mozart, l'enfant élu du Paradis. Mozart ! encore une idée divine !

Vous ai-je dit qu'il y avait des anges à gogo ? À quel signe ou symptôme reconnaît-on un ange ? À son invisibilité. C'est une contradiction ou paradoxe qui caractérise la nature angélique. Cet être céleste existe comme vous et moi, se tient là, mais à la manière de la lumière tamisée, pour ne pas éblouir et offenser ainsi votre modestie. En somme, l'ange fleurit comme une plante odoriférante. Il a la présence d'un bouquet ou d'un enfant. Vous ne pouvez pas lui marcher sur les pieds. Mais, par contre, vous pouvez, étourdiment, le bousculer. Comme on coupe un rayon de soleil.

Pas question de lui serrer la main, de l'embrasser, alors que vous en avez une envie folle. Par contre, vous pouvez converser avec lui, lui sourire et même vous esbaudir en racontant une bonne blague.

Naturellement, la moindre grossièreté équivaudrait à une erreur diplomatique ou offense de lèse-majesté.

L'ange ? Une idée qui fait corps avec une parole joyeuse et juste. Comme une note de musique qui irait son chemin, en sifflotant comme un écolier. L'ange a horreur de l'ordre militaire, du 14 Juillet sur les Champs-Élysées, des défilés soldatesques célébrant, au choix, une victoire ou une défaite : Austerlitz ou Waterloo ; deux faces d'une même médaille.

Naturellement, pas d'érotisme chez l'ange. Il vit comme un nudiste des îles du Levant, modèle de chasteté et de transparence. Pas de divertissement sexuel. Par contre, les anges s'attirent et forment des bouquets. Comme les fleurs. C'est d'ailleurs l'ancêtre des jardins – l'Éden – qui a donné à Dieu l'idée à la fois simple et sophistiquée de la créature angélique. Un beau matin, un rosier a pris la parole pour dire sa joie à Ève Ire : l'ange était né.

Revenons à l'aventure. Soudain, le loup fut pris d'un malaise, une terrible sensation de brûlure que les théologiens et les enfants du catéchisme prêtent aux damnés, ces malheureux suppliciés jetés dans les hauts-fourneaux d'où sortent de venimeuses langues de feu. Damné : ce mot qui vous traverse comme une balle ou un dard. Giflé par la grâce divine, le loup se surprit damné, gisant au fond de l'enfer à fauves. À cause de la terrible bataille qu'il avait menée contre les chacals et les tigres. Gratuitement. Pour le plaisir. À cause des biches, des gazelles, des agneaux, assassinés, dévorés. Bref, le meurtre total, le génocide, le crime contre l'animalité.

Damné, cela veut dire à la fois : exclu, rejeté, renié, maudit, seul.

Seul : c'est bien au-delà de la solitude. Seul, c'est scientifiquement la condition infernale. Car le mot connote l'infini, exactement le contraire de l'infini divin. Le damné baigne dans le vide métaphysique, c'est-à-dire absolu à l'extrême du Néant. Imaginez ces galaxies qui nous entourent, qui volent la nuit en poussant de petits cris comme les hiboux, car, fatalement, les astres sont avides de confidences, se parlent avec des mots de lumière. Et voici que, soudain, ces mêmes astres heureux apprendraient le décès du soleil ! Pour la première fois de sa vie, l'angoisse pénétra le loup jusqu'à la moelle de l'âme. Une angoisse astrale. Il s'agissait en fait d'une épreuve mystique : je renvoie aux purifications spirituelles décrites par saint Jean de la Croix, ce mystique jeté en prison par ses frères moines, des Espagnols aguerris par les corridas.

Dans la salle des pas perdus célestes, les étoiles se rassemblent en bourdonnant. Comme les abeilles. L'astre qui avait véhiculé les mages stationnait. Le moteur ronronnait, projecteurs allumés. Les agneaux s'étaient réveillés, et se jetaient goulûment sur le sein de leur mère pour la première tétée de l'ère chrétienne. Tétée de l'an I.

Le loup, lui, avait la langue sèche. Suite à l'expérience du pécheur, à base d'affliction et de cette soif qu'éprouvent les damnés, sortes d'alcooliques éternels. On entendit, cette nuit-là, les gémissements poignants du loup repentant. « Jamais, soupirait ce roi du désert, je ne goûterai à cette joie des agneaux et des anges. Je suis condamné à la haine la plus féroce car, pensait-il, Dieu est à l'image des fauves – noblesse oblige ! – il a au cœur cette haine qui déboise les jardins de l'innocence. » Haine logique, d'après les théologiens, sécrétée par l'horreur de l'injustice et de sa forme la plus abjecte : le meurtre.

Une alouette – que l'on a retrouvée plus tard grâce à l'émission de TV *Perdu de vue* – déclara sur l'honneur – ainsi font les oiseaux – que le loup s'était effondré dans un sanglot hémorragique. L'âme, comme le sang, peut se vider. D'après les hébreux, en tout cas.

Bienheureux sanglot qui le précipita dans une espèce de folie d'innocence. Le loup avait perdu la tête. Il avança vers la hutte en chantant à tue-tête comme font les ivrognes au vin gai. Il fredonnait des refrains célestes qu'il ignorait jusqu'à ce jour. Dieu recharge les batteries de la mémoire. La grâce travaille ainsi les cœurs, à la manière de la ménagère qui repasse en silence la chemise de son mari ou la barboteuse des enfants.

Que voulez-vous ? Vous avez beau me dire que ce monde est incohérent, voire absurde ! Moi, je maintiens : « Tout se tient sur Terre, comme les astres dans les cieux. Doublement encordés : à la lumière et à la rotation universelle. »

Un berger aperçut le fauve. L'homme était revêtu d'une barbe de berger vaste comme une houppelande et un chapeau de gardian de Provence. Il sortait de la hutte. D'un geste impérial, le pâtre – on sut plus tard qu'il était aveugle, ses yeux défunts s'étant ouverts de l'autre côté, sur le Mystère – fit taire le caquètement des légions angéliques – l'analogue de notre Légion étrangère – toutes deux très exotiques.

Il se fit aussitôt un silence profond comme un frisson océanique. Le loup crut entrevoir un tribunal et les flammes qui s'élevaient au-dessus du bûcher. Il se voyait à la place de Jeanne d'Arc, incendié au titre de martyr. Saint Laurent avait fini ainsi, en barbecue.

Le loup ignorait qu'on était, cette nuit-là, entré dans l'ère de la Rédemption, qu'il allait expier pour ses forfaits, payer l'impôt du sang exigé des meurtriers. Il entendait déjà les huées de la vengeance. Il ferma les yeux. À cet instant précis, le berger-prophète leva son bâton de grand pénitencier et toucha la croupe du loup qui sentit passer au-dessus de lui la brise de la grâce divine. Le Voyant à la canne blanche dit simplement : « Joie en toi et sur les enfants ! » Un mot doux comme ce miel qu'apportait messire Loup dans sa calebasse. Il dit encore : « La paix soit avec toi ! » Les montagnes répétèrent en écho « Paix ! » Ce frisson pacifique gagna les monts de Gelboé, ceux-ci endeuillés par la mort de Jonathan, copain de David.

Le Voyant, dans l'attitude et le charme du grand prêtre qui s'avance au-devant du temple dit : « Un Enfant nous est né, un Fils nous a été donné ! »

Le mot d'ordre céleste était lâché : « Réjouissez-vous ! Échangez un signe de paix ! » S'ensuivit un spectacle bouleversant : le loup embrassa successivement les agneaux, les gazelles, les oiseaux qui arrivaient par charters du monde entier, surtout des îles lointaines, patrie rêvée des volatiles. En tête du cortège à baisers, les oiseaux de paradis et les paons aux queues traînières brodées de regards. On vit même messire Loup escalader le cou de la girafe pour déposer sur son museau un baiser en forme de dédicace amoureuse.

Le loup – ex Don Juan des Loups – aperçut une chevrette gantée et chaussée de blanc. Il lui baisa la patte et ouvrit le bal. Ce n'était qu'un flirt de catéchumène. Le loup sentit, à ses lèvres humides, qu'il devrait consolider sa conversion.

Nous ne saurons rien de plus. Certes, vous le devinez ? Le loup alla féliciter la jeune et ravissante maman, passa sa langue radoucie par l'émotion sur le front de l'enfant, offrit un à un ses cadeaux champêtres. Ceux-ci faisaient pâle figure aux côtés des présents royaux offerts par les mages. Mais l'enfant tint à marquer sa préférence pour les pauvres. Il sembla dédaigner les bijoux et voulut goûter immédiatement au miel et au lait de brebis. Je vous laisse deviner la joie du fauve qui se sentait propulsé à la première place, en tête du cortège des rois tout-puissants.

Un scribe était là, qui étiquetait, épelait pour lui-même et pour les médias, ceux-ci bricolés à la hâte. Accroupi à la mode égyptienne, le secrétaire écrivit : « Un parfum s'éleva, à base de miel, l'âme du loup était devenue odoriférante. » Un ange, type hippie, survolait la fête, les ailes taguées, avec plein de choses écrites dessus.

Le rayon de miel impressionnait par sa taille. Il s'agissait d'un véritable gisement qui banalisait les pépites d'or offertes par les mages. Ceux-ci, d'après des témoins, se sentirent humiliés quand l'Enfant confia à sa mère : « Je veux de l'or du roi des loups. »

Cette fois, le loup craqua, ce qui n'advient jamais à cette race de preux, rude et habituée à dominer ses émotions. Pour la première fois, dans son âme de pécheur, il abdiquait et songeait même à se retirer des affaires pour rejoindre la louverie monastique de Qumrân. Il devrait, naturellement, renoncer à son régime carné et à son harem.

Une telle décision demandait réflexion. Le loup décida de passer quelques jours à Bethléem. Il se proposait de cueillir des fleurs, des pamplemousses, des couches Pampers qui poussent sur les sycomores et les papyrus. Mais le berger-voyant intervint. Ce préfet prophète, doublé d'un garde champêtre, déclara : « La réception est terminée. Qu'on se le dise ! »

L'ordre était raisonnable. Après une nuit princière mouvementée, le Petit Prince de Bethléem avait droit à quelques bouchées de sommeil. De plus, le jour se levait, les troupeaux donnaient des signes d'impatience, la louve risquait de se faire du souci pour son époux qu'elle savait intrépide mais aussi volage. Elle redoutait l'adultère, d'autant qu'elle ignorait, à cette heure, la conversion du tout-puissant prince.

Les mages avaient, imprudemment, donné leur parole à leur confrère Hérode – celui-ci qualifié de renard par l'Enfant-roi de Bethléem – roi très païen et très cruel, rempli à ras bord de mauvaises pensées. Un ange viendra les détourner de leur chemin.

La suite de cette aventure inouïe, vous la connaissez : le mensonge d'Hérode. Les mages étaient allés consulter le souverain aux aguets, méfiant comme un tigre du Bengale. Ce monarque, par ailleurs analphabète comme la plupart de ses confrères abrutis par leurs harems, était bardé de bibliothèques, d'astrologues, de gitanes importées des Saintes-Maries-de-Provence, de druides bretons qui s'enivraient à l'hydromel. Tout ce petit monde chamanesque lisait dans les étoiles ou, simplement dans les mains de ce temps-là, lisibles comme des mappemondes.

Les mages avaient frappé à la porte du palais parce que l'étoile-guide avait disparu. Comme il advient, de nos jours, lors d'une panne de courant ou d'une panne sèche ; cette dernière étant inconnue du chameau. Hérode avait donné des rafraîchissements aux éminents confrères et aux chameaux. Il avait, hypocritement, joué à l'innocent. « Ah ! mes chers amis, quelle bonne nouvelle ! Et nos chercheurs prétendent que l'événement se passe à Bethléem, à deux pas de chez moi ? Et vous dites qu'il s'agit de la naissance d'un prince ? Quelle surprise ! Je ne connais dans les parages aucun seigneur, aucun châtelain. Si l'information est vérifiée, il convient que j'aille faire ma visite. Si vous voulez bien repasser ? »

En réalité, ce roi très cruel mentait de tout son cœur. Sa méchanceté et sa mauvaise foi le rendaient aveugle. Il ignorait que le Dieu de la Bible – donc de Bethléem – lisait dans les cœurs les plus obscurs.

Revenons à l'incident céleste. Souvenez-vous. L'étoile avait disparu : une éclipse qui ne figurait pas dans les livres sacrés des astrologues. Donc, incontestablement, surnaturelle. Démoralisés, les mages étaient allés frapper à la porte du palais. Hérode, toujours aux aguets dans son sommeil, les avait reçus en tenue sommaire : un pyjama couleur de sang, brodé de crocodiles et de caïmans des Bermudes. Après une litanie d'excuses hypocrites, il avait lui-même servi des rafraîchissements et des amuse-gueules. Nul ne sait ce qui s'est dit dans ce huis-clos, qui n'est même pas mentionné dans les Livres sacrés. Une chose est sûre : le Tout-Puissant, que la Bible nomme « Celui qui voit », écoutait les propos. Leurs Majestés se serrent la main. Les mages promettent au Très-Cruel de l'informer de l'Événement.

À peine étaient-ils sortis que le Vrai Tout-Puissant envoyait un fax à l'oreille et à l'intention des mages. Il leur ordonne, après leur visite, de retourner directement chez eux. Et surtout, sans tarder. Raison officielle : leurs Majestés respectives devaient présider la fête des Rois, goûter au traditionnel gâteau, farci d'une fève, celle-ci cuite au feu de bois, riche en calcium, en vitamines et en amitié.

Ainsi s'achève l'aventure du sire Balaam : épopée ou pèlerinage, selon la version adoptée. Il demeure que l'événement est à la fois historique et pathétique. Le loup rentre chez lui dès le matin, avec un cœur neuf de loup préchrétien et une âme limpide comme les eaux du Jourdain, ce fleuve mystique dans lequel l'*Enfant* se baignera plus tard. Ce fleuve est d'origine divine. Il est alimenté uniquement par la fonte des neiges éternelles : originaires du Mont Blanc ou de l'Himalaya.

Messire Loup, sous le coup de son âme chevaleresque requinquée par la grâce du Très-Haut, voulut présenter ses excuses à la reine des abeilles qu'il avait dévalisée. Celle-ci, une belle dame blonde, fluette, voire friable, qui passait son temps dans les accouchements. Elle disposait d'une sage-abeille pour l'assister dans ses efforts d'accouchée, d'une abeille de chambre et d'une garde royale. En gros, le train de vie de la principauté de Monaco. À une réserve près : elle ne prêtait à aucune rumeur désobligeante.

Messire Loup apprécia très fort cette haute courtoisie qui mélange si heureusement les châteaux et les ruchers. Tout est dit en termes subtils, aériens. À croire que l'amour courtois est l'invention d'une abeille-reine. De l'âge d'or de la reine de Saba et de l'hydromel.

Bien plus tard, le vieux fauve racontera à ses petits-enfants la merveilleuse nuit. Ceux-ci recueillaient les paroles suaves du grand-père. Ils s'inscrivirent aussitôt sur la liste des catéchumènes, récemment retrouvée par les archéologues ou les chasseurs de l'endroit.

Il me reste à vous révéler le coup de théâtre – bien plus tard on parlera de miracle, mais Dieu préfère la modestie – qui fonda cette sainte nuit et, au fond, le christianisme. Messire Loup, après ses salutations et dévotions, prit congé de ses hôtes, cette humble famille divine de la Terre. Le loup avait à peine fini de serrer les mains officielles qu'une meute de chiens poussait des hurlements de haine. Il ne s'agissait pas de chiens de berger : ceux-là, on les avait vus, agenouillés, haletant de prière devant la hutte sainte. Les chiens policiers d'Hérode, eux, étaient les ancêtres de nos pitt-bulls dotés de dents de titane. Le roi les envoyait aux trousses des rôdeurs autour de la basse-cour royale.

Voici l'événement décrit en temps réel et en émotion réelle : Sa Majesté la reine du miel fit un signe, fluet comme elle, imperceptible, hormis pour les agents des Renseignements généraux. En un clin d'œil, sa garde royale, armée de dards venimeux, s'envola en vrombissant, descendit en piqué sur la meute infernale, qu'elle extermina. Un frelon de cette brigade spéciale saisit un énorme pitt-bull, lui fit subir un long interrogatoire, le mit à la question. Le prisonnier finit par avouer : la meute dite « de l'ange exterminateur » avait bien pour mission de retrouver le nouveau-né – ou à naître ? (nous parlons toujours en temps réel).

Ils devaient ensuite apporter l'enfant à Hérode, pour expertise. Hérode était en effet persuadé de l'origine divine du prince, au moment même où il préparait dans l'ombre du palais sa propre divinisation. Furieux comme un taureau des corridas d'Arles – le plus réputé du monde – il était allé lui-même à la cuisine pour affûter le grand couteau des orgies et messes noires.

Hérode donc avait menti. Comme Ganelon, le traître qui avait pris Roland dans la souricière géante de Roncevaux. Le mensonge – qui donc l'ignore ? – est lié mystiquement au meurtre. L'évangéliste Jean en a fait la théorie : pour lui, le Satan est à la fois le « Menteur » et le « Meurtrier ». C'est dire qu'il y a dans le mal une unité et une logique. Ou dialectique. Le pléonasme est superflu, mais éclairant parfois.

Une autre meute hérodienne avait été lancée dans ce royaume des abeilles. Et voici comment messire Loup, premier héros chrétien succomba, à midi exactement. Il repassait par le mont dit « de la Mâchoire » et succomba à l'endroit précis où il avait sangloté son âme. Là, il avait toiletté sa conscience, en se baignant dans les larmes vives du remords la face obscure de la Grâce.

Là, les crocs des chiens policiers le déchirèrent. Il mourut comme le loup de Vigny, adossé à un platane. Sans une plainte, sans un cri, hormis une parole de pardon, dédouanant ses ennemis.

Cette mort fut ressentie par ses sujets comme la plus grave humiliation connue depuis le Déluge. Depuis cette date – qui fait coïncider la mort de la bête et la naissance de l'Enfant – les loups du monde entier, à l'aube, gagnent la montagne sainte, lentement, religieusement, en retenant à la fois leur souffle et leur haine. Les abeilles, dit-on dans le pays, s'habillent aux couleurs de la nuit. Dès le premier rayon de soleil, les loups se mettent à pousser un cri funèbre, à la manière rauque des moines tibétains. Toutes les bêtes de la forêt se figent et s'agglomèrent dans une épaisse minute de silence qui liquéfie les cœurs. Ainsi s'entretient, comme la flamme confiée aux Vestales, la légende du loup biblique.

Le berger-prophète – vous vous souvenez de ce héros de la crèche ? – raconte comment, recouvrant quelques instants le regard, il assista de loin, mais en direct, au sacrifice de messire Balaam Ier. Pourquoi, je vous le demande, la Bible a-t-elle oublié ce personnage exceptionnel, à la fois fauve, héros et martyr ? Mon hypothèse personnelle ? Le scribe est tombé en panne d'encre ou, tout simplement s'est endormi, selon la loi et les mœurs de la fonction publique. Peut-être appartenait-il à la terrible école de la critique historique, laquelle hait le miracle, cette fleur des champs à la fois modeste et vive comme un coquelicot.

La colline, je l'ai dit, surplombait la plaine et donc, de loin, de très loin, la hutte sacrée de Bethléem. Le loup, d'après une confidence sérieuse mais anonyme, était debout sur la hauteur. C'est l'honneur qui maintient debout, alors que le fonctionnaire, en dehors des grèves, peut se coucher sur son papier. Et qu'il est assis comme l'est l'une des deux fesses de la magistrature.

Les pitt-bulls furieux – car ils avaient reçu des ordres – se lancèrent à l'assaut de ce chevalier des forêts. Ils savaient, par la rumeur du château, que les convertis étaient redoutables et narguaient les lions païens dans les arènes. Il fallait donc juguler l'ennemi, lui sectionner la carotide.

Bientôt le loup, à un contre vingt, fut cerné de toutes parts. On vit le héros frapper du museau à droite et à gauche. Il parvint à décimer la moitié de la meute. Hélas, comme à la forteresse de Massada, le vent tourna. On entendit un cri poignant et saignant comme une plaie. Le loup était blessé à la hanche, selon la tradition biblique, laquelle remonte au patriarche Jacob, « par une nuit pareille, Jessica… ». Je vous renvoie à ce combat célèbre où l'homme osa se mesurer à son Dieu. À l'évidence, c'est ce même Dieu, féru en anatomie, qui désigne le lieu de la blessure, afin de reconnaître les siens.

Pourquoi ce cri si puissant ? La douleur ? Probablement. L'appel au secours, comme notre chevalier Roland, chevalier et pair de France. De fait, à l'expertise légale, le médecin constata l'éclatement de la carotide. Comme si le loup avait sonné du cor avant d'entrer dans sa sainte agonie. Maintenant, la bête saignait abondamment et avait perdu la parole. Une biche lui ferma les yeux et récita le *De Profundis* dans la version des émirs « Du tréfonds des sables et des palmeraies, j'ai crié vers toi… » Les palmiers se découvrirent et se signèrent. Premiers judéo-chrétiens à avoir converti l'oasis de Narayama en baptistère.

L'aube était là, pimpante, radieuse, enceinte d'éternité. Étaient là également les abeilles pleureuses, avec leurs aromates et une pincée de miel, pour parfumer le museau du défunt et lui suggérer le paradis tout proche. L'aube, donc, était au rendez-vous. Messire

Loup reposait, noble, serein. Il avait déjà le masque des rois de France déposés en la basilique Saint-Denis. Engrangés, loin du lugubre Panthéon.

Tous les rois, dans la mort, se ressemblent. C'est même le seul moment où ils font l'expérience de l'égalité des citoyens et commencent à régner sur les cœurs.

Dieu, de son balcon céleste, suivait l'événement. Il convoqua un ange – son légat émérite – pour le représenter aux funérailles de notre catéchumène. Sur l'ordre divin, on enleva la dépouille mortelle – tel est le langage des journalistes – et le convoi prit la route des cieux, guidé par l'étoile des mages. Le corps fut déposé sur cette même étoile, sur la face tournée vers Jérusalem. Une vieille coutume des architectes chrétiens.

Ce furent les abeilles qui, en cortège, apportèrent les aromates sur cet astre désormais historique. Ceux-ci à base de violette, la fleur préférée du loup. Venaient ensuite les grillons et les vers luisants. Enfin les hirondelles, les mésanges, les lamas, les gazelles, la délégation très gracieuse des flamants de Camargue. Les hirondelles étaient vêtues d'un tailleur blanc et noir. Type « Chanel ».

Comment tout ce petit monde débarqua-t-il, ce beau matin – après avoir voyagé toute une nuit – sur cette étoile qui demeurait le pivot de l'aventure ? Nul ne le sait. Le secret s'ajoute à celui, verrouillé, des pyramides. Par contre, il reste une trace de cette fameuse nuit historique baptisée Noël par les chrétiens et par les mécréants, « la nuit du loup ». Il vous suffit de vous rendre à Bethléem et de veiller jusqu'à l'aube, à l'heure où Balaam expira. Vous entendrez exactement le glapissement de la bête blessée et vous ressentirez vous-même un pincement de cœur.

Avouez que la vérité est bien plus belle quand elle naît de la légende !

La baleine et le macareux

Pourquoi diable une baleine en plein cœur de la Bible ? On sera tenté de répondre hâtivement : parce qu'elle s'est échappée de l'arche de Noé. C'est effectivement la version la plus raisonnable. Après tout, une baleine ça flotte, et un déluge fait son régal. D'autant que le fameux cétacé qui avala Jonas le prophète, sans l'écorcher, avait incontestablement l'habitude des hommes. C'était, apparemment, une baleine apprivoisée et qui, au surplus, avait du cœur.

Toutefois, le récit demeure invraisemblable : la baleine ne peut respirer qu'au pôle Nord. Elle vit toute nue au milieu de montagnes de glace que l'on nomme – en langue esquimau – iceberg. En somme, c'est comme si cette taupe des mers avait creusé un terrier dans l'Himalaya. Un poisson montagnard, en quelque sorte, qui vient de loin et de haut dans l'histoire. Expliquez-moi comment une baleine a pu s'égarer dans les eaux brûlantes de la Méditerranée ou de la mer Rouge ? Au surplus, dans cette petite mer, de la taille d'une baignoire. La baleine voit grand, chacun le sait, et elle a besoin de glaçons pour se rafraîchir et, d'abord, se conserver. Ce n'est pas comme la morue dont la chair est salée d'avance.

Effectivement, cette baleine qui sauva la vie à Jonas et qui est, dans la Bible, un personnage de la taille de Moïse ou d'Holopherne, n'était pas une indigène. C'était probablement une bonne païenne qui nous venait droit de l'Antarctique. Elle avait, un jour, mis la clef sous le paillasson de sa banquise. On peut encore imaginer que la maman baleine avait accouché un jour de printemps, quand l'hiver avait ouvert ses portes et que les glaces flottaient comme des flocons. La maman avait annoncé : « J'ai une fille. » Il n'en faut pas plus pour que tous les villages du pôle et le roi des Hurons lui-même envoient des fleurs de glace et des friandises polaires : esquimau chocolat, sorbet, île flottante par exemple.

Dame baleine se révéla très vite surdouée : elle pouvait converser avec les cachalots et même avec les empereurs, cette espèce pingouine fière comme Artaban. Ces oiseaux en smoking s'agglutinent comme des nuages quand souffle le blizzard.

Il faut dire que l'on bavarde beaucoup dans les igloos, car les veillées sont interminables. À cause des étoiles qui viennent, le soir, sur la banquise, prendre le frais. À cause aussi de l'aurore boréale qui efface les nuits et donc les heures. Chacun sait que les enfants ne s'endorment qu'à cause de la nuit.

Cette baleine grandit donc sagement, comme faisaient, en ce temps-là, toutes les jeunes filles polaires. Un jour, elle annonça ses fiançailles. Elle fit ses adieux et partit en voyage de noces au cœur de l'océan. Rien n'est profond comme un océan à baleines et l'on tomberait fatalement dans un affreux gouffre bourré de pieuvres et de vipères marines si l'eau salée ne vous maintenait à la surface. Évidemment, il faut renouveler l'eau, d'où les jets d'eau portatifs qui permettent aux baleines de s'offrir une douche : on ne doit pas abuser du sel. À cause du cœur.

Certes, les émotions ne manquent pas. Le danger provient surtout des baleiniers. Ce sont des bateaux rapides comme ceux des corsaires, ces westerners armés de grands chapeaux et de harpons. Ils viennent de Bretagne, ils ont un nez de furet ou de chien de chasse. Et puis, il y a l'atavisme : depuis des millénaires, les Celtes flairent la baleine. Les chapeaux surtout sont redoutables : ils ont la forme d'une conque, et l'on entend au-dedans la moindre conversation sous-marine. Les poissons le savent bien : on ne peut rien contre un pêcheur coiffé d'un chapeau en peau de phoque.

Le sommeil est également dangereux. Une baleine qui s'endort peut heurter un bateau. Elle n'en meurt pas puisque c'est le navire qui coule, mais un naufrage n'est jamais beau à voir, surtout pour les cœurs sensibles. Les méchants fauves de l'océan remontent en surface et ne respectent rien. Ce sont des ogres goulus et mal élevés. Il circule d'atroces histoires dans la haute société des baleines.

La jeune baleine vivait donc heureuse, au cœur de la houle. Elle prenait des bains de soleil et flânait dans des espèces de sous-bois marins. Car il existe une véritable forêt vierge, à un détail près : sans éléphants, sans boas et sans chimpanzés.

De son côté, dans un autre pays aquatique, à la frontière des glaces, vivait une honnête famille de macareux. On connaît mal ce type d'oiseau, et c'est bien dommage car on éprouve un plaisir fou à fumer une cigarette avec ce dandy Belle Époque. Toujours coquet, le verbe agréable, l'âme libre et – en termes de palmipèdes – le cœur sur l'aile. Dieu sait si j'en connais, des oiseaux de mer ! Mais aucun n'est aussi attachant, aussi porté à la joie de vivre !

Vous ne pouvez pas ignorer – au point où nous en sommes – les mœurs des macareux. Il faut peut-être rappeler qu'ils sont d'origine bretonne, habitués aux séparations : les marins s'embarquent pour de longs mois, à la pêche à la baleine, précisément. Le petit macareux sait – comme la morue – qu'il doit partir. Dès qu'il connaît la navigation – c'est-à-dire les étoiles et les vents – il se met à l'eau et fait son tour du monde en solitaire. Habituellement il profite d'un départ de baleinier pour Terre-Neuve, se met dans le sillage et fait ainsi du kayak. Une fois sorti des récifs et de la marée noire, il suffit de s'accrocher à une étoile, toujours la même. La houle fait le travail. L'océan ressemble étrangement à la Terre : il y a des vallons, des collines, de bons et de mauvais nuages phalloïdes, des routes et des poissons qui bavardent en prenant le frais. Le macareux cherche longuement la bonne vague, moelleuse, et surtout insonorisée. Puis il s'allonge sur le dos, sous une étoile. Il se laisse ainsi bercer pendant des heures et se récite des poèmes. Par exemple : « Le Cimetière marin » de Paul Valéry ou « L'Albatros » de Baudelaire. C'est d'ailleurs pour cette raison que nous nous sommes rencontrés.

Le héros de cette histoire était le dernier enfant d'une nombreuse famille : c'était donc un Breton de Tréguier, le pays de Renan. Son père, un marin au long cours. Il allait en croisade au pays des baleines et portait du ravitaillement pour sa famille. Les catholiques des croisades faisaient ainsi. Le soir, il s'asseyait sur la banquise et palabrait avec une vieille baleine retraitée qui connaissait plein d'histoires du pôle. Le pôle, c'est très grand et ça tient grâce à une étoile. La seule étoile qui connaisse tous les chemins du monde : la boussole céleste.

Au retour, dans le hamac de la Grand-Vague, le papa macareux racontait à son tour les exploits des baleines et des manchots, ces cousins germains des pingouins classiques et des empereurs. Ces derniers constituent une caste, comme les lords anglais ou l'Ordre de la Jarretière.

Mais la plus belle histoire, celle qu'on vous sort de derrière les fagots marins, et que l'on déguste en marée basse, c'est l'aventure de Jonas, le prophète écœuré. On s'étonne que cette grande première sous-marine ne figure que dans la Bible. Il faut dire que les Hébreux, comme les macareux étaient friands de belles histoires.

La vieille grand-maman cétacé connaissait parfaitement la mésaventure de Jonas puisqu'elle s'était passée dans sa famille, au temps où les baleines se risquaient dans le détroit de Gibraltar. C'était donc avant que les Anglais n'installent des canonnières et des catapultes sur les berges. Les Anglais, c'est bien connu, détestent les baleines et les produits français. Ils sont ingrats, au surplus. On leur avait pourtant donné de bonnes bouteilles au temps de Jeanne d'Arc, et surtout de bons rois. Il est rare qu'on se prête des rois ! c'est bien connu : les Anglais ont la mémoire courte, excepté pour la rancune.

Qui s'attendrait à trouver un macareux dans un creux de vague biblique ? Il y a bien le Léviathan, mais les enfants savent qu'il s'agit seulement d'un loup-garou hébreu, et qui meurt avec l'âge de raison, comme le père Noël. Dans l'arche de Noé, on ne signale, à ma connaissance, aucun macareux. Il faut donc attendre l'aventure de Jonas pour voir poindre un faux poisson, puisque la baleine est un mammifère, au même titre que l'éléphant ou l'hermine : on l'obtient d'ailleurs en mélangeant les deux. La trompe du pachyderme est plus perfectionnée et le sabre incorporé sous forme de défense en ivoire. L'éléphant est un guerrier-né, tandis que la baleine est restée féminine, maternelle, surtout du temps de la baleine au foyer. Ce qui veut dire en clair qu'elle recherche la compagnie de l'homme et qu'elle a un art consommé de l'hospitalité.

Jonas était un brave type, un peu casanier toutefois. Il fumait tranquillement sa pipe sous un arbre lorsque Dieu l'avisa : « Hé ! Jonas, va faire un petit tour du côté de Ninive. Ces fêtards ont fait du boucan toute la nuit. J'ai la migraine divine. » Jonas se trouva coincé. Il n'est pas très élégant de refuser un service dès le matin.

Profitant d'un moment d'inattention divine, il s'embarque et file en douce dans la direction opposée.

Quelle naïveté ! À peine la barcasse était-elle sortie du port que le cyclone empoigne les voiles. Les marins – à coup sûr des Bretons – soupçonnent le bateau-corsaire d'être en situation irrégulière avec le Ciel. Et puis, que voulez-vous, il est des gens qui portent malheur. Mon ami, Bernard Buffet, en est intimement convaincu. C'est donc incontestable.

« Et ouste ! À la flotte ! » Jonas pique droit au fond de l'abîme. Un prophète se définit exactement par son incapacité à nager. Et Jonas est bien un vrai prophète. Interrogez les gens de Ninive. Ils s'en souviennent encore. Jonas se trouve soudain face à une batterie de dents impressionnantes. Une grille d'ivoire s'ouvre devant lui ; le pauvre naufragé a tout juste le temps de reconnaître son ravisseur : une baleine du Grand Nord. En un clin d'œil, il se sent happé par l'énorme réacteur. Au fond, une baleine tient du Bœing, à ce détail près qu'elle n'a pas de hublots.

Jonas s'installe dans le ventre du cétacé, reçoit de temps en temps des giclées d'eau salée chargée de petits poissons qui lui arrivent en pleine figure comme du plomb de chasse. Heureusement, la bête dort beaucoup et pompe l'eau : elle écope comme on fait, manuellement, dans une barque ordinaire. Le deuxième jour, la tempête s'apaisa. L'animal regagna la surface, ouvrit la gueule pour bâiller. Jonas aperçut le ciel, mais aucune côte à l'horizon. Il s'inquiétait de son sort, mais la baleine expliqua qu'elle ne mangeait jamais de la chair humaine et que, s'ils devaient mourir de faim, ils mourraient ensemble en se faisant hara-kiri. Une coutume qui date à l'évidence du temps de Noé. À moins que le monstre ne soit d'importation japonaise. Pour rassurer Jonas, la bête mit le cap sur la côte, en crachant de l'eau à la manière des locomotives à vapeur. Enfin Jonas entendit l'ordre : « Attention, je vais te cracher. Prépare-toi, Jonas. » Le prophète s'arc-bouta. « Go ! » cria la baleine. Après un vol plané spectaculaire, le naufragé toucha le sol et éprouva un réel soulagement. Sauvé. Indemne. Jonas remercia Dieu du bon résultat de l'opération.

Le soleil brillait. Jonas, cette fois, crut mourir d'insolation. Il maugréa : « Qu'ai-je donc fait au bon Dieu ? » Aussitôt le Seigneur, pris de pitié, fit pousser un arbre qui se recouvrit instantanément de feuilles. Jonas s'assit. Mais le Seigneur, dans son ciel, riait et se frottait les mains : « Je vais faire une bonne farce à mon petit prophète entêté. » Il réveilla un ver vorace, une sorte de ver solitaire pour végétaux. Dans l'heure, l'arbre sécha et s'écroula en poussière. Jonas se gratta la tête : le coup de la baleine, le coup de l'arbre… il tomba en prière : « J'ai compris, Seigneur… J'y vais… J'y vais… »

C'est ainsi que les gens de Ninive virent surgir le prophète qui se mit à parcourir la ville comme un crieur public : « Avis à la population ! Dieu n'est pas content du tout car cette ville se gangrène de jour en jour. Il va prendre une décision qui risque de faire mal. Trop, c'est trop… Qu'on se le dise ! »

Et notre petit macareux ? Figurez-vous qu'il lui arriva semblable mésaventure. Il décida un beau jour, de désobéir franchement à ses parents et d'aller au large. Aussitôt la tempête l'engloutit. Il se retrouva, d'un tour de nageoire, dans les entrailles salées d'une baleine. Celle-ci frayait vers le pôle à la vitesse d'un TGV. Soudain, elle poussa une sorte de miaulement – on eût dit un gros chat de mer – et le macareux se retrouva sur une banquise. Il s'abrita sous un bloc de glace, mais le dieu des macareux envoya une poignée de soleil et l'abri fondit comme un sorbet. Que fait un macareux dans cette situation ? Il se repent, s'il est chrétien, et il appelle au secours. Il n'en faut pas davantage pour que tout rentre dans l'ordre. C'est à peine croyable, mais l'on vit simultanément les glaces se disloquer et une escadre de baleines aborder la côte et l'île de notre Robinson.

« Je pense que tu es breton ?

— Oui, ma mère m'a mis au monde en regardant le phare d'Ouessant.

— Monte, si tu veux, nous partons pour ton pays. »

Le macareux sait chevaucher un monstre. Il escalada la baleine la plus majestueuse. On lui fit une fête. Dans la Bible aussi tout peut finir par des chansons.

Depuis ce temps-là, nombreux sont les bébés macareux qui portent le nom de Jonas. Par contre, Ninive ne correspond à rien car tout le monde est gentil dans l'océan et l'on se dispense fort bien des prophètes, sortes de cracheurs de feu divin. Tous se souviennent de l'âge d'or : le temps du Déluge, quand Noé venait, le soir, border les petits macareux et leur chanter une barcarolle pour les endormir.

Mais où sont les déluges d'antan ?

Né cette nuit-là

Chaque année, je jouis d'une évidence béatifiante : *je suis né ce premier Noël* que je situe à l'âge dit « de raison » – une habitude d'évaluer l'enfance chez les grandes personnes –, c'est-à-dire, en gros, vers la septième ou huitième année. Toute ma vie rejoint, par des émotions de nature religieuse mais aussi poétique, ce point focal où l'Enfant a modelé mon âme. Je demeure, depuis, extasié et extraverti.

Noël n'est jamais passé à l'état de souvenir, contrairement à d'autres moments heureux ou graves de ma vie. Le souvenir m'apparaît comme ces énormes lessives que les paysannes de mon Languedoc natal faisaient sécher au soleil. J'aime le Mystère chrétien, précisément parce qu'il n'est jamais un souvenir mais un acte répété chaque fois dans sa fraîcheur native. Noël donc, c'est toujours aujourd'hui.

L'enfance naît ludique, gourmande de fête. Et cette fête – tel est le génie de Dieu – était exactement ajustée à mon âme. Je trouvais merveilleux qu'une nuit par an fût donnée à l'enfant, alors que les parents nous répétaient qu'il fallait aller au lit, plier les cahiers et les livres d'images. Comme si dormir était une occupation pour les enfants ! Une nuit dédiée à la liberté.

Ma mère qui veillait au grain – à ce blé en herbe que sont les gosses – m'expliquait que Noël correspondait au mariage célébré à Cana : Jésus allait jusqu'au bout de ses forces, jusqu'au miracle, pour couvrir la honte du père de la mariée. À Noël, précisait-elle, le miracle revenait à la Sainte Vierge. Je me liai par serment à ma mère, lui promettant de ne jamais oublier le service que Marie m'avait rendu. Je crois avoir tenu parole : Noël, ce fut l'adoubement du chevalier miniature.

J'y reviens. Les gosses, c'est ça, ça insiste. Noël, c'était la première et l'unique nuit de l'année où nous avions l'autorisation de ne pas aller au lit. C'était donc la nuit de la liberté, la réplique de Pâques pour les grandes personnes.

Plus tard, ma mère greffa adroitement l'idée trapue de la Vie éternelle : plus de contrainte, nous serons brillants comme des étoiles, nous n'aurons même pas besoin, comme elles, de la nuit pour être aperçus de ces milliers d'humains transformés en mages. Cette vision était saisissante. J'en conclus que je ne m'étais pas trompé en liant ensemble liberté et bonheur. Le troubadour devenait ainsi théologien.

Un autre élément s'ajoutait, venant cette fois du côté paternel. À la période de l'Avent – encore un mot qui n'était pas pour les enfants, aussi ne le prononçait-on pas à la maison – mon père m'entraînait dans nos garrigues. Il y avait là un carré de chênes sur lesquels se posaient les colombes. Emmitouflé comme un Esquimau, reniflant la buée comme un grand, j'assistais mon père en faisant une cure de silence. Méditatif de nature, de race végétale – exactement de la dynastie des chênes, mon père ne répondait qu'aux questions. À travers lui, j'imaginais Isaac, fils d'Abraham. J'admettais mal qu'il fût unique.

Mon frère n'était encore qu'un bébé. Ma qualité d'aîné – avec, en plus, l'âge de raison – m'autorisait à choisir l'arbre qu'il fallait guillotiner. C'était le seul jour de l'année où j'avais le droit de choisir. L'arbre serait brûlé l'année suivante. Choisir, c'était déjà, pour un jour – mais ça compte bougrement, un jour –, sortir de l'enfance.

Ma mémoire m'offre à l'instant une phrase de Cocteau que je n'avais jamais eu l'idée de mettre en rapport avec Noël. Et pourtant, elle va si bien avec ma réflexion. La voici :

« L'enfance sait ce qu'elle veut, *elle veut sortir de l'enfance*... L'enfance : le malaise débute lorsqu'elle en sort. Car la jeunesse sait ce qu'elle ne veut pas avant de savoir ce qu'elle veut. »

Tout cela est clair. Et beau de surcroît. Et cela nous amenait à l'Épiphanie, c'est-à-dire, pour nous, les enfants, à la fête des rois païens mais hommes de cœur. Lesquels bénéficiaient de chameaux, d'une étoile qu'ils partageaient avec les montures. Hérode, par contre, était un méchant roi, un assassin pur et simple. Même l'étoile en avait peur et se cachait. Et nous voici au problème du mal. L'âge de raison vient de tomber.

Nous sommes presque sortis de l'enfance... Une ombre sur Noël : cette Saint-Barthélemy des saints Innocents.

Les enfants ont une tête de théologien, c'est-à-dire une tête bien faite parce qu'ils sont naturellement, viscéralement poètes. Ils voient loin. Ils comprennent qu'il faut que ça marche « sur la Terre comme au Ciel », puisque les deux s'emboîtent. C'est l'enfant de Bethléem qui, plus tard, le dira. Les adultes s'interrogent sur la convenance ou le motif de l'Incarnation. Ainsi faisant, ils approfondissent leur ignorance et aggravent les dégâts, car le péché originel porte précisément sur la raison et non ailleurs, comme on l'a soutenu.

Dieu, j'en étais sûr, ne s'était pas encombré de questions et de motifs. Aujourd'hui encore, cette vue naïve m'honore. Je ne voyais qu'une raison à venir chez nous : il fallait qu'il nous aimât. Un coup de cœur. Avec nous, il ne risquait pas d'être déçu. Je trouvais normal que le Dieu des hommes commençât sa vie par la mère, le baiser, le sein, le berceau, la nuit, le feu de cheminée, les bergers, les mages et même, pourquoi pas, puisqu'il existe ? le méchant roi. Hormis la royauté, l'Épiphanie n'avait pas de contenu. Le mot n'était pas à la portée des enfants. Plus tard seulement – en classe de quatrième – le vocable grec m'éblouit. C'était la riposte de Dieu, seul capable d'allumer une étoile spéciale, de déloger les rois qui sont – en France du moins – fainéants. On bloquait en une même fête liturgique trois événements : la convocation des mages, le miracle du vin à Cana, le baptême de Jésus alors sorti de l'enfance. Moi-même, j'avais atteint cette forme de puberté gracieuse qu'on appelle l'humour. À la question un peu sotte du prêtre qui nous enseignait le catéchisme : « Pourquoi a-t-on bloqué les trois événements ? » Je répondais : parce que les rois craignaient un coup d'État. Le vieux prêtre s'esclaffa. Plus tard, à propos de la cathédrale gothique, Malraux devait parler du « coup d'État du christianisme ». Nous sommes donc des conspirateurs. On dit désormais : des terroristes.

J'eus plus de peine à célébrer Pâques. Autant la crèche m'avait séduit et émerveillé, autant le grand crucifix me terrifiait, Peut-être à cause de sa disproportion et de sa solitude. Il y avait là quelque chose de plus que la mort, mais je ne parvenais pas à voir le ciel. J'avais beau me répéter le vers de Verlaine : « Un arbre par-dessus le toit… », me forcer à voir la potence de bois au faîte du monde ; mon imagination ne me soutenait pas. Alors qu'à Noël, le ciel était descendu. À ma portée.

Je relevais une grave lacune dans la fête de Pâques : en ce temps-là, les offices étaient matinaux. Comme la messe des chasseurs. On avait oublié la nuit, donc les enfants. C'était, bien sûr, la faute des hommes et du péché originel qui nageait dans le catéchisme, comme le monstre du loch Ness dans le lac britannique. Je n'attendais pas le dimanche de Pâques, hormis pour les vacances : les enfants n'arrivent pas à s'intéresser à la douleur et à la mort. Chez eux, toute la place est pour la vie, le jeu, la tendresse. Bref, le surnom de la beauté et du cœur.

Au fond, j'avais, une fois pour toutes, organisé ma vie en forme de crèche. Je croyais aux anges dur comme fer. J'ai appris au catéchisme du vieux curé lugubre que j'en avais un pour moi tout seul. Cette nouvelle venue du ciel de Noël – un ciel plein d'anges qui font de la musique – me combla. Le bonheur me bouleversait. Je crois avoir pleuré quand ma mère, posant ses lèvres sur mon sommeil et caressant ma chevelure blonde – elle parlait aussi avec les mains comme les non-voyants – me murmura à l'oreille : « Tu es mon ange chéri. » Je me sentais identifié : oui, décidément, j'étais céleste. Noël ne m'avait pas menti. Avec Jésus et Marie, tout est vrai. On pouvait, tous les soirs s'endormir tranquille ! Ainsi fis-je l'apprentissage de la béatitude et, peut-être, mes premières armes, dans ce bataillon d'élite que sont les saints.

La béatitude : c'est le bonheur gonflé à bloc. Imaginez un feu d'artifice, la nuit de Noël, une explosion de joie. Des anges qui applaudissent à tout rompre. Bref, à Noël, la lumière et « les anges dans nos campagnes » sont chargés de répandre le bonheur. Imaginez la Terre recouverte de gelée blanche et le soleil qui en fait du diamant. Cela n'est possible, pour les cœurs, qu'au seul matin de Noël. Déjà, je mettais la joie au-dessus des jouets et du plaisir.

Emmanuel Mounier devait me convaincre bien plus tard, quand j'entrai dans le monde des grandes personnes et rencontrai le « cafard » de Midi : « Nous, les chrétiens, n'avons droit qu'à la joie. »

J'ai évoqué l'intuition de Cocteau. J'ai connu – c'est toujours une grâce de Noël – l'un des amis très chers de ce poète qui voulait « courir plus vite que la beauté ». Nous nous rencontrons encore – quarante ans après sa mort – devant la crèche de l'Enfant. Nous échangeons notre joie à travers des questions et des réponses importantes. Il m'interroge :

« T'es-tu jamais demandé ce qu'il y a de caché dans le complexe de supériorité des enfants à l'égard des "grandes personnes" ? Tu sais bien ce que je veux dire... [1].

« Eh bien ! la réponse est que *les enfants ont l'intuition du bonheur*, non pas la notion, l'intuition. Et ils sont les seuls à l'avoir précisément parce qu'on perd cette intuition dès qu'elle tend à devenir une idée précise, c'est-à-dire avec l'enfance. »

Je suis le fils d'un pays où Jésus, visiblement, avait foulé le sol et décrété que nous étions tous des enfants de Noël. Fils d'un femme-sacrement, on eût pu – avant l'âge de raison – la confondre avec Marie de Nazareth, mais elle m'apprit à ne pas commettre cette confusion. Elle m'apprit à n'avoir de fierté que de mon humilité.

Je suis fils d'une nuit large et étoilée, bourrée d'anges en tenue de dimanche comme les filles de ce temps-là, celles de la chorale, celle-ci dotée d'une voix angélique : le mot semblait avoir été inventé pour elles.

Cette nuit était ouverte, comme les bras de mon père quand je reçus mes premiers prix, à la Communale, tendre aussi comme, j'imagine, la femme en travail, la jeune maman de la hutte, l'accouchée de la Haute Nuit. Vierge : vocable que je traduis par « fille du Messie ».

Modifiant légèrement mais radicalement le vers de Pétrarque, je dirais à mon propos, en écoutant mon propre cœur satellisé par le maître du désir :

« Ce *désir* obstiné, je le dois à l'*étoile*. »

---

1. Georges LAURIS, *Itinéraire d'un enfant terrible*, Paris, Presses de la Renaissance, 1998.

La pastorale des Quatre Rois

J'ai oublié le nom de ce petit village où j'ai passé la grande nuit blanche : mouchetée d'étoiles et frémissante de musique. Je me souviens seulement que les toits s'abaissaient comme des paupières en fond de teint. C'était un village heureux qui regardait au soleil et attendait la fraîcheur du soir pour bavarder longuement. En vérité, il n'attendait rien. Aucune personnalité ne s'aventurait en ce coin perdu. Ailleurs on parlait d'une visite imminente d'un personnage fabuleux, sans que l'on puisse avancer la moindre précision. Mais ailleurs seulement, et dans les livres.

Le petit village paraissait condamné à la retraite. Il voyait chaque année ses enfants partir vers les îles fortunées en forme de paradis, avec des gratte-ciel, des plages douces comme le miel, et des lingots d'or dans les torrents.

On disait : « Si le tout-puissant roi des îles et des étoiles avait l'idée de venir jusqu'ici, nous le recevrions avec nos majorettes et nous le comblerions de cadeaux. Mais que viendrait faire, je vous le demande, le Conducteur des Îles et des Étoiles ? »

Le village – et dire que je n'arrive pas à retrouver son nom ! – avait peur de mourir. Il avait donc rassemblé de menus souvenirs, juste ce qu'il faut pour rester en vie : la vieille gare qui voyait passer des troupeaux d'oies, mais jamais un seul train ; un lavoir pour que les femmes puissent jacasser à l'aise, une gendarmerie pour dissuader les braconniers et surtout pour fêter le 14 Juillet. Enfin, une place vide, elle aussi, réservée à l'ombre, pour que le soleil, venu de si loin, prenne un peu de repos.

Car c'était un village plein d'attentions.

Ah ! j'allais encore oublier un détail : une vaste prairie municipale qui servait aux grillons et au cirque. Daniel, le dompteur, y venait avec ses lions du Sahara, et Jonas y exposait sa baleine apprivoisée. Une brave et belle bête appelée Léviathane, qui ouvrait sa gueule et qui se visitait comme un musée ou un bateau. Une brave bête donc, bien aménagée, pratique comme un parking ou un vide-poches.

La partie neuve du village semblait venir d'ailleurs. Les indigènes du vieux pays voyaient les nouveaux venus d'un mauvais œil. On ne les fréquentait pas. On était bien obligé de les rencontrer au cirque, au bal ou à la messe du dimanche. Par devoir. On poussait même le cœur jusqu'à les saluer. En somme, c'étaient des étrangers, des intrus. Fatalement, des corrupteurs de la jeunesse. Ils avaient le garage sous leurs pieds et lisaient des journaux vastes comme des deltaplanes.

On préférait les voyageurs inconnus qui arrivaient par l'unique train. Lequel se contentait de passer, en saluant à la fenêtre. En vérité, c'est le train que l'on aimait, parce qu'il respectait la gare et les oies : il roulait lentement, éternuait. Il déployait un long nuage blanc qui ressemblait à une crinière ou une robe de mariée. Ce train d'opérette ne s'arrêtait jamais. Qui eût l'idée de venir en ce coin perdu ? Il faut être tombé sur la tête pour s'arrêter dans un village qui, je l'ai dit, n'attend personne.

Hormis le soleil !

Oh ! le garde champêtre prétendait bien qu'il avait vu, de ses yeux d'éléphant en prière qu'une étoile suspecte – une étoile espion – frétée par l'étranger, venait, chaque soir, depuis quelques jours, en reconnaissance. Ou bien faire des essais. Juste au-dessus du village. Le cordonnier bègue se lamentait : « Même le ciel prépare un mauvais coup ! » Le conseil municipal avait été convoqué d'urgence pour examiner la situation. Le maire avait enfin trouvé l'argument et dénoué le drame : « Qui pourrait expédier une étoile motorisée dans ce tiers-monde ? À moins qu'elle ne se soit égarée ! » On avait rédigé un rapport circonstancié pour signaler l'incident à la préfecture. On écoutait, depuis, aux portes de la nuit. Les chiens de berger retenaient leur souffle.

Nous savons, depuis cette mémorable séance, que l'étoile s'était bel et bien promenée dans les quatre parties du monde et qu'elle avait émis des messages aux savants. Lesquels rêvent la nuit, dans les observatoires, avec une grosse lunette sur leur table de chevet. Ces lunettes spéciales ressemblent, dit-on, à des canons ou à des trompes d'éléphants.

En vérité, l'histoire que je vous raconte – mais comment diable se nomme ce village perdu dans ma mémoire ? – Qu'importe ! je me souviens du nom de la fameuse nuit et c'est bien le plus important.

Cette histoire, dis-je, commence plus haut encore que l'étoile. Bien plus loin. D'après le Livre qui raconte le monde depuis les anges jusqu'aux mammifères et au panier de cerises qu'offrit Abel le gentil berger, c'est la nuit que naissent les pensées ravissantes et les rêves ; il leur suffit d'une natte de silence et d'un bol de tendresse. Dieu, cette nuit-là, regardait vers les îles et les étoiles fortunées. Il s'attardait sur sa terrasse, celle qui surplombe la longue rade enchantée. Il y a, en effet, des milliards d'astres qui scintillent parce qu'ils bougent leurs lèvres et font ainsi du miel appelé lumière. Comme les abeilles. Les astres qui imitent les hommes profitent de la nuit pour parler.

Dieu s'avança sur la lagune. Il alla s'asseoir devant la lune qui avait, ce soir-là, la forme d'une harpe. Il se mit à jouer une vieille chanson de son pays divin.

Soudain, un mot léger comme un nuage lui traversa l'esprit et les doigts. La harpe dit : « Noël ». Dieu fut ému. Il venait de trouver le mot juste pour offrir à la Terre – la planète la plus proche de son cœur – le plus beau cadeau du monde. Car il faut d'abord trouver le mot pour que les choses viennent au-devant du soleil. Une fois trouvé le mot juste, les choses se mettent en route en chantant.

Comme font les écoliers.

Une toute jeune femme voyage là-bas. Oh ! à deux pas seulement du fleuve et des premières maisons du village. Assise sur un âne tout blanc avec des oreilles qui rappellent les branches du palmier. La brave bête ne connaît que deux syllabes franches comme une poignée de mains. À coup sûr, Dieu aime les ânes et celui-ci est sorti de derrière les fagots divins.

L'âne trotte. Mais Marie – c'est le nom de la jeune femme – ne se sent pas bien. L'âne comprend et tourne à droite, vers l'hôtellerie. Quel est le nom de cette auberge, à deux pas du village ? le nom me reviendra. Je sais que le patron n'aime pas la jeunesse. C'est un vieux grigou. L'âne pousse un cri à fendre l'âme d'un banquier.

« Que voulez-vous ?

— Pourrais-je avoir une chambre ?

— Oui, une chambre pour ma femme, ajouta l'homme qui accompagnait Marie.

— Pas de chambre à cette heure-ci. Tout le monde dort et je fais mes comptes.

— Pourrais-je avoir de l'eau, par pitié ?

— Il y a un puits pour les étrangers, un peu plus loin. Celui-ci est réservé à la clientèle. Et puis, je n'ai pas de temps à perdre avec des étourdis sans argent ! »

L'hôtelier claqua la porte au nez.

Le jeune couple reprit la route. L'homme marchait. La femme souffrait. Effectivement, le puits était à ras bord. L'âne se désaltéra et poussa un cri de soulagement qui réveilla le garde champêtre. De l'autre côté du chemin, le puits de l'aubergiste – d'après les gens d'ici – se tarit. Ce qui, vous le comprenez, mit la puce à l'oreille.

Ils arrivèrent dans une vaste prairie. Fleurs et moutons dormaient côte à côte. Les troupeaux de ce pays respectent en effet les plantes, fragiles comme des nouveau-nés. Les chiens, de leur côté, lèchent tendrement les agneaux. D(après les bergers qui dorment à la belle étoile et voient plein de choses, on entendit des applaudissements et même un parfum s'éleva. Ils en conclurent qu'un secret du ciel avait fui comme un parfum et frôlé la Terre. Ils parlèrent d'un miracle afin que les enfants de ce pays comprennent sans perdre de temps.

La nuit empêcha de voir le prodige des fleurs. Toute la prairie se déployait comme un tapis d'Orient. Joseph – c'était le nom du mari, homme d'un naturel timide, mais la main sur le cœur – repéra une sorte de hangar. Il fut surpris, en s'approchant, d'entendre tous les oiseaux de la Terre, réveillés en sursaut, eux et leurs enfants – et Dieu sait si les oiseaux ont des familles nombreuses ! – entonner une sorte d'hymne national. Quelque chose comme un *God save the King* chanté debout, les ailes collées au corps.

Ce sont les bergers qui, les premiers, aperçurent cet énorme bouquet qui recouvrait la prairie et ce, en plein cœur de l'hiver, quand le neige tombe et que les trains partent au ski. Ils rassemblèrent leurs troupeaux et leurs chiens. Le maître berger saisit sa cornemuse et joua l'hymne des pâtres. Bergers et bergères poussèrent les brebis, les agneaux au premier rang comme font les enfants aux premières communions. Comme il se doit.

En toute hâte, ils dressèrent une tente. Le garde champêtre avait vu l'étoile tournoyer, mais il se garda bien d'en dire un mot. Le garde champêtre est un personnage officiel et il n'a pas le droit d'affoler la population, fût-ce pour une bonne nouvelle.

Il dit toutefois : « Dépêchez-vous, car cette nuit sera différente !

— En quoi ? demanda son petit enfant.

— Regarde, petit, de tout ton cœur, de toute ton âme, de toutes tes forces, toute la vaste nuit ! »

Le garde champêtre avait raison. On peut toujours passer à côté d'un miracle, et c'est vraiment idiot. Les bergers et les agneaux – qui regardaient de toute leur âme – reconnurent aussitôt celle qui allait devenir mère cette nuit-là. Une musique toute neuve et toute parfumée s'élevait maintenant de la prairie, ce qui fit dire plus tard que les anges voletaient sous la forme de papillons en tenue de soirée. Comme les fleurs. On comprend que les anges se déguisent quand ils veulent jouer avec les hommes. Surtout avec les gens simples. Après tout, un ange, c'est une idée qu'il convient d'habiller pour la rendre visible et, pour commencer, décente.

Il était – je m'en souviens très bien – minuit exactement à l'horloge de mon village (je dirai : mon village, puisqu'il n'appartient à personne) lorsque l'Enfant est né dans la tente éclairée comme une lanterne vénitienne. Ah ! cet Enfant d'une admirable beauté ! Ce fut le maître berger qui s'empara du bébé et, s'avançant devant la maison de toile :

« Je vous annonce à la fois une nouvelle et une joie : un enfant nous est né, un fils nous a été donné. »

D'une seule voix, tous les bergers de la terre s'écrièrent :

« Vive l'Enfant !

— Nous l'aimerons comme un enfant du pays, lança le garde champêtre.

— Comme le fils de Dieu », dit quelqu'un.

Mais on ne sut jamais qui avait parlé. On se souvint seulement qu'il se fit alors un silence pareil à celui d'une nuit d'été.

Le fils du garde champêtre s'avança au-devant de la tente. Il se fit un nouveau silence.

« Oh ! Je vois la Paix qui marche et qui vient. Je vois une ville vêtue de murs blancs, qui descend et vient vers nous. Je vois des soldats qui déposent leurs armes au pied d'un berceau, des barbelés qui fleurissent comme des vignes vierges. Je vois encore un drapeau blanc qui flotte au-dessus du monde, des îles et des étoiles. Juste au-dessus du berceau. »

Quelqu'un cria. Une femme dans la foule qui portait sur la tête un fichu fripé et, à la main droite, un sac à provisions.

« Sois heureuse, Marie. Grâce à toi, ce soir, je vois les cieux ouverts et des agneaux qui broutent dans le ciel. Vive Marie de Nazareth ! Vive l'héritier de David, le grand roi ! »

On avait donc reconnu l'Enfant dans ce village d'illettrés. On sut, bien plus tard, qu'un ange bavard avait vendu la mèche. À l'enfant du garde champêtre qui regardait de toutes ses forces et de toute son âme du côté de l'étoile.

Soudain le train siffla, ralentit, ralentit encore et s'arrêta en éternuant beaucoup. Ce qu'il ne fait jamais. Ce ne pouvait être qu'une panne. Ou une personnalité. Ce qui, pour un train, revient au même.

Effectivement, d'un wagon truffé de drapeaux, on vit descendre tout un cortège d'habits brodés. Les invités portaient des bannières et des valises. Ciel ! Que de valises ! Il n'y a que les Africains pour voyager avec un tel barda ! C'était bien la reine des Afriques. Ou, si vous préférez, la reine de Saba. Une splendide femme noire, vêtue d'une sorte de sari rose, et des colliers de perles longs et tortueux comme des boas. Et qui faisaient du bruit, comme un serpent à sonnettes. Elle écouta l'hymne des antilopes puis demanda au maire :

« Où donc est l'Enfant ? »

Le garde champêtre sourit et fit un signe.

« Si Madame Sa Majesté veut bien me suivre ? »

Il se reprit aussitôt.

« Son Altesse voudrait-elle auparavant se rendre à son hôtel pour se rafraîchir ou se donner un coup de peigne ? »

La reine des Afriques expédia ses bagages à sa tente royale surmontée d'un fanion grenat gravé comme une pièce de monnaie : un éléphant sur une face, un crocodile sur l'autre. Elle-même portait une ceinture d'or. Pour rappeler que l'équateur est africain. Tout un village de toile construit à la hâte attendait les quatre grands de la terre que l'on appelait d'abord « Majesté » puis simplement « Frère roi ». On chuchotait qu'en un clin d'œil la forêt avait été abattue, un puits creusé profond, car les Africains aiment l'eau très fraîche. On parlait d'ouvriers qui avaient travaillé sans bruit et, bien sûr, à la vitesse de la lumière.

« Tout cela va de soi, dit le maître berger à un incrédule. D'abord

Dieu ne regarde jamais à la dépense et il dispose de moyens considérables.

— La vérité, répondit l'éleveur d'abeilles, c'est que le cœur travaille à la vitesse de la lumière et, cette nuit, le cœur y est. »

La reine garda seulement trois valises pleines de cadeaux. Elle marchait lentement – les Africains marchent ainsi, mais surtout les reines des pays chauds. Visiblement, la reine de Saba dégustait les applaudissements de ce peuple. Elle pleurait de joie et ses larmes étaient blanches, ce qui étonna les enfants. Elle se remit de son émotion royale et entra dans la tente.

« Marie, je te salue au nom du continent africain. Puis-je dans la langue de mon pays – ah ! quelle est donc cette langue ? – ajouter à ton bonheur ? J'adore ton fils, Marie. »

La reine se prosterna. Ensuite elle parla aux bergers et aux bergères de la part des pâtres de son royaume où les agneaux, naturellement, sont tous noirs avec une langue rose et des dents toutes blanches. Elle apportait précisément un agneau de Ouagadougou, qui bêla. Dans sa langue maternelle.

Le train siffla à nouveau.

« Que se passe-t-il ? » demanda Joseph un peu éberlué.

Le maire était resté sur le quai, encore plus ahuri qu'à son ordinaire, l'écharpe et l'œil municipalisés, tout de guingois.

À peine le train s'était-il arrêté en toussotant que l'on vit une foule de petits hommes jaunes comme des citrons, dont les yeux semblaient tirés à quatre épingles et en arrière. Le chef de bande avait une paire de moustaches aiguisées comme un cimeterre, une espèce de calotte en bol de riz, et une longue mèche de cheveux tressés qui lui descendait jusqu'aux reins. Il fit un saut périlleux, s'immobilisa au garde-à-vous et annonça très fort, mais d'une toute petite voix aiguë :

« Le tout-puissant roi de Chine ! »

Sortit un tout petit homme, avec une petite touffe de poils au menton, comme s'il avait oublié, en se rasant, un morceau de son blaireau.

Il portait un yatagan – un sabre chinois de Chine –, épiait tout avec de petits yeux mobiles comme du mercure et semblait vouloir faire un malheur.

Il fit, au contraire, un sourire : cette manière de faire fait partie des chinoiseries. Le frisson se dissipa. Le monarque dit alors, dans un chinois impeccable :

« Où donc est l'Enfant ? »

À vrai dire, la question surprit. Car l'empereur était vif et décidé. Et puis nous ne sommes pas habitués à ces étrangers, donc étranges par nature. Les Chinois sont rapides, taillés en flèches de bambous et terriblement secrets. D'après les livres, bien sûr.

Il avait déjà levé son cimeterre et désignait une étoile qui semblait immobile. Elle survolait le village à la manière de nos hélicoptères. Juste au-dessus de la gare. Elle faisait : bip-bip. Le maire eut une inspiration. Il cria :

« C'est un envoyé de Dieu ! »

Tous acclamèrent d'une seule voix.

« Vive le tout-puissant empereur de Chine. Vive le roi de la grande Chine ! Vive la Chine et les Chinois ! »

Dieu sait pourtant qu'ils sont nombreux et représentent donc un danger, mais qu'importe : c'est assez dire à quel point le délire avait gagné la population. Comme une balle de tennis, le tout-puissant de Chine bondit dans la tente. On eut encore très peur. Le roi dit, en excellent chinois de Chine :

« Je te salue Marie, et j'adore ton Fils. »

Cette fois on comprit que cet enfant n'était pas de la Terre. Puisque tous les visiteurs, sans avoir pris le même train, répétaient la même formule. Et surtout offraient des cadeaux somptueux réservés aux enfants des rois. Probablement, les royaumes avaient économisé pendant des siècles et des siècles ou, si vous préférez, des années-lumière, pour faire de pareils présents.

Il faut bien que je vous dise que les Chinois ne perdent jamais une minute. En un clin d'œil, les valises étaient ouvertes et les cadeaux présentés sur un tapis. De Chine, comme il convient. On admirait et l'on faisait circuler de main en main des porcelaines de Chine, des bois de rennes sculptés. Beaucoup d'éventails, de tabatières, de brûle-parfums et, fatalement, des chinoiseries. Le tout-puissant fumait avec un bambou et un sourire. Comme font tous les Chinois aisés ou heureux.

Le train siffla encore. Mais cette fois, personne ne sursauta.

À peine le petit train s'était-il immobilisé qu'un cow-boy tout rouge, couvert de plumes, s'élança, aussi prompt qu'un parachutiste. On crut, naturellement, à un débarquement, et le chef de gare sonna l'alarme. D'autant que le cow-boy poussait un cri dans sa langue. Les enfants seuls comprirent et répondirent en chœur en frappant des mains. Au fond, on peut tout dire avec un mot de quat' sous ou une poignée de mains.

C'était bel et bien le roi des Indiens d'Amérique. Donc le plus jeune et le plus puissant des rois. En somme, le gratin de la royauté. Entreprenant, alerte, avec un flair de lévrier.

Imaginez un Christophe Colomb rouge comme une tomate et agile comme un Sioux. On n'était pas très rassurés à cause des flèches empoisonnées sans compter les cobras que ces gens-là laissent traîner dans leurs poches, comme vous et moi les allumettes. Mais les plumes rassurent, et, bientôt, toute l'escadre des oiseaux du monde atterrirent pour saluer celui qui leur ressemblait comme un frère. L'Indien fit un signe à l'étoile – que l'on appelait maintenant l'étoile des rois – comme pour dire :

« Ne craignez pas. Je suis le roi des Indiens et des Amériques. Je suis le roi tout-puissant. »

Il se prosterna. À plusieurs reprises et en agitant ses plumes. Puis il poussa un cri, exactement comme un coq de chez nous, En se hissant sur ses ergots d'Indien. Cette fois encore, ce sont les enfants qui comprirent et répondirent :

« Cocorico ! »

C'est une langue assez facile et agréable. Et puis l'on sentait bien que Dieu donnait un coup de main pour que cette nuit ne ressemble surtout pas aux autres. Naturellement, on ouvrit les valises et, j'ai oublié de le dire, les cadeaux passaient de main en main, comme pour dire au monde entier : nous sommes tous frères en cette nuit élue reine des nuits.

« En cette nuit... » répondit en écho le fils du garde champêtre.

On assure là-bas que le visage de l'Enfant se chargea de lumière, que les barbelés de la prairie tombèrent en poussière et que l'on entendit une voix légère comme un nuage.

« Elle s'en est allée... la captivité... »

L'étoile frétillait maintenant, impatiente de partir. Apparemment on avait fait le plein d'Altesses royales. Effectivement, le train ne sifflait plus.

Tout à coup, on entendit un hennissement. Un cheval tout blanc jaillit comme un éclair et s'immobilisa au pied de la tente illuminée. Un coup de cravache siffla comme un cobra. Un bohémien descendit de sa monture, Le visage sec et sombre, Le chapeau de cow-boy et une guitare accrochée dans le dos. C'était le roi des Manouches. Il venait on ne sait d'où. Il avait pour royaume toutes les routes de la Terre, et d'après les mauvaises langues, s'arrêtait volontiers pour contempler les basses-cours. C'était, en tout cas, le seul qui avait eu la délicatesse d'amener sa femme, une admirable Gitane andalouse, montée comme un diamant sur une tige de velours grenat Quelle beauté !

Toute la beauté du monde, des îles et des étoiles résidait là, dans ce corps accordé à la nuit et qui se résumait tout entier dans un sourire. Ce fut la Gitane qui entra la première et dit, selon la formule consacrée :

« J'adore le Fils et je salue la mère. »

Les effusions furent chaleureuses. On aimait ce couple. Enfin un couple heureux qui tranchait avec les personnages officiels ! J'allais oublier que l'on évoqua la Provence, cette terre lointaine qui aurait, dit-on, inventé le mot de Noël. Ce n'est pas une mince affaire de trouver le mot juste quand Dieu lui-même semble y avoir renoncé. Il faut longtemps regarder la mer depuis les Saintes-Maries et les amandiers de la plaine des Baux. Écouter les oliviers qui, c'est un fait, savent plein de choses. Noël, après tout, c'est une nuit toute blanche, de la tête aux pieds, un champ de neige où fleurissent les amandiers.

Ce fut l'étoile qui donna le signal du départ. Elle frétillait comme une truite céleste, elle lançait des bip-bip. Les rois, d'autre part, ont fait de l'exactitude une politesse et presque une loi de leur royaume. Le cortège se reforma et Leurs Majestés fatiguées regagnèrent leur hôtel où les anges, déguisés en grooms, leur ouvrirent les ascenseurs – les mêmes qu'à Babel – et cirèrent les babouches, toutes royales, mais de couleurs différentes. Sans cette précaution, comment les reconnaître ? Puisqu'on ne prononce jamais leur nom.

Des bergers provençaux racontent que l'on dansa toute la nuit, que l'on chanta des noëls composés à la hâte : on y parlait du petit train, des rois, de l'âne et du bœuf qui se relayaient pour souffler de la tendresse et de la chaleur sur l'Enfant, d'un méchant roi qui écourta cette nuit divine. Enfin et surtout, de la ruse du gitan, plus futé qu'Hérode l'affreux.

Le lendemain, passant de porte en porte, le facteur disait :

« Joyeux Noël. »

Sur les bancs du jardin, les petits vieux échangeaient – paraît-il – d'étranges propos : « Savez-vous ce qui s'est passé cette nuit ? les animaux ont tenu une sorte de congrès et ils ont signé l'armistice. Ils ont conclu une sorte de trêve. Comme au temps de Noé, ce vétérinaire de génie. Une lionne caressait un chevreau, et un tigre du Bengale – avec une gueule brillante comme un feu d'artifice – donnait une leçon de danse à une gazelle chaussée de bottines noires en forme de sabots.

— Inimaginable ! » répétait le garde champêtre, en embrassant Jacou le braconnier.

« Cette nuit diffère vraiment des autres nuits du monde », disait avec des larmes dans les yeux une chouette très remarquée. Elle se confiait au fameux ramier millénaire, survivant du terrible Déluge. Nul ne voulait aller au lit puisqu'on avait parlé d'une distribution de cadeaux. Qui, d'après ce qui se murmure, avaient poussé sur les branches des sapins.

Soudain un petit page du cortège de la reine des Afriques traversa la foule en courant comme un petit autruchon – c'est fou le vitesse de l'autruche, proche de la vitesse du son – et il tendit un billet au garde champêtre. Tout le monde comprit qu'il se passait quelque chose de grave. La musique s'arrêta net. Le garde champêtre murmura probablement un mot de détresse à l'oreille du maire qui répercuta le mot ou le silence. Le secret voleta ainsi jusqu'à Joseph qui parut soucieux.

Que se passa-t-il exactement ?

Le fait est que l'étoile – appelée depuis étoile du Beau Berger – se mit à tournoyer comme si elle avait un verre dans le nez, et en faisant des signaux comme une voiture de police.

En un clin d'œil, la prairie se vida de la foule et des animaux. Les fleurs éprouvèrent un immense chagrin au point que, ce matin-là, elles étaient encore pleines de larmes à ras bord. C'est fou ce qu'une fleur des champs peut pleurer de larmes matinales !

Bien plus tard, on connut le fin mot de l'affaire. Grâce au fils du garde champêtre qui aida un ange à plier la tente. Les rois étaient au courant, mais ils sont tenus au secret. Ce qui veut dire qu'ils se disent tout entre eux et que rien ne doit filtrer. À cause des méchants confrères.

Voici la fin de cette merveilleuse histoire que l'on ne cesse de raconter dans le village dont le nom, décidément, ne me revient pas. Mais, après tout, c'est la fête qui compte et le nom « Noël » que l'on prononce dans toutes les langues, une fois l'an.

Certains osent affirmer que le mot « Noël », Dieu l'aurait laissé tomber, comme une perle précieuse, juste au-dessus du village. Mais Joseph – qui est le mieux placé cette nuit-là – soutient que le mot s'est fait tout seul. À partir du mot « Nouvelle » qui circulait de bouche à oreille, et à voix basse. On entendait, en effet, chuchoter : « Nouvelle... Nouvelle... Emmanuel... Noël... »

Emmanuel ! ce beau nom fut aussi inventé cette nuit-là. Ou plutôt lâché par Marie, la mère de l'Enfant, qui le confia au garde champêtre. Le méchant roi qui avait convoqué ses savants interrogea :

« Que signifie "Emmanuel" ?

— "Dieu avec nous" », répondirent les professeurs les plus doués du palais.

Car, dans les coulisses – je veux dire : dans ce sombre palais royal au milieu des oubliettes – le roi Hérode, jaloux comme un tigre du Bengale, cruel comme un puma, et traître comme un crocodile du Nil, avait reçu la visite des quatre rois qui se partagent le monde. Tout cela à cause de l'étoile qui s'était arrêtée : une panne ou une fantaisie de pilote d'étoiles.

Les quatre rois, sur l'initiative du roi des Gitans – ils sont malins, ces manouches – s'étaient rendus au palais. De nuit, pour ne pas attirer les soupçons, Et en rasant les murs, comme font les rois quand ils transportent des secrets militaires.

Hérode, aussi rusé que cruel, leur avait servi à boire dans ses larges coupes d'or. Et les rois guillerets avaient parlé. Trop parlé. D'autant que des secrétaires accroupis, comme c'est la coutume dans ces tiers-mondes, prenaient des notes. Remarquez, qu'il n'y a pas de secrets pour les rois, hormis les secrets militaires. Ce qui est raisonnable : levez le secret, vous détruisez la guerre dans l'œuf. Et le roi est chef des armées. De père en fils, au surplus. Même les princesses montent des chevaux de guerre après l'heure de clavecin.

« Nous avons aperçu une étoile qui nous faisait des signaux.

— Ah ! une étoile ? dans mon royaume ? Et sans ma permission ?

— Oui, nous avons compris qu'il se passait chez toi quelque chose d'important et qui concernait directement les rois tout-puissants. Nous avons, à la hâte acheté des cadeaux et nous avons pris le train.

— Mon petit train enchante mon royaume. Je suis très fier de ce train. C'est mon chauffeur personnel qui le conduit.

— Mes compliments ! Ton train escalade les plus hautes montagnes du monde et traverse des fleuves qui n'en finissent pas.

— Parlons de cet enfant, messieurs les rois et chers confrères ! »

Le Gitan, qui a une oreille de renard et un œil de lynx, vit alors les narines du roi se dilater et il entendit le léger bruit que fait la langue des fauves quand elle gonfle de plaisir à la pensée du sang. Le Gitan comprit que le roi avait une cruauté dans le cœur.

« Je dois, moi aussi, m'acquitter de mes obligations royales. Il faut bien que je fasse mon métier. Lorsque vous aurez repéré l'endroit… » En vérité, ce chacal de palais connaissait parfaitement cet endroit secret, parce que les rois ont accès aux archives et, on le sut plus tard, le lieu était marqué sur la carte divine. On sut également que le méchant roi aiguisa son sabre cette nuit-là. Avec des gestes de skieur qui farte ses skis.

C'était oublier que Dieu – mais les méchants oublient les choses importantes – voit ce qui se passe dans les palais et, surtout, qu'il a créé les Gitans !

Il y a une raison en effet. Car un Créateur n'investit pas autant d'intelligence dans des hommes qui ne travaillent pas et se contentent de voyager en diligence, comme les rois d'antan. Comme font encore de nos jours les hirondelles ou les saumons.

Effectivement, le roi manouche avait surpris une indiscrétion – en ce temps-là, on préférait le pigeon voyageur au téléphone, parce que l'animal ne trahit jamais son maître – aussitôt il enjambe son cheval et fait claquer son fouet.

« Il n'y a pas une minute à perdre. Le roi Hérode, cruel et hypocrite comme un crocodile du Nil, veut tuer l'Enfant. Fuyons au plus vite, nous avons des chances de passer la frontière avant la nuit ! »

Le roi avait déjà lancé ses chiens policiers, ses émissaires, ses commissaires, ses janissaires, ses hauts fonctionnaires, ses agents secrets et ses éperviers. Tout cela à cause des archives et d'une étoile qui fait des ronds de jambe au-dessus d'un clocher.

Le roi manouche proposa à Marie, la mère de l'Enfant, de prendre place dans sa carriole de steeple-chase.

Il regarda le ciel. Heureusement, quelques étoiles flânaient encore et indiquaient la direction de la frontière. L'attelage roula à tombeau ouvert. Enfin, à la tombée du jour on aperçut l'écriteau

DOUANE. ZOLL. FRONTIÈRE

Rien n'était encore joué. Peut-être les douaniers avaient-ils reçu un coup de téléphone ou un pigeon chargé de message. Joseph et Marie tremblaient comme des joncs.

« Restez calmes ! chuchota le Gitan.

— Rien à déclarer ?

— Nous sommes des pauvres, monsieur le douanier. Et nous venons d'un pays pauvre. Si pauvre que nous avons décidé d'en partir. Pour ne pas mourir de faim. »

Les douaniers se méfient des Manouches. Ils allaient inspecter la guitare et voici que l'instrument – d'après les douaniers qui sont des gens sérieux et assermentés – se mit à chanter toute seule. On eût dit une cage d'oiseaux. Les grillons, qui ont le sommeil léger, s'éveillèrent et entonnèrent la marche du divin Enfant. Le Gitan priait – car les gens du voyage ont un cœur allumé qui les éclaire – et regardait quelqu'un au bout du ciel :

« Seigneur, surveillez votre étoile. Qu'elle ne vienne pas folâtrer au-dessus de nous. Nous serions perdus ! »

Les douaniers soulevèrent la couverture et braquèrent sans égards une lampe sur le visage de l'Enfant. À propos, vous ai-je dit que l'Enfant s'appelait Jésus ? C'est important. J'en profite puisque ma mémoire revient.

« Comment t'appelles-tu, mon beau ? »

Le Gitan redoubla de prières.

« Pourvu, Seigneur, qu'il ne réponde pas ! Nous serions perdus.

— D'où vient cet enfant ? »

Marie et Joseph sentirent la griffe d'Hérode s'enfoncer dans le cœur. La jeune maman baissa les yeux, comme font les femmes en danger. Mais le Manouche répliqua :

« Voyons, Monsieur le douanier, vous demandez à un enfant de Gitan d'où il vient ? Il vient tout droit de Provence, des Saintes-Maries très exactement. Il va vers le Nil, parce que le Nil, au moment où il rencontre la mer, ressemble comme un frère au Rhône. »

Le douanier demeurait soupçonneux.

« Monsieur le douanier, avez-vous vu jamais enfant si beau ?

— C'est votre enfant ?

— Mais voyons, quelle question ! c'est mon fils, mon unique. »

Il ajouta avec un sourire de caïman qui découvre toutes ses dents :

« La beauté trahit toujours un fils de Provence. »

L'argument fut décisif.

« Allez ! Retournez dans votre pays. Je vous conseille de ne pas flâner dans les parages. On ne sait jamais, ces jours-ci. » Puis, s'adressant à Marie :

« Madame, veuillez excuser nos tracasseries. Nous avons reçu un ordre terrible du roi. Nous cherchons précisément un enfant de roi, qui est né cette nuit-là, à l'ombre d'une étoile. Il paraît que le train a circulé toute la nuit, qu'un hôtel a été construit, aussi haut que Babel, pour accueillir les quatre rois tout-puissants.

— C'est étonnant, monsieur le douanier, car vous savez bien que le train ne s'arrête jamais dans ce village. »

Ah ! Quel est donc le nom de ce village célèbre pour son aubergiste grippe-sous et son maire triste comme un chrysanthème en convalescence ? J'ai le nom sur la langue ! De son côté, le douanier demanda à son collègue, qui demanda à la gendarmerie, puis au bureau des changes. Nul ne parvenait à se souvenir. Ce trou de mémoire géant était incontestablement creusé par Dieu. C'est du moins ce que pensa le Gitan.

Le Gitan comprit ainsi que Dieu les avait exaucés. Le cheval piaffait des quatre fers. La mère embrassa tendrement l'Enfant.

L'étoile reparut, resplendissante et chargée de musique. Les autres rois attendaient sur le quai. Le petit train entra en gare. Un pigeon piqua sur la reine des Afriques comme un missile et se posa sur son épaule en frappant du pied. La dame des Afriques prit la bague passée autour de la patte, tendit le message au fils du garde champêtre et lut à haute voix :

« L'Enfant est sauvé. Joyeux Noël ! Qu'on annonce la bonne nouvelle au monde entier ! Signé : Le tout-puissant roi des Manouches. »

Toute la royauté du monde, au garde-à-vous, écoutait maintenant l'hymne de Noël.

Tous les habitants des villages qui poussent sur les coteaux, descendaient, chargés de miel, de galettes et, d'après les gens du pays, des fraises qui auraient mûri durant cette étrange nuit d'hiver.

De même les moutons, éparpillés comme des ceps de vigne, se rassemblaient dans la prairie.

« Oh ! s'écria, ravi, le fils du garde champêtre, je vois un seul troupeau et un seul peuple dans l'unique prairie ! »

La joie semblait ruisseler sur les visages des rois, beaux comme des santons. Ils se murmuraient, pour ne pas l'oublier, le nom de ce village, tandis que le train s'immobilisait dans un nuage en sifflotant comme un pinson. De joie, lui aussi. Les rois sont tenus au secret, ne parlent jamais en public de choses importantes. Mais cette fois, ils sillonnèrent leur royaume, ne laissant à personne le plaisir de raconter ce qu'ils avaient vu.

À la fenêtre du train, la reine des Afriques voulut, une fois encore, remercier la population. Elle agitait son mouchoir, comme font les gens simples, en secouant les colliers qui faisaient un bruit de serpent à sonnette.

La fanfare entonna l'hymne à la joie de Noël repris, dit-on, par les grillons et par les anges : on appelait ainsi de beaux messieurs qui semblaient appartenir à la cour d'un grand roi des îles et des étoiles et qui jouaient sur leurs instruments une musique merveilleuse, droit au cœur des hommes et des arbres même. Cette musique – parole de berger – touchait même le cœur des arbres. Ces arbres qui, d'après les quatre rois tout-puissants, rêvaient tout haut, tendaient leurs branches et embrassaient les enfants du pays.

Table des matières

Achevé d'imprimer par Corlet, Imprimeur, S.A.
14110 Condé-sur-Noireau
N° d'Éditeur : 11789 - N° d'Imprimeur : 62810 - Dépôt légal : octobre 2002

Imprimé en France